НИКО И НИКО

~

ИГРА СУДБИНЕ

НИКО И НИКО
~
ИГРА СУДБИНЕ

Софија Ивановић

Globland Books

НИКО И НИКО

Руска зима у срцу. Сибир се преместио на наше улице. Некада смо њима шетали заједно, а сада те нема. Нема ни мене. То само моја сенка лута празним улицама. Тражи те сенка човека који је постао ништа. Не зна да ли је жив или сања да живи. Види белину, а све је црно. Види границу, а одавно ју је прешао. Дрмали га сви редом, али не вреди. Само ти можеш да га продрмаш и вратиш себи. Лудак без лудила шета улицама наших дана убеђен да је на корак до тебе.

Везали га за кревет, али његова сенка излази из његовог тела. Сенка човека који нуди оно што нема и даје оно што му недостаје те тражи. Жива, а нестала, побегла од љубави невиног детета. Овај човек је гори од детета. Дете одустане кад види да нема даље, а он би кроз зид.

Изгубљен и без циља, лутао сам и залутао. Ништа више нисам препознавао. Само твоја кућа ми је остала урезана у памћење. Јединствене љубичасте боје, представљала је тебе. Била је симбол твоје личности и душе. Ни сам не знајући како, нашао сам се пред њом. Покуцао сам, очекујући тебе. Отворила је твоја сестра. Њено лице се стопило са мојим. Агонија је очигледна.

— Где је?

— Бори се за живот.

Безглаво сам појурио ка болници. Знао сам да морам стићи. Остајао без даха, настављао, посртао и устајао. Стигао, али касно. Узео сам све њене ствари које њеној породици нису значиле. Не, нисам узимао одећу на којој је остао њен мирис. Од одеће сам узео само шал који је носила задњи пут кад сам је видео. Њене књиге, читава мала библиотека, припале су мени. Њени дневници и споменари, такође су ми припали. Породица је задржала само гардеробу и лексикон који је направила кад је била дете. Њихове успомене лежале су у тим стварима. Ја сам више волео да имам оно што је додиривала, оно на чему су трагови њених прстију.

Сам, слуђен и уништен. Живот ми више ништа није значио. Нисам ни јео ни пио. Само сам пушио, спавао и пропадао. Понекад би ми друштво правила флаша бедног вина које сам звао богатством. Собица без прозора, неуредна и пуна ње постала је мој дом. Дом без породице. У углу једна удобна фотеља. Поред ње скоро распаднути сточић.

Пролазе ноћи, вуку се дани. Ја стојим у месту као загађена стајаћа вода. Полако губим глас. Стишавам се, не чујем се. Никога не чујем и не видим. Немам снаге, очај ме слама.

Твоја књига пред мојим очима. На средини је био крај њихове приче. Закључујем то на основу трага који је оставила твоја суза. Плакала си што се растају, а ја сам остао да плачем за нама. Они су невиђено срећни. Њихов крај је на средини, а наш на почетку. Да ли ћу икада прочитати књигу коју си ти оставила напола прочитану? Да ли ћу смоћи снаге да кренем даље? Питам, а знам да не желим.

Другови су ме већ сахранили. Донели су ми ковчег уместо поклона. И то је нешто. Заслужио сам. Умро сам са тобом, али њима наша љубав никад није одговарала. Нису разумели шта ми значиш. Нису схватали да те волим толико да кад ниси поред мене губим ваздух. Грлио сам те као што се грли слобода после много година робије.

Била си моје сунце, сад ми оно на небу не треба. Не могу да га поднесем. Одакле му право да сија без тебе? Била си моја звезда, али не она на небу, већ она у срцу. Она што вечно сија и баца своју прашину на зарђало срце.

— Опрости, али од данас не постојиш за нас.

— Хвала на подршци и разумевању! Она је мртва!

— Али ми смо живи!

— Ја нисам!

Терају ме у провод. Како да се веселим кад ниси овде да се заједно веселимо? Зар треба да певам, а срце ми се цепа? Не! Одбијам срећу без тебе!

Док ово пишем, ноћ је. Читам твоју књигу под пламеном свеће. Нестало је струје. Овако је боље, овако имам само успомене на тебе и не видим ништа осим слова. Осећам топлоту пламена на лицу и све ми се чини да си то ти. Целу ноћ читам. Не спавам од тог дана. Најгори дан у животу ми је био кад су ми јавили да си престала да дишеш. У тренутку кад сам видео твоје модре усне и лице бело као порцелан и додирнуо ледену руку, и ја сам се охладио. Нажалост, брзо ми се вратила топлота. Све што сам желео било је да вечно заспим са тобом. Поред тебе.

Сад схватам. Плакала си јер им је било забрањено да се воле. Једно од њих двоје је морало да умре како би им било опроштено. Он је био тај. Наша прича је мало другачија. Улоге су замењене, али крај је исти. У нашој причи, ти си била та. Твој одлазак био је изненадан и срушио све што имам ван тврђаве љубави.

Престајем да читам. Гледам ковчег. Ускоро! Отима ми се крик који одзвања у соби. Узимам пилуле. Ускоро! Чекај ме, љубави, долазим! Отварам ковчег и лежем у њега. Убрзо почиње да ми буде мука. Мути ми се пред очима. Делује!

И нисам баш морао да останем жив. Овако је више никада нећу видети. Могу само да је осећам. Тешко је осећати неког, а не виђати га. Раздире сазнање да сам поново на овом свету. Нема састанка са њом. Уосталом, откуд ја овде? У соби са прозорима, у соби осветљеној сунцем. Да не сијаш ти са неба? Све је могуће. Ко је толико бринуо о мени да је развалио врата? Знам да су била закључана. Или ја само тако мислим? Одједном, схватам где сам. Ја сам на месту њене смрти. Осећам се сломљено. Она је мртва, а ја жив. Није ово начин да ме казниш, животе. Довољна и престрога, казна ми је то што си је отео од мене својим немилосрдним канџама. Не знам како ни зашто је умрла. Небитно је. Не желим да знам шта си јој урадио.

Угледао сам медицинску сестру и прстом јој показао да ми приђе.

— Зашто?

Ћутала је. Поновио сам.

— Зашто, кад не желим?

— Постоји један једини одговор. Мислим да не желиш да га знаш.

— Хајде, касно је за повлачење.

— Живот је леп.

— Са њом, да.

Ко сам ја да се препирем са њом? Она мора то да каже чак и да не мисли тако. Она мене мора да спашава, не ја њу. Али, тешко је спасити овакве као ја. Није нимало једноставно.

— Мораш и без ње.

— Не желим. Зашто си тако упорна?

— Зато што знам да мораш још доста тога да урадиш.

— Шта то?

— Знаћеш кад дође време.

Шта она зна о мени? Шта ћу ја са животом? Вере више немам. Нада је нестала са њом. Обе су отишле након што је отишла љубав. Ја више немам састојке потребне за дисање. Како онда дишем?

Поново се вратила. Правио сам се да спавам јер је разговор са њом био оно што ми је најмање потребно. Сада ми је било важно да мислим на моју љубав. Могу ли сећања и мисли да убију?

Не мислим психички, него онако стварно. Могу ли да одузму човеку дах заувек и да га охладе? Чак и да могу, мени не иде од руке. Можда овде не могу да се усредсредим и сконцентришем.

Чини ми се да је она овде. Знао сам да не може бити мртва! Да, она ми прилази. Привлачим је себи и љубим је. Чујем себе како говорим:

— Ту си, жива си. Знао сам, било је немогуће да те нема.

У том тренутку ми се разбистрило. Пред собом сам видео медицинску сестру, а не њу. Ово је сигурно од лекова. Свака ми личи на њу. Промумлао сам извињење и истог момента пао назад на јастук. Једва чекам да се вратим у своју собицу. Да се вратим њој, да се вратим себи. Једино тамо сам нормалан.

Признајем, никад нисам читао нити ме је то занимало, док њене књиге нису припале мени. У сећању ми је остао Золин цитат који ми је шапнула на уво оне ноћи кад сам изгубио разум због тога што немам каријеру достојну ње. Цитат гласи овако: *Кад неко нема оно што воли, онда мора да воли оно што има.*[1] Тада сам имао њу и волео сам је исто колико и сада. Тада сам, баш због толике љубави, желео да се поноси са мном. Само сам је срамотио стављајући њено име поред свог. Био сам и остао — бедни разносач пице. Не, нисам то сада, добио сам отказ чим су приметили да сам флипнуо. Е, мој Зола! Шта ја то сада имам? Шта, па да то волим? Није више овај свет за мене. Касно је за живот. Чекај мало. Зар није сестра рекла да имам доста тога да урадим? Па да, морам да будем са њом. Бићу са њом читајући све што је и она.

Сећам се наслова једне од тих књига. *Станарка напуштеног замка.* Да, њу ћу прво да прочитам кад изађем одавде. Ха, па сетио сам се! Она је та станарка. Живи у мом срцу које се претворило у напуштени замак. Трансформисало се само због ње. Имам је! Нашао сам је! Дошло ми је да вриснем. Ти, мала станарко, окрени се, да видим јеси ли то ти! Јеси, знам. Препознајем тај ход, а и тај шал. Али, откуд он код тебе? Требало би, знам, да је код мене. Крадљивице моја, па, ти ме све време посматраш. Прикрадаш се и узимаш ствари које су ти некад припадале. Не дирај их ако ниси стварно жива! Остави! Морам имати нешто твоје ако већ нећу имати тебе.

Морам да знам! Не враћају ли се то древна времена? Није те ваљда неки змај повео са собом? Чуди ме да ја све ово знам. Вероватно сам запамтио читајући твоје скрипте за спремање испита. Студирала си Српски језик и књижевност. Требали смо да славимо очишћену прву годину, а тебе нема да ми се насмејеш. Онако скромно и пуно радости. Нема твог погледа да зажари моје срце. Узео бих те у наручје и завртели бисмо се као рингишпил. То би те натерало да се гласно насмејеш на начин који сам обожавао. Сад те нема да ми држиш предавање о тамо неким гласовним променама. Ја данас нисам у стању да схватим ни животне промене, а камоли гласовне. Не знам. Можда и ја упишем ово. Биће то само да бих остварио твој сан. Сан за који ниси имала прилику. Хм... Размишљам да ли је ово прва ствар због које морам да живим. Опет понављам, не живим за себе. Живим за тебе иако си, можда, миљама далеко. Нисам сигуран да си мртва. Ни у шта више нисам сигуран.

Коначно! Сутра се враћам у свој мали дом у коме ме чекају успомене на тебе, сећања на оно што сам нехотице уништио. Није ми јасно зашто си ме напала те вечери. Хтео сам да ти кажем да нисам крив ни за шта што си чула о мени. Покушао сам да те задржим. Нисам хтео! Стварно нисам хтео! Гурнуо сам те на кревет, јесам. Пала си на под, пребледела и рекла да ми нећеш опростити. Шта треба да ми опростиш? Благо сам те гурнуо, не знам како си успела да паднеш. Можда си намерно. Можда си желела за нешто да будем крив. Можда си желела да ме осудиш на неки терет. Успела си. Успела си кад си умрла, а ја преживео. Живот! То је мој терет.

Још ова ноћ у овој глупој соби! Желео сам да овог момента сване, да овог момента будем на излазу из ове рупе од зграде. Узбуђен, нисам могао да заспим па ми се ноћ отегла. Поздравио сам зору погледом и махнуо сунцу које се тек рађало док су други спавали и нису осећали чар буђења неба.

Још увек обузет мислима и миром који је дошао у мој свет, нисам осетио нити чуо, да је свет око мене оживео. У себи сам водио расправу са осећањем мира. Питао сам га зашто тек сада и добио одговор: Време је! Нисам знао за шта, само сам јасно осећао истинитост овог одговора који ми је Персонификовани дао. Да, време је да опет будем нормалан. Нема више очаја, нема више бежања. Ако мислим да упишем факултет, морам да се социјализујем. Пре него што ишта урадим, размислим. Али сада не, сада идем па ако пропаднем, сам сам бирао.

Охо! Од кад сам ја овако паметан? Сећам се да ми је чак и она, моја љубав, понављала чињеницу да сам глуп кад год бих почео да покушавам нешто паметно. Убедила ме је да сам труба и да никад нећу бити нешто боље. Не кривим је јер сам због ње потиснуо своју памет. Волела ме је глупог до бола. Макар ме је некаквог волела, ако је волела. Ето, опет сам испао глуп! Набрајам и тупим о манама жене која није жива. Пљујем на себе, говорећи ружно о њој.

Да, сад је јасно да не могу више. Морам што пре да се окружим тишином и приgrlim самоћу уз себе да се не смрзне. Зубато сунце није део лета. Сад и није лето, уверавам себе. Није лето, народ је полудео па носи кратке рукаве. Или је ипак лето? Сигуран сам да је у мом срцу сибирска зима. Сигуран сам да више никад неће бити лета без ње.

Моја кућица! Нема више буке и неспавања. Чека ме хиљаду њених светова у које треба ући, живети мало у њима и изаћи да би поново ушао. Свет у који улазим је увек другачији од оног из ког сам изашао. Идем да откључам врата напуштеног замка, ослободим је из тамнице смрти и поведем у стваран живот који не постоји, или постоји, али није реалан, није фер.

Време је да је заборавим. Време је да је напустим као што је она мене. Време је, али та одлука никад неће бити донета. За многе ствари је сада прави тренутак, али узалуд је то, кад је човек погрешан. Искрсава ми једно тако изненадно, а опет очекивано, питање. Зашто још увек нисам прочитао њене дневнике? А онда следеће. Зашто избегавам да то урадим? И на крају. Чега се плашим?

Чујем лупање на вратима. Излазим бесан и избезумљен. Свестан сам да сам у стању да направим глупост. Уосталом, то најбоље радим. Убијам. Ја сам убица. Убио сам себи вољу за животом, убио сам енергију у другима, можда сам и њу убио. Има ли још нечега или некога за убијање? Има! Само, други ми не допуштају да себи скратим муке. Битно је да живим. Није битно како ћу то извести! Битно је да се смањи стопа смртности и број самоубистава. Нису битне неиздрживе муке јадника које покушавају да оживе. Јесте, никога не занима што сам ја изгубио једину жену коју волим. Не занима их што не желим да живим. Они су зацртали да ја морам да живим. Не знају да немам за кога. Не знају да су ме и најрођенији напустили.

— Шта радите то?

— Рушимо део зида, господине. Потребни су Вам прозори.

— Нисам их тражио, губите се.

Поглед овог човека је одлучан. Решио је да учини оно због чега је дошао. Лупкао сам ногом о бетон и севао очима. Одакле им право да нарушавају моју интиму? Да сматрам прозоре неопходним, позвао бих већ некога. Губим стрпљење, од мене не могу добити ништа. Зашто онда губе време? Размишљајући како да их отерам, помишљао сам на насиље. Кад сам донео одлуку, испред мене се појавила... Немогуће! Девојка бледог лица, насмејана, љупка, корака час озбиљних и женствених, час дечјих, разиграних. То лице ми се учинило познатим. Да ли се живот поиграва са мном или је ово знак лудила? Она! Не. Не. Мој мозак се поиграва са мном. Замолио сам девојку да се окрене у круг. Правим будалу од себе. Исти окрет, исти сјај у очима, исти осмех. Је ли на овој девојци њена јакна? Ова девојка је иста она.

Да је нису анђели послали да ме поведе са собом? Чујем како захваљује оном типу и даје им знак да наставе.

— Хеј, непристојна, нервираш ме!

— Жалим случај, грубијану!

Погледала ме је тако презриво, а опет сажаљиво. Не треба ми ничије сажаљење. Не треба она да ме спасава! Мучење, ето шта је она. Излуђује ме, излуђује, излуђује. Зашто личи на тебе? Не желим да ме подсећа на оно што никад и не заборављам.

— Вратићу се.

— Боље немој!

Ко је ова глупача уопште? Нека иде, нека ме остави на миру. Бес преузима главну улогу и трчим за њом. Сустижем је, хватам за рамена и окрећем себи. Ово радим да уништим ово мало себе што је остало. Пркосим забораву, пркосим времену. Знам да она нема право на јакну коју носи, нема право да се смеје као ти, нема право да буде ти. Откопчавам јој јакну и бацам је на улицу. Ако је ти више нећеш носити, неће нико. Рамена јој дрхте од хладноће и страха.

— Шта хоћеш?

— Њу!

— Коју њу?

— Моју љубав!

— Идиоте, врати ми јакну. Овде је ледено.

— Ово је била њена јакна. Немаш право...

Сломио сам се пред овом странкињом. Скљокао сам се на бетон, шакама обујмио главу и плакао. Само то и могу. Немоћан сам за било шта друго. Прошлост је јурнула ка мени живља и крволочнија него икад. Ево, разјапила је вилицу како би ми показала огромне и оштре зубе које ће за неколико секунди зарити у моје срце. Ма нек се носи будућност, и одлука да упишем факултет, и живот, и судбина! Идем да завршим оно што сам започео. Са мојим животом, завршиће се и љубав према њој. Заједно са мном умреће све што никад није било моје, а звао сам својим. Тамо где је почела наша љубав, почео је и мој живот. Тамо где смо се први пут погледали, тамо ћу и затворити очи. Осмех лудака ми краси лице. Боли ме сваки мишић, али ипак сам способан да потрчим у сусрет лудилу. Нагло се дижем, грабим јакну која и није њена.

Ух, зашто баш сад има толико људи на мосту? Брига ме, неће ме ни запазити. Кад ме примете, плутаћу у реци. Моје лице ће бити креч беле боје, а можда и модро. Укоченог и мртвог ће ме изнети из реке, а моју душу неће пронаћи код мене. Она ће бити код ње, моје мртве љубави. Да, тако је. Знам ја да је највећи доказ љубави кад си спреман да умреш за оног ког волиш. Зато и хоћу да умрем. Волим је толико да бих јој и мртвој поклонио свој живот. Мој ерос је одавно прешао у агапе. Волим све што ју је чинило. Мане, врлине, бесове, хирове и... не знам шта нисам волео.

Ево га, први зуб прошлости је заривен. Звер ме гледа право у очи и поручује ми: „Одлази, бескористан си, жив а мртав“. Порука је јасна: „Умри већ једном!“ Хоћу, желим! Није ово живот, није ово ни почетак новог. Ово је пустиња из које нема спаса. Нема ваздуха, нема оазе. Како преживети без ињекције живота? Не, није чак ни пустиња. Као што на почетку рекох, Сибир. Цича зима, леден ваздух зауставља дах у секунди. Убија живот у нама за пар секунди. Прво мене, прво мене! Урличем безумно. Хоћу први, да ме шиба ветар и заледи ваздух. Хоћу први! Бацам се са ивице моста. Чујем себе како изговарам: „Стижем, драга!" Све ми се врти, а онда мрак. Само осећам како све брже падам у смрт. И не бојим се. Срећан сам јер...

Охо, ту сам. Мора да је ово Рај. Чим могу да видим светлост. Да се разумемо, жмурим. Жмурим, а све видим. Око мене је светлост. Заслепљује, не може човек да отвори очи. Ммм! Лежим на нечему меканом. Тако је удобно. Нисам знао да је Рај пун људи. Мислио сам да је то место за сваког појединца, а не за мноштво људи. Све око мене је бело. Осећам да ме неко држи за руку. Мора да је неки од анђела дошао да ме дочека. Чујем како ме неки женски глас дозива да се пробудим, да отворим очи. Одједном, слика Раја бледи и у следећем тренутку је не видим. Ишчезла је као да је није ни било. Осећам да ми се топлота враћа у тело, а кад отворим очи... О не! Шта је ово? Зашто ова девојка седи поред мене? Зашто ме држи за руку? Зашто плаче? Растужује ме, нека престане. Осећам да има анђеоску душу. Суза ми клизи низ образ. Не, не треба ми више бола. Довољно боли то што сам жив. Мелек. Тако се зове. Мислим, ја сам јој дао то име. Седи спуштене главе, морам је подићи. Скупљам снагу и тихо је зовем.

— Мелек, Мелек.

Посматрам је како полако подиже главу, смеши се кад ме угледа будног.

— Будан си. Колико дуго ме посматраш?

— Мелек...

— Ко је то?

— Ти.

— Али, не зовем се тако.

— Од сад се зовеш. За мене си Мелек.

— Зашто баш то име?

— Зато што оно на турском значи анђео.

— Чудно. Од непристојне сам постала анђео.

— Извини. Знам да смо лоше почели.

Подижем јој шаку и љубим је у знак извињења. У знак захвалности ми говори да сам будала и смеши се. Знам да не мисли тако. У њеним очима примећујем искрице дивљења. Питам се чему се диви. Сад схватам да сам превише слаб да бих ишта више говорио. Ипак, она као да ми чита мисли. Нисам погрешио што сам је назвао Мелек. Ни реч нисам изустио, а она је знала одговор.

— Храброст и љубав, блесане.

Те четири речи су биле довољне да ме осоколе. Довољне да улију атом смисла у мене. Довољне да ране апсолутног песимисту у ког сам се претворио кад се моја љубав преселила на небо. Чудно. Једино Мелек је успела оно што су други само покушавали. Кажем само, јер се нико други није до краја борио за мене. Она јесте.

Љубави, ти што ме видиш са неба, немој да се љутиш. Знаш да само тебе волим. Мораће нешто баш грозно да се догоди да бих престао да те се сећам. Нека тешка амнезија која би однела сећање на тебе заувек. Вреди ли то што сам храбар и умем да волим? Не знам, све друге ће патити ако се заљубе у мене. Не желим да иједна пати због твог лудака. Ти знаш да не подносим тугу на женском лицу. Ниједна девојка не заслужује да пати, ниједна не заслужује да је понизе и газе. Свака девојка је лепа на свој начин. Љубави, слажеш ли се да Мелек буде гошћа у нашем напуштеном замку кад се вратиш у њега? Мало друштва нам не би шкодило. Овако поломљен ничему не служим. Реци ми да сањам, да те нема. Реци да си ту и кријеш се у некој улици. Одмах ћу да устанем, ништа неће да ме боли. У тренутку ће зарасти ове поломљене кости и потрчаћу да те нађем.

— Донеси ми њене дневнике, Мелек, молим те.

— Зашто радиш ово? Зашто копаш по прошлости?

— Осећам да ћу сазнати нешто. Биће ми лакше ако сазнам због чега ме је напустила. Морам да знам колико сам крив.

— У реду.

Објаснио сам јој где се налазе. Нешто се сломило у њој, она жели да ме избави. Бори се за мене, али не вреди. Узалуд је борити се за неког ко је одавно одустао од себе, за неког ко је изгубио смисао живота.

Одлазим у свет снова. Спавам дуго и мирно. Први пут сам миран, не трзам се. Знам и зашто. Сањао сам је. Била је на небу, а ја сам ишао ка њој. Поново Рај. Светлост. Сунце. Она у дугачкој белој сатенској хаљини, белим ципелама са ниском петом. Око струка јој љубичаста машна. Једноставне минђуше са љубичастим рубином. Лице бело, дискретно нашминкано. Права дама са ставом и достојанством. На глави јој ловоров венац, коса пуштена, сјајна. Прилази ми и ослобађа ме ропства љубави према њој. Каже, време је да поново живим. Време је да се сећам ње, а да живим.

Видео сам је онакву какву је памтим. Сад је била још лепша. Ох, моја дива! Али, каква је ово слутња у мени? Зашто изненада осећам да је она лаж? Имам осећај да она није оно што је била. Ох, не знам! Волео сам је, лудо сам је волео, а она ме је пустила. Можда с разлогом, а можда тек онако, чисто да ме види на дну, да ме изгази штиклама, пређе преко мене као преко одбачене ствари. Наслућујем да ћу сазнати оно што не желим да знам. Што да мучим себе? Просто је. Отворићу дневник, прочитати.

Ко сам ја ако нисам кукавица? Можда сам постао храбар преко ноћи. Схватио сам, човек није човек без храбрости. Зато, храбро отварам роковник и суочавам се са самим собом. Са оним собом какав сам био у њеним очима.

Неколико минута касније, хватам себе како плачем као дете. Још увек не знам коме је писала, али њено писмо том младићу ме је дубоко дирнуло. Писала је:

Љубави моја! Хватам сваку честицу прашине као да је пољубац од тебе. Мом узнемиреном бићу је лакше да верује да је прашина која се наталожила у топлој шољи истине твоја љубав. Наговештај да ћеш ми ускоро доћи.

Ноћ се лагано спушта. Гледам кроз прозор, понегде је град осветљен. Мислим на тебе и оно што сам ти у прошлом писму написала. Писала сам: Не могу ти рећи — Волим, не знам да ли је ово љубав. Не могу рећи — Пријатељство, знам да је више од тога. Помози ми да откријем које је ово осећање.

Открила сам, а ти си ми потврдио истину. То је љубав, сада знам. Ми се лудо волимо. Где си? Ко ми те тамо чува?

Очекујем да угледам твоје очи што пре! Врати се, жељна сам топлоте твог погледа, умирења додиром, осећања да припадам некоме, да сам нечија. Без твог загрљаја сам ничија. Не дозволи да будем дуго без тебе. Моја љубав се све више распламсава, горим да ти дотакнем усне! Волим те као никога до сад!

О, Боже! Не могу да се зауставим. Потребно ми је да ме неко привије на груди и каже ми да је све у реду. Мелек, где си сада? Где, кад ми требаш? Нисам смео ово да прочитам, једна илузија је управо претворена у пепео. Не, не и не! Ово је нека грешка. Она је увек била ледена краљица. Или је само са мном била таква? Онако лепа, хладна, привлачна. Баш таква је била моје све! Ово није она, бар не она коју сам познавао. Са њим је била боља, ватренија, искренија. Шта ли је подстакло негативну промену? Како је постала онако сурова, бледа копија себе? Лоша копија себе. Лепа спољашњост је остала као сенка некадашње ње. Мислио сам да је познајем, али изгледа да сам познавао само представу коју је изводила пред људима и пред мојом наивном заслепљеношћу. Ееej, другови, били сте у праву. Не хтедох да вам верујем, а можда сте ви знали оно што је тада требало да знам.

Погледах на сат. Време визите је. Заклапам роковник, чекам докторе и не престајем да плачем. Стојте, сузе! Доста сте текле, дозволите да дишем бар док не прочитам до краја. После ме угушите. После, ако вас буде било. Ево их, иду у моју собу, а ја сам зарио главу у јастук.

— Младићу, јеси ли добро?

Не одговарам, само заривам песницу у јастук. Снажне мушке руке ме полако окрећу и пипају ми пулс, мере ми притисак. Све је у реду.

— Јеси ли добро?

Пита ме озбиљног погледа. Његовим благим цртама лица не стоји озбиљан поглед. Он је идеалан за моју Мелек.

— Треба ми неко да ме привије на груди и каже ми да ће све бити у реду, да ће ова љубав престати, да ме чека бољи живот са другом.

Седа поред мене и хвата ме за руку. Кад проговори, глас му је дубок, пријатан и умирујућ. Говори ми све што желим да чујем и ја му верујем.

Читам даље, не верујем, не трепћем. Не сада, Мелек, иди! Вриштим у себи. Не чује, не уме да ми прочита са лица. Како би и могла кад још није ни закорачила у собу? Нервозно затварам дневник и глумим срећу што је видим. Заиста, волим што долази, али ово је погрешан тренутак. Чекај, какав је то израз њеног лица? О, Боже, па она је плакала. Зашто не диже поглед? Несигурно ставља прамен косе иза ува и открива ми бледило свог лица. Заљубила се. Не! Онесвестиће се. Заборављам на бол и скачем из кревета. Успевам да је ухватим секунду пре пада на под. Још увек је будна.

— Мелек, шта се десило?

— Мој дека...

Бризнула је у плач и почела да се тресе. Смиривао сам је и некако довео до кревета. Не успевам да схватим шта се догодило јер она од плача не може да говори. Грлим је и говорим да је прошло, да сам ту. У следећем тренутку је изгубила свест. На здравој нози скакућем што брже могу и одлазим у докторову канцеларију.

— Побогу, зашто си устао, младићу?

— Пожурите! Моја пријатељица се онесвестила!

Тек сад схватам колико ми је ушла под кожу. Макар на овај начин, успела је да ме натера да заборавим на бол. Држећи њено тело у рукама, осетио сам жишку живота у себи. Са њом у свом наручју сам поручио животу да ме није напустио. Изненада схватам да ми се не умире. Желим да се борим за њу, за то дивно биће које није одустало од мене кад ја јесам. Сад је на мене ред да будем уз њу, сад ја треба да јој покажем да нисам одустао од ње.

Немам мира, пиџама ми се натапа знојем. Срце ми лупа као лудо. Не, она мора бити добро, мора, једноставно мора. И хоће, кретену. Шта си мислио, да је она кукавица као ти? Свађам се са самим собом. Постајем луд од бриге. Коначно! Доктор се вратио, а моје срце је и даље одбијало да се стиша.

— Седите, младићу. Све је у реду.

Сео сам, намрштио се и ухватио себе како допуштам страху да ме савлада.

— Она је сада добро. Доживела је емотивни шок изазван тугом и нагло јој је пао притисак. Знаш ли шта се догодило?

— Не. Само знам да је у питању њен дека. Пре него што је изгубила свест, стално га је помињала.

— Хвала, сазнаћемо све кад се пробуди. Захваљујући теби, није ударила главу при паду.

Његово лице је добило дечји израз кад се насмејао. Знао сам да се нисам преварио, Мелек и он би били диван пар. Баш овакав момак јој треба, јак, снажан, способан, добар. Треба јој човек који ће је разумети и без речи. Његове црне очи, извор доброте и љубави, додир пун утехе, то је оно што треба њеним плавим дубинама.

Вратио сам се у собу умирен и срећан. Да, срећан зато што сам је спасио. Да, срећан што ћу бити јак због ње, срећан што Мелек још дише. Избезумљеност је заменило сазнање колико је овај дан леп. Сазнање колико је сваки дан леп. Донео сам одлуку у тренутку! Заиста сам се спасио. Смешим се и урезујем у срце љубав према животу. Нема више оног старог мене. Добро, задржавам емотивца. Нема више оне будале која је хтела да смрћу пркоси животу. Одрекао сам се оног мазохисте који види спас у повређивању себе. Доживео сам просветљење и спознао живот. Док се ти сам сурваваш низ литицу, небитно је, није те страх. Кад постанеш сведок нечије литице и његовог хода по ивици, кад видиш да се оклизнуо и да пада, тад схватиш колико је страшно и како ти изгледаш другима. Тад се уплашиш па скочиш. Или ћеш успети или нећеш. Или ћеш повући тог неког и спасити га или ћеш стајати са руком преко уста мислећи да је прекасно. Иако не одлучујем ја, да ли ће бити прекасно, нисам дозволио да буде. Спознао сам да чуда можемо стварати сами. Својим мислима и делима, својом љубављу према другима. Да сам се зауставио код питања: Зашто баш преда мном? ништа не бих урадио, само бих се изгубио још више. У том тренутку сам подсетио себе да мој живот има сврху, да њен живот има сврху. Од мене је зависило да ли ће она остварити сврху свог. Од мене је зависио живот другог бића, ја сам њен дах држао у својим рукама. Успео сам да превазиђем сопствену бол и одржим је у животу. Тешио сам себе да сам урадио све што сам могао.

Сад ми је јасно зашто ме је Бог два пута сачувао. Сачувао ме је да бих открио лепоту живота, да бих почео да верујем. Те ноћи сам се помолио и осетио Божје присуство у себи.

Кад сам искусио магију буђења следећег јутра, молитва је била моја прва потреба. Молио сам се за њу, искрено, дубоко. Најлепши је осећај кад одједном осетите да верујете, али стварно верујете. Осетио сам како ме невидљива рука тапше по рамену. Затворио сам очи, насмешио се и климнуо главом. Мој унутрашњи свет је оживео, крв прострујала. Свом снагом сам приргрлио данашњи дан, осетио радост што сам жив, што дишем. Спреман сам! Спреман да живим! Пре него што сам наставио да читам дневник моје љубави, помолио сам се. Молитва ми је дала снагу да се суочим са њеним ужасним животом. Прва реченица, тачније, само три речи, следиле су ми крв у жилама.

Ја сам убица! Убила сам човека који је прво убио мене. Монструм! Због њега сам изгубила оно најчистије што девојка има — невиност. Упознала сам га на месту које је требало да буде козметички салон. То место је било све, само не козметички салон. Чудни мириси, људи грозног изгледа, неуспели третмани. Ти људи су изгледали као да нису спавали годинама. Њихово понашање се брзо мењало. Према њима су се понашали као према лудацима у лудници. Чим неко мало више живне, хватају га и убризгавају неку жућкасту течност. Покушала сам да побегнем одатле. Он, тај монструм прелепих црних очију, шака толико мужевних и снажних. Он ме је зграбио за надлактицу и без речи ме одвукао у посебну просторију. Тамо су биле девојке толико јако нашминкане да им се очи нису виделе све док се не избече. Биле су обучене у хаљинице које су једва досезале до бутина, а штикле танке и вртоглаво високе. Монструм ме је гурнуо у једну од фотеља и шапнуо нешто једној од девојака. Она ми је пришла и кренула да свлачи одећу са мене. Тада сам схватила. Ове девојке су проститутке. Нисам желела да поверујем у то кад сам их угледала, али сада је јасно. Још једна ствар ми је постала јасна. Нису то постале својом вољом. Вероватно су овде доведене исто као ја.

Друга девојка ми је донела исту хаљину коју су оне носиле. У себи сам се опраштала од живота који сам водила, опраштала се од снова, а била сам на корак до њиховог испуњења. Опирала сам се кад је једна од њих почела да ме шминка. Вриштала сам, молила да ме пусте. Тада је монструм ушао и ошамарио ме. Подигао ме је из фотеље, узео у наручје и однео у другу собу. Закључао је врата. Моје дисање се убрзало. Убиће ме, прошло ми је кроз главу. Застрашујуће је знати да нема никога ко би ми помогао. Сами смо. Гурнуо ме је на кревет, скинуо фармерке. Једино што је рекао било је:

— Шири ноге, глупачо!

Опирала сам се, покушавала да га одгурнем. Молила сам да не ради то. Чвршће ми је стезао руке. На крају ме је везао како би несметано обавио оно што је хтео. Пре него што сам се онесвестила, чула сам како говори:

— Добра си ти, мала.

Кад сам се освестила, заурлала сам од бола. Плакала сам, била сам бесна и очајна. Имала сам жељу да разбијем нешто. Под руку ми је пала стаклена ваза у којој су стајале увеле руже. Зграбила сам је и заврљачила ка зиду. Након неколико секунди се појавио он. Вратио ме је у кревет и зграбио за руку. Убризгао ми је исту ону течност. Убрзо сам сазнала шта је то и какво је ово место. Сви они људи су дрогирани. Ово место је наркоманска и курвинска рупа. Овде претварају људе у олоше. Овде је царство насилништва, овде се и против своје воље постаје олош. Схватила сам да је у питању дрога јер сам почела да халуцинирам.

Након неког времена, у собу је ушла једна од оних девојака и закључала врата. Савила сам ноге и рукама обгрлила колена док су ми низ образе текле сузе. У руци је држала торбу. Спустила је на кревет, а пред мојим очима су били шприцеви, игле, свакакве бочице. Не опет! Повиках у себи јер глас није излазио из мене. Руком сам покрила очи да не гледам.

— Не плаши се, ја сам докторка. Избавићу те одавде, а онда ћемо средити монструма. Дозволи ми да те прегледам, па ћу ти испричати план.

Након неколико дана силовања и дрогирања, дошао је тренутак за спровођење плана. Примирила сам се, нисам се чула. Монструму је то било чудно па је повео неколико типова са собом у моју собу. Ти типови ће ми помоћи да побегнем. Савладаће га, а докторка ће га успавати. Тај део плана је успео, било је лакше него што смо очекивале. Изашле смо на улицу у пратњи два крупна момка. У једном тренутку сам у докторкиним очима угледала злобу. Не, схватила сам, она не жели да ми помогне. Увалиће ме у невољу. Климнула је главом као да потврђује моје мисли. Крупајлије су ме ухватиле и оборилe на земљу. Докторка ми је грубо заврнула рукав и забола иглу у вену. Након тога су ме тукли. Ударали су и рукама и ногама, по стомаку, леђима, лицу. Онда ми је докторка заврнула други рукав и после тога се ничега не сећам. Знам само да сам се пробудила у истој соби из које сам изашла. Других људи није било, спасли су се. Или су побијени.

Монструм ми прилази. На поду је друга ваза. Обара ме и чврсто ми држи руке изнад главе.

— Ко је био неваљао, а? Чекај мало, мируј.

Изашао је, а ја сам узела вазу и сакрила се иза врата. Кад је ушао, ударила сам га по глави. Пао је на под па сам ударила поново. После пет удараца сам изјурила из собе и изашла напоље. Напустила сам место злочина сва избезумљена.

Ето, то сам ја. То је Марина Лукић. Убица, девојка која је након свега постала хладна, безосећајна. Девојка која је променила идентитет. Више нисам Марина, сад сам Невена. Бежим од полиције, иако сам хтела да се предам. Бежим од себе у неког другог, а знам да не могу побећи.

Након неколико месеци, ја опет волим. Опет губим главу као и пре овог ужаса. Плашим се да се вежем, а везала сам се за њега. Не желим да га увлачим у свој одвратни живот. Желим да остане чист, неупрљан мојом прошлошћу.

Ову причу свог живота пишем пре него што ћу се бацити под прва кола на која налетим. Морам да му кажем да му нећу опростити то што сам се заљубила у њега.

Ето, сад знам. Знам кога сам волео. Сад ми је лакше, а опет плачем као дете. Ма, живот се наставља. Покушавам да се смирим. Има важнијих ствари од плакања за неким кога сам мислио да познајем. Она мени није могла да опрости што се заљубила у мене, а ја сам јој опростио што је умрла. Остатак њеног живота знам, све пре ове приче ми је поверила. Знао сам сваки њен уздах и нисам га заборавио. Постало је јасно да нас је живот шибао. О мени ћете касније сазнати нешто више.

Ако је могуће постати паметан преко ноћи, морам да честитам самом себи. Видећемо докле ће та памет да траје. Видећемо постојаност поново пронађене воље за животом. Једино у шта сам сигуран је да неће бити лако заборавити. Уосталом, ако сам нешто научио, научио сам да се мора живети и са теретом који сам носио до малопре. Бојим се онога што треба да учиним. Време је да спознам истину о себи. Ко сам? Шта желим? Једино тако ћу учинити корак даље.

Седим поред Мелекиног кревета и гледам је; чекам да се пробуди. Поново чекам. Ја стално нешто чекам. Гори сам од Владимира и Естрагона који чекају Годоа. Не! Сам ћу пронаћи смисао живота. Заправо, то нико неће уместо мене. Други могу само да помогну, да ме погурају и подрже, а главна улога је моја. О! Како је само лепа! Тако невина и разорена неиздрживим болом. Њено бледо лице је вратило мало боје. Узимам јој руку и љубим је. Мелек, спаситељко моја, не брини, спасићу ја тебе. Док овако лежи, подсећа ме на мене из детињства. Једном, један једини пут, осетио сам мајчинску љубав. Било је то кад сам имао пет година. Пао сам са бицикле и гадно посекао главу изнад левог ока. Спавао сам, а кад сам се пробудио видео сам мајчине руке на мом лицу и осетио миловање. У то време већ се развела од оца који није желео дете. Убрзо након моје девете године, мајка је умрла. Одрастао сам са тетком којој сам био терет. На крају ме је и она напустила.

Нисам био свестан да су моје сузе поквасиле њену руку. Отворила је очи и загрлила ме. Плакали смо и јецали заједно. Тек сад видим колико ме је све ово разбило. Овако загрљени, осећали смо како нам се душе полако састављају. Осетио сам да сада може да ми каже све што јој је на души.

— Мелек, шта се десило?

— Мој дека...

Опет се узрујала. Ухватио сам је за руку, а другом руком јој подигао спуштену главу.

— Погледај ме, погледај. Све је у реду, биће у реду.

— Нема га више. Изгубила сам последњу особу коју сам имала. Шта ћу ја сама на свету?

— Жао ми је, душо. Ниси сама, имаш мене, уз тебе сам.

Погледала ме је право у очи и фиксирала погледом. Препознао сам себе у том погледу. Тај поглед с дозом лудила сам имао кад сам покушао да одузмем себи живот. Збацила је покривач са себе и нагло устала. Појурила је из собе, а ја за њом. Урлао сам и трчао на једној нози брзо колико сам могао.

— Није то решење! Врати се!

Коначно сам је стигао и ухватио за мишице.

— Стани, прошло је, смири се. Дођи, заједно ћемо све пребродити.

— Обећаваш?

— Обећавам. Дођи... Ја сам поред тебе.

Поново се сломила и спустила главу на моје раме. Чврсто сам је загрлио, а њена топлота ми је улила наду. У том тренутку сам знао да ћу живети. Живети да је чувам. Њене сузе више неће тећи, бар не од туге. Она је та која ме је убедила да ћу успети кад сам био на ивици провалије. Сада ја њу морам убедити да ће туга проћи, да ћемо заједно успети. Вратили смо се у њену собу. Помогао сам јој да се удобно смести, покрио је и пољубио у чело. Помиловала ме је по лицу.

— Извини. Боли ли те?

— Мало, али ништа страшно. Сад одмори, одспавај.

Уверавао сам је да мало боли, али је ужасно болело. Једва сам стигао до докторове канцеларије да му јавим да се пробудила. Нема везе, нека боли. Спасао сам ону која је мене натерала да се тргнем. Рекао сам доктору и за моје јурење по ходнику за њом.

— Спасао сам је, то је најбитније. Молим Вас, не говорите јој да сам тражио лек против болова. Не желим да се осећа кривом.

— Без бриге. Урадио си велику ствар. Како си? Да ли се нешто променило од оног нашег разговора?

— Ваљда сам добро. Променило се много тога. Неколико страница њеног дневника, и то је то. Илузија је разбијена, нема је више.

Погледао ме је са пуно разумевања и потапшао по рамену. Осетио сам да се међу нама развија пријатељски однос. Помогао ми је до собе, па отишао код ње.

Вратио сам се својим мислима. Сад је свима познато њено име. Марина. Сав мој живот стаје у тих шест слова. Сва моја нада је у тим словима. Она је извезла своје име на мом срцу, оно јој је послужило уместо платна. Избодено, сад је почело да зараста. Почело је да схвата да се она плашила да воли. Налазим јој оправдања за све, али за ћутање га не могу наћи. Можда је мислила да ће ме изгубити, али... знала је да неће. Можда је мислила да ме није достојна, али... знала је да је волим шта год урадила. Признала је да воли и отишла. Боље рећи, побегла. Бојажљива срна је победила ледену краљицу. Права она је победила ону лажну, оригинал је победио копију. Није успела! Лажна није успела да надживи праву себе. Ко би и могао? Ја сам једва успео да сачувам правог себе. Како ли је она издржавала са две себе? Што се ја чудим? Та игра маски је постојала још у Шекспирово време. Она је свој живот посматрала као позориште. Чак је у трагедију свог бивствовања на овом свету унела још једну представу. Та представа смо били наша љубав и ја. Заиграла је и усред представе побегла са сцене на коју се никад није вратила. Нема везе што је разочарала главног глумца. Разочарала је публику која је, иако представа није по њеном укусу, остала због ње.

Занесен овим мислима, нисам видео да је Мелек ушла. Осетио сам је поред себе и загрлио. Знао сам да је она, јер само Мелек може да грли овако нежно.

— О чему тако занесено размишљаш?

— Размишљам... боље да не знаш.

— Реци ми, желим да знам.

— Чак иако је узнемирујуће?

— Чак и тада.

Моја слаба одбрана је проваљена. Њена искреност је срушила за трен оно што сам годинама градио. Ограђивао сам се од људи плашећи их се. Моје лоше процене су усадиле тај страх. Након мог подужег монолога и њеног пажљивог слушања, питала ме је:

— Чега се толико плашиш?

— Људи и себе.

— Немаш разлога да се плашиш себе. Не би ти никога намерно повредио.

— Али чињеница је да то стално радим. Па, тебе сам повредио.

— За разлику од неких, ти си то схватио и извинио се. Иако изгледа да смо потпуно различити, нас двоје смо дубоко повезани. Сад је јасна твоја реакција кад си ме видео први пут.

— Извини још једном.

— Опроштено ти је. Да знаш, мене не треба да се плашиш.

— Знам. Не бих ти ни говорио све ово да осећам другачије.

Растали смо се уз осмехе који су потврђивали наше речи. Обоје смо осетили да смо заувек повезани споном пријатељства које може прерасти у братско-сестрински однос. Прећутно смо се споразумели да нисмо спремни да упловимо у љубав.

Коначно сам кући. Мелек и ја смо започели оно што је одлазак вољених срушио. Заједничким снагама смо изградили нове темеље, сад их треба учврстити. Осећам да морам да урадим нешто што ми се не чини исправним. Марина ће заувек остати у мом срцу, само морам даље. Сутра ћу отићи на њен гроб. Отићи ћу, па шта буде. Сазнао сам да Мелек завршава другу годину студија. Она наставља твој сан, Маринче моје. Сад схватам да је наш сусрет више од случајности. Бог ми је њу послао да схватим да постоји живот после тебе. До скоро, нисам га желео.

Једног поподнева, оставила је на мом столу свеску и отишла у дугу шетњу. Дуго сам се ломио да ли да погледам или не. Ипак, знатижеља је победила. Што би тако немарно оставила нешто лично на мој сто? Вођен том мишљу, отворио сам свеску. Прочитавши њену намену, осетио сам неки жар у очима. Биле су то њене белешке са предавања. Задубљен у читање, нисам приметио кад је ушла и камером забележила овај тренутак.

— Допада ти се, зар не?

— Ово је прелепо!

— И?

— Шта и?

— Кад почињемо припреме за пријемни?

— Одмах, ако немаш ништа против.

Ово је било брзо, без размишљања сам одговорио. Можда су такве одлуке најбоље. Видевши је како весело приноси књиге и свеске, осетио сам неку детињу радост.

Ух! Зар је већ јутро? Мирис кафе ме тера да устанем. Преда мном је тежак дан. Тежак, али не јачи од мене! Прошла ноћ је прошла без сна. Спавао сам свега три сата. Више се не сећам... можда сам плакао. Опет ме је прогонила у мислима, опет ми се вратила, па нестала. Ова љубав почиње да ми личи на љубав Лазе Костића према Ленки. Можда ћу и ја, као Лаза, умрети убрзо након завршене песме о њој. Ма, шта ми је? Ја нити сам песник нити ћу то бити. Све ово је због страха. Не волим гробља. Некако ми је неукусно носити цвеће оној која не може да га узме и насмеши се. Некако не знам која је сврха причати камену, кад та особа зна шта ћеш рећи. Верујем да нас нама битне особе, никад не напуштају. Гледају нас са неба својим лепим окицама.

Још у пицами, улазим у дневну собу где ме чекају кафа и јаја.

— Шта ти је?

— Ништа.

— Опет си је сањао?

Климам главом. Спремам се да јој кажем да идем на гробље. Нисам ни проговорио, а она се загледала у мене и намрштила.

— Нећеш ваљда?

— Хоћу.

— Немој.

— Морам.

Тишина. Мелек дуго гледа кроз прозор. Скупљених усана клима главом. Не знам о чему размишља, али знам да је разумела. Знам да ће ме сада загрлити. Пруживши ми нему подршку, оставиће ме да се сам изборим са мислима. Морам сам да добијем ову битку. Бићу кукавица ако се сада предам. Идем да видим њено лице, идем да посетим моју миљеницу. Чуј ме, ти најлепша станарко мог срца! Чуј ме, ти храбра птицо селице! Долазим ти, дочекај ме с осмехом.

На гробљу сам затекао двоје људи који су загрљени певушили нешто милујући споменик. Кад сам се приближио, видео сам да им сузе капљу и заливају клицу неког цвета. О, не! Њихова бол се не описује, она се ћути. Они певају успаванку својој уснулој беби. Стижем до њеног гроба и сузе клизе. Нека, прочистиће ми душу отежалу од живота. Не издржавам дуже од пет минута. Трчим кући колико ме ноге носе.

Док Мелек учи, ја покушавам да заокупим мисли читањем. Месец је увелико господарио небом, а она мноме. Одлазим до прозора, отварам га и остајем загледан у месец. Осећам је близу себе, ту је, крај мене. Пружам руку да је додирнем. Све што додирујем је ноћ. Благи летњи ветрић ми милује руку, а ја осећам да нешто буја у мени. Инстинктивно узимам папир и оловку, па мучим папир олакшавајући себи. Гле, тачно је да ноћ инспирише. Настала је моја прва песма. Ох! Ја сам као Новалис. Ја сам песник рођен из смрти. Новалис је почео да пише тек након смрти своје велике љубави Софије фон Кин. Његове *Химне ноћи* су настале приликом његове прве посете Софијином гробу. Ох, ноћи! Хвала ти што си ме повезала са човеком коме се дивим. Његова и моја љубав су сличне. Ето, почех и ја да пишем након прве посете Марининном гробу. Тамна ноћ, идеална за стварање. Еееее... Новалисе, колико је само туге у нама! Колико сличности међу нама. Софија и Марина су однеле наш страх од смрти. Обојица смо желели да умремо како бисмо били са њима. Разлика је што ти ниси починио грех који ћу ја цео живот окајавати. Ниси дигао руку на себе, само си желео смрт јер је и она мртва. Да, ти, Лаза Костић и ја. Нас тројица смо повезани снагом љубави, окретањем сопственој унутрашњости. Софија, Ленка и Марина. Лепоте које су нам истовремено улепшале живот својим постојањем и уништиле га одласком на други свет. Оставиле су у нама непролазну жељу за пресељењем из овог, земаљског живота у онај, онострани у којем настављају своје бивствовање.

Након прве песме, уследила је друга, па трећа. Низале су се тако све до касних сати. Кад ме је муза напустила, отишао сам да видим да ли нешто треба мојој Мелек. Тихо сам ушао у собу и затекао је како спава са књигом у руци. Пришао сам, узео књигу и ставио је на ноћни сточић. Благо сам је положио на кревет, покрио је и пољубио у чело. Поново сам се уверио колико је лепа. Тако обавијена слатким сном, изгледала је као анђелак који је слетео на мој кревет тражећи преноћиште. Изгледала је тако нестварно, као да је само ноћас овде, а сутра ће одлепршати попут лептира тражећи ново станиште како би задовољила свој немирни дух.

Уверивши се у мирноћу њеног сна, упутио сам се у постељу немира. И даље ме прогони слика с гробља, та језива туга и тај неправедан бол тих младих људи. Ох! Требао сам да послушам Мелек и не идем. Али, не вреди сумњати у исправност већ учињеног. Лежим у мраку, гледам у плафон док мој мозак врти у празно. Не знам о чему размишљам, осећам као да лебдим, али су ми мишићи толико згрчени и утрнули да не могу да се померим. Осећам благи бол од стомака на горе. Ово ми се дешава већ трећи пут, али нисам ништа рекао Мелек. Трзам се како бих устао, али не вреди, остајем прикован за кревет. Успаничио сам се, покушавам да је позовем, али ни то не могу, изгубио сам и моћ говора. Готово је, помислих, ово је смрт. Још пола минута или минут је трајала моја агонија. Престало је, одахнуо сам. Међутим, ђаво никад не спава. Недуго затим, опет се десило. Овај пут сам могао да вриснем, што сам и учинио. Мелек се појавила испред мене сва бледа и престрашена. Кад ме је питала да ли је кошмар, схватио сам да поново не могу да говорим. Само очи су се кретале и њима сам јој поручио да није кошмар. Рекла је да је позвала доктора и да долази, а ја сам трептао на све што је говорила. Гледао сам је са надом којом се дављеник држи за сламку.

— Пустило ме је.

— Добро је. Запамти све, сваки осећај, да испричаш доктору.

Пустило ме је само да се удобније наместим. Стегао сам зубе кад је поново почело. Отворио сам уста да кажем нешто, а глас ме је поново издао. Скочила је попут уплашене зечице кад се огласило звоно на вратима. Баш кад је доктор ушао у собу, епизода се завршила. Осећао сам малаксалост, лупање срца, страх као да ме неко јури, а кад сам покушао да устанем, вртоглавицу. Након што сам све објаснио, доктор ми је рекао да закажем код неуролога и питао да ли имам паничних напада. Потврдио сам и објашњено ми је да ово може бити последица стреса и паничних проблема. Каже да би било добро, ако се испостави да није неуролошки проблем, да посетим психијатра и идем на сеансе. На мој захтев, дао ми је средство за спавање.

Пробудио сам се сав ознојен. Требало ми је времена да препознам своју кућу, као да сам се пробудио из неког делиријума. Мутило ми се пред очима, али сам био упоран да разбистрим вид. Кроз главу ми је пролазило једно једино питање: Шта ово би? Каква је ово лупњава? Покушао сам да устанем, међутим, моје тело је било толико слабо да је одбијало послушност. Мирис кафе ми је окупирао чуло мириса. Прво ми се учинило да видим моје Маринче на вратима, а онда... Бол ме пресече кад се сетих да ње више нема. Сузе су лиле низ лице попут кише, а јецаји су парали ваздух. Придигао сам се у седећи положај и скршио руке. Мелек је оставила кафе на сточић и потрчала ка мени. Загрлила ме је и плачним гласом рекла:
— Немој.
— Трудим се, мила моја.
— Знам.
Зајецали смо као мала деца. Попили смо кафу заједно па је она отишла да учи. Ја сам се затворио у своју собу, писао, читао. Осећао сам се измучено и празно. Она ми је била једина утеха. Њено име као да је неко уклесао на моје усне. Све је исто као пре. Осећам да ће доћи, ући кроз ова врата и рећи да је све ово сан, ноћна мора. Срце верује да је она негде далеко, да је њена смрт само прича за мене. Срце, а разум је нешто друго. Разум вришти на сав глас против срца, разум алармира илузију срца. Разум се претвара у киселину која прети да изједе... Ма, шта ја то

бунцам? Нисам при себи. Добро, човече, упосли се нечим. Шта би са оним да ћеш да се унормалиш?

Обуздавам се и поново враћам читању. Овај пут се одлучујем за стручну литературу и отварам Деретићеву *Историју књижевности*. У једном тренутку случајно погледах кроз прозор и видех да је већ ноћ. Привукоше ме звезде, па пођох да их гледам. Ох, не могу описати који мир осетих. Као да је време стало, као да сам отишао изнад облака. Како до сад нисам приметио да је моја душа уметничка? Све у своје време. Све дође кад треба. Због нечега је било потребно да тек сад упознам себе као уметника. Нећу тражити разлоге јер је то губљење времена. Само Бог зна зашто нешто или некога шаље у наш живот. Верујем да Му се треба препустити и то чиним. Више се не опирем ничему, видео сам где ме је то довело.

Загледан у пространо небо посуто звездама, заборавио сам где се налазим. Заборавио сам на Мелек којој сам планирао да скувам кафу. Заборавио сам да живот постоји након ових магичних тренутака. Одлутао сам негде. Не знам где. Само знам да тамо нема Марине, нема бола, тамо је само љубав. Тамо се прошлост брише првим кораком преко прага који дели стварност и имагинацију. Тамо се заборавља прошли живот чим пређеш праг стварности. У том имагинарном свету сам срећан.

Нечија рука на мом рамену, неко ме је отргао од имагинације. То је Мелек која не проговара, само ме нетремице гледа и смешка се.

— Што ме тако гледаш?

— Први пут те видим да се смејеш.

— Нисам приметио да сам се насмејао.

— Јеси.

— Чудно. Мислио сам да сам заборавио.

— Због чега си се насмејао?

— Не знам.

Ето тако. Роди ми се нека мисао и тако за трен нестане. Не стигнем ни да је запамтим јер одлази попут звезде падалице. Некад се запитам и да ли је била ту. Оде она од мене, али је ја осећам, ипак сам уверен у њену постојаност. Не знам која је ни њено име ни садржај, али знам да је лепа, прелепа. Остао је осећај, нежан и чист, остао је занос заљубљеног. Остао је благи осмех и срећа у оку. Понекад мисао и није толико важна колико је важно оно што остаје после ње.

— Прелеп си.

— Шта?

— Мислим, кад се смејеш.

Скренула је поглед. Кад га је поново подигла, видео сам нешто. Нешто што ме је натерало да се поново насмејем.

— Да престанем?

— Немој.

Хтела је да дода још нешто, али је прећутала. Глас јој је добио још нежнију боју, а образи благо поруменеше. Нисам могао да скинем поглед с њених очију.

— Шта мислиш, јесам ли се заљубио?

— Могуће.

Ох, сетио сам се једног магичног тренутка са Марином. Била је топла летња ноћ, а нас двоје свеже заљубљени. Тад сам јој купио плишано срце. Небо је било пуно звезда, а слаба улична светла су доприносила атмосфери. Ухватио сам погледом оно нечујно захваљивање, насмешисмо се и ја јој спустих пољубац на уснице од меда. То је успомена коју ћу увек памтити. Само, сада желим све да поновим. Изненада сам свестан сазнања да знам и са ким.

— Пођи са мном, Мелек.

— Шта ћемо сада напољу?

— Нешто посебно.

Загрлио сам је и заједно смо гледали звезде занесени и весели. Сретоше нам се погледи и разумеше осмеси. Разумели смо да обоје желимо исто. Пољубих је док су звезде остављале траг на небу изнад нас. Њени образи су били црвени, изгледа тако љупко кад јагодице добију боју. Прешао сам погледом по њима, а њен је био негде између земље и мојих руку на њеном лицу. Ох, ово је невероватно! Ухватио сам у њеном оку тренутак кад је звезда падалица пролетела! Та магија је нестала за пар секунди, а ми смо тек почели да трајемо. Да, ово је тај смисао, једино ови тренуци у мом животу имају смисла.

Наслонила се на мене и могао сам да осетим њено постојање. Све до овог тренутка мислио сам да је она само моје привиђење, плод мог лудила. Ипак, њене нежне руке и крупне очи су постојале. Постао сам свестан да ми је највећа срећа у рукама. Проводећи дане са њом, схватио сам да није ни налик Марини, Мелек је неупоредиво боља. Зато, од овог тренутка постоји само она.

Мелек је сигурна у мене, не боји ме се. Заправо, она ме је научила да се себе не треба плашити, да смо ми најбољи онакви какви јесмо. Могла је да ме спречи да одем на Маринин гроб, али није. Није, јер је знала да је то морало тако. Знала је да морам да се суочим са тим и победим бол. Ја сам се плашио јер сам мислио да ћу након тога опет пожелети да ме нема. Она се није плашила јер је знала да бих наудио себи да нисам то урадио.

— Ово је заиста нешто посебно.

— Драго ми је да јесте.

— Од кад смо се упознали, наслућујем романтика у теби. Зашто си га гушио до сада?

— Мислио сам да је глупо.

— Предивно је!

Ове речи је узвикнула на неки нежан начин. Узвик је више личио на шапат. Личио је на нешто што је налик тајни, а није тајна. Њене усне, тако пуне и насмејане, њен трептај и жар испод погледа. Све то, све као да је одувек постојало у мом животу. Сва та лепота, чистота, као да брише моју прљавштину. Као да ми говори да је било доста, да је време да окренем нови лист. Време је да поцепам све странице старе књиге и почнем да пишем нову. Покушаћу, покушаћу у нади да ће ова књига бити боља. У нади да ће бити написана бољим стилом, са мање мрака, са мање грешака. Покушаћу у нади да ћу овај пут успети, покушаћу вером у оно што пишем. Покушаћу да пишући изградим темеље новом животу. Хоћу, па макар морао пре тога све кости да поломим и саставим.

Осетих да је почела да дрхти у мом наручју, вече је било прохладно. Уђосмо у кућу и ја је покрих. Док је она читала, ја сам јој скувао чај и спремио вечеру. Сео сам поред ње и хранио је, а она се слатко смејала. По том смеху сам знао да ја први чиним ово за њу и да јој је баш овако нешто било потребно. Насмејала се и одједном бризнула у плач. Загрлио сам је најнежније, а опет снажно. Онако да зна да је волим безусловно, да сам њен ослонац и раме за плакање.

— Не плачи, мила моја.

— Кад би дека...

— Види он, види све. Види са неба, не брини.

— Зар стварно види?

— Види, ако верујеш у то, заиста види.

— Онда је истина. Од кад га нема, ја верујем да је прва звезда коју угледам заправо он.

Погледала је тако тужно, а ја, да бих је орасположио, уснама покупих сузе с њених образа.

— Значи, види?

— Види и срећан је, мила.

— Ја сам срећна што имам тебе.

— И ја сам срећан што имам тебе.

Иако не волим кад плаче, сад су њени образи још лепши. Њено бело лице је добило мало црвене боје. Бићу јој вечно захвалан што ме је оживела. Учинила је да оно најбоље у мени исплива, променила ме је, извршила замену личности. Поразила је оног лошег у мени, а доброг учинила победником.

— Зашто су ти очи сузне? Не плаче ти се ваљда?

— Никако, зашто бих плакао?

— Можда сам те растужила?

— Ниси, био бих тужан да си наставила да плачеш.

Прошла ми је нежним прстима кроз косу. Појела је једно јаје и гурнула тањир ка мени.

— Поједи оба.

— А ти?

— Не могу сада.

Гледао сам је како једе са уживањем. Вратио се осмех до кога ми је толико стало. Поглед ми се приковао за њене дуге трепавице које су изгледале још дуже кад би јој коса прекрила образе. Надам се да ће ова нежна срна заувек остати крај мене. Желео бих вечно да је штитим, желео бих да се сваки дан овако смејемо.

Прошло је лето, прошла је јесен. Једног зимског јутра, будим се натмурен. Као и увек, ово је доба године кад резимирам цео свој живот, доба кад ме све лоше притисне, а добро заобиђе. Мелек је очистила другу годину и кренула су предавања у трећој години. Док је она на предавањима, кувам себи кафу не бих ли се загрејао и разбистрио мисли. Преко дукса облачим њен џемпер који је довољно широк да можемо обоје да га носимо. Мирише на њу, а њен мирис ме смирује. Гледам на сат, па њен распоред предавања. Сад има паузу од два сата. Идем код ње, глупо је да се она по зими враћа, па поново да иде на факултет.

— Драга, не мораш да долазиш кући. Долазим ја тамо.

— Стварно? Хоћеш ли?

— Наравно да хоћу. Треба ли ти нешто?

— Понеси ми онај твој џемпер, овде је као у ледари. Добро се обуци.

— Не брини.

Узео сам мој најлепши и најтоплији џемпер па кренуо. Убрзо сам био у њеном загрљају.

— Знала сам да ћеш га обући!

— Ако желиш скинућу га, није проблем.

— Не блесо, баш си згодан у њему.

— Хвала, и ти си прелепа у мом џемперу.

Студенти и професори су пролазили поред нас, а ми смо уживали једно у другом. Тада није постојала ни једна друга планета сем наше.

— Љубави, нешто си ми нерасположен.

— Јесам, али кад те видим одмах ми је боље.

— Излечићу те ја од болести резимирања свог живота, бар оног лошег дела. Добар део увек треба задржати.

Насмејао сам се и пољубио је у чело.

— Болничарко моја, слушам те.

— Пиши. Све своје мисли преточи у речи.

— То је тако једноставно. Има ли нешто теже?

— Мазохисто! Не, овде је циљ да олакшаш себи, а не да отежаш.

Пришли смо аутомату и узели топлу чоколаду. Причали смо о томе како су природа и човек повезани, како су човекова осећања и расположења често иста као и природа. Затим смо тражили решење да се победи тмурно расположење и да будемо у контрасту са природом. Заправо, лоше време има својих благодати ако човек уме да га искористи. Док је напољу хладно, а небо сиво, човек може да се утопли и ужива у друштву јунака неке књиге, може да гледа филм уз кокице, може да пише, да проучава оно што га интересује, слуша музику или једноставно да стоји крај прозора и гледа како се пахуље снега или капи кише спуштају на тло.

Неки немир ме је обузео, или страх, или... ма шта год. Снажно сам осећао да треба отићи кући, што пре. Ох! Овај страх ме гуши, изненада добијам напад панике. То ми се не дешава често, ово је други пут. Први пут је било кад ми је мајка... Не могу поново то да проживљавам. Живот пре Марине — Пакас, живот после ње — Чистилиште, живот са Мелек — Рај. О, Данте! Имам и ја своју Беатриче!

— Љубави, хајдемо кући.

— Али... предавање?

— Немој ићи, молим те!

— Смири се, смири се.

— Хајдемо одавде, једино тако...

— Добро, добро. Идем по ствари.

Отишла је по ствари, а ја сам се само молио да се врати. Затворио сам очи. Нека се ништа не догоди! Клекнуо сам на под. Боже, чувај ми је! Неко ме додирује по рамену.

— Јеси ли добро?

— Нисам... Јесам... Нисам.

— Чекаш је?

— Да, отишла је по ствари.

— Још су на клупи, а она није улазила...

— Како? Где је онда?

— Не знам, али нешто се дешава. Помињала ми је да је неки тип прати.

тип прати.

Следио сам се. Схватио сам и тело под џемпером ми је задрхтало. Она је знала, због тога је плакала, а мени је рекла да је због деке. Зато је обукла мој џемпер, да погледа смрти у очи имајући нешто моје на себи. Пркосила је смрти љубављу, веровала да ће је она избавити.

Потрчао сам да пронађем мој живот. Све око мене се вртело, весело као рингишпил. Потрчао сам и... врисак! Немој... Последњи звук који чујем, звук кола хитне помоћи.

Наредног дана се не сећам. Рекли су ми да нисам ни јео, ни спавао, нисам ни кап воде попио. Само сам понављао њено име. Она ми је све, цео живот. Не могу ја без ње. Како ћу? Кажу да неће издржати. Кажу да је чудо што није умрла на лицу места. Кажу да се припремим да ћу је изгубити... а ја... ја је не дам, ником, па ни смрти!

Након три дана се пробудила. Није имала снаге да говори, само ме је гледала њеним прелепим очима и прећутно говорила да ме воли. Ухватио сам је за руку. Пољубио сам је и шапнуо да је волим. Смогла је снаге да подигне руке, додирне ми лице и прошапуће да ме воли. Насмешила се и затворила очи, а онда... онда су апарати запиштали.

Био је то наш последњи тренутак. Бар је отишла насмејана.

Данима нисам знао за себе. Очекивао сам да сваког тренутка уђе и пробуди ме из ноћне море. Дисе, да си жив позвао бих те да поразговарамо! Блед сам, луд. Растрзан. Не знам да ли је њен одлазак сан или стварност. Живот су ми постали стихови:

Можда спава са очима изван сваког зла,
Изван ствари, илузија, изван живота,
И с њом спава, невиђена, њена лепота;
Можда живи и доћи ће после овог сна.
Можда спава са очима изван сваког зла.[2]

Ето, то је мој живот сада, ако се то уопште може назвати животом. Зовем се Нико. Пореклом сам из Италије коју никад нисам волео, мрзим је. Одузела ми је све. Ево ме сад у Србији која ми опет све узима. Ево ме у земљи коју волим, бар сам је волео док ми није узела све. Поново сам сам, без иког.

Никад нисам веровао у беспуће, нисам, а сада стојим лицем у лице с њим. Ја сам заиста Нико без ње. Опет сам на нули, почетак без краја, бесконачна нула. Боље да су мене отели, везали, мучили. Прогања ме њен врисак. Причали су ми, гурнуо ју је са врха зграде факултета. Причали су како је ударила у земљу, причали детаље, а ја сам чуо само врисак.

Опет ми пролазе ноћи, опет се вуку дани. Постао сам чудак који не може без ноћи. Можда сам цео живот живео као чудак, можда је Мелек (ни сада нећу написати њено име) успавала ту звер у мени. Можда је она, та звер, и даље део мене, само је припитомљена. Мелек! Чујем куцање на вратима.

— Мелек, душо, јеси ли ти?

Тишина. Куцање се поново чује, отварам врата. Само ноћ гледа у мене. Већ почињем да се плашим. Затварам врата, а куцање не престаје. У глави хиљаду мисли, а само једна никад не пролази. Ово ми је исувише познато, као да сам већ доживео. Едгар Алан По и његов *Гавран*. То је то, пројекција прочитаног. Може бити.

Сваке ноћи је сањам. Са нама су Лаза и Ленка. У Италији смо, испред цркве. Наше драге се појављују, њихов лик нас дозива са неба. Чекајте нас, брзо ћемо ми! Удаљавам се од Лазе, занесеног привиђењем, а пут ме води некуда, не знам више, заборавио сам где води стаза којом ми је срце пошло. Идем тако смркнут, љут на живот, кад оно испред мене невероватан пејзаж. Огромно поље са белим кућама, а између њих љубичасто цвеће. По зидовима кућа и врховима цветова златне шљокице. Све је посуто њима, а небо плаво, без иједног облачка. Провлачим се кроз цвеће, опијен мирисом и испуњен радошћу. Идем, не стајем. Идем милујући латице цвећа коме не знам име. У једном тренутку угледам Мелек у белој хаљини са велом на глави. Смеши ми се мој анђео! Берем један цвет и стављам јој у косу. Окренем се, а оно сви цветови увели.

Трзам се. Поново исти сан, поново оно што није суђено. Та хаљина, тај осмех. Једна од тих кућа је требала да буде наша. Те вечери кад ју је онај гад гурнуо, те вечери сам желео да је запросим. Отишла си, сад нека ти твоја браћа кажу оно што ја нисам стигао.

Онако измучен, склопио сам очи и утонуо у неми бескрај. Она и Ленка су ишчезле. Она са велом на глави, а Ленка, Ленка, не знам. Немам речи којима бих описао те две божанствене лепоте. Можда их Лаза има, зато одлазим њему. Знам где ћу га наћи.

— Лазо!

— Нико!

— Имаш ли речи за наше лепотице?

— Знаш их, рекао сам ти.

Будим се у зноју и осећам слабост тела. И даље чујем Лазу како рецитује. Придружујем му се на крају песме.

А кад ми дође да прсне глава
о тог живота хридовит крај,
најлепши сан ми постаће јава,
мој ропац њено: „Ево ме, нај!"
Из ништавила у славу слава,
из безњенице у рај, у рај!
У рај, у рај, у њезин загрљај!

Све ће се жеље ту да пробуде,
душине жице све да прогуде,
задивићемо светске колуте,
богове силне, камоли људе,
звездама ћемо померит путе,
сунцима засут сељенске студе,
да у све куте зоре заруде,
да од милине дуси полуде,
Santa Maria della Salute.[3]

Рекао сам све, можда и више него што могу. Снага ме издаје, осећам како ми срце прескаче покоји откуцај. Нико је остао нико. Један бедни, безначајни очајник који руши све чега се такне. Апсолутно све.

А она ми је била све...

[1] Светлана Мирчов — *Енциклопедија цитата*
[2] Владислав Петковић Дис — *Можда спава*
[3] Лаза Костић — *Santa Maria della Salute*

Млада ауторка романа „Игра судбине" представља се читаоцима у истом, за њу карактеристичном маниру, својеврсном неоромантизму. У роману „Нико и Нико" преплићу се ликови, дела и аутори из српске и светске књижевности, а ауторка храбро оставља простор читаочевој машти и тиме читаоце вешто ставља на место неодвојивог посматрача самих догађаја.

Мотив непрекидног бола и патње безимених јунака и губитак вољених особа зближава их и води нас кроз љубавне приче, које већ у својим почецима наговештавају лошу срећу и злу судбину. Снагом своје личности Нико пролази кроз све фазе религиозног, тј. библијског пута, Дантеовог Пакла, Чистилишта и Раја. Мистичност жена које су га волеле, а које су га безповратно напустиле, остаје да леби његовим осећањима и мислима које га одводе у агонију сопственог ништавила. Изражени мотив самоубиства представља својеврсну контрадикцију скривене религиозности и непредвидиве садашњости. Ауторка оставља могућност размишљању о сврсисходности или апсолутном греху самоубиства, притом испунивши свој роман оригиналношћу и карактерним богатством својих безимених актера. На самом крају ауторка дела превазилази сопствене списатељске норме и читаоце оставља затеченим и замишљеним над вечитим питањима живота и смрти.

Александра Стојадиновић Јовић

Стваралаштво младе књижевнице Софије Ивановић несумњиво показује колико је тема љубави неисцрпна, те из колико различитих углова и на колико различитих начина се може сагледати, а да притом отвори многа питања за даље разматрање. У роману „Нико и Нико” системом огледала и константних удвостручавања, Ивановићева понире у најдубље сфере људске душе, откривајући њен дуалитет. Но, кренимо редом.

Читалац се већ насловом ставља у ребус, да ли је у питању грешка, привид да је заправо реч о Никоме и Некоме, те се враћа да погледа још једном или се ради о нечем трећем, што ће попут загонетке разоткривати до самог краја. Главни јунак непрекидно „комуницира” са својим унутрашњим „ја”, чиме посредно ставља читаоца у позицију саучесника и невидљивог саговорника. Захваљујући томе формира се лик трагично преминуле вољене жене, чији га губитак и самог гони у смрт. Ту постаје јасно да је то разлог његовог поништавања и оног првог Нико из наслова. Из сибирски хладног амбијента враћа нас у простор куће у којој му саопштавају трагичне вести. Посебно је интересантна њена љубичаста боја, која се симболички доводи у везу са ауторитетом и влашћу, што показује да је и она била власница јунакове судбине. Такође, важно је истаћи и да се поменута боја у хришћанству неретко везује за дуалитет човекове природе, с обзиром на то да је настала мешањем црвене (симбол физичког) и плаве (симбол духовног), што ће се и кроз лик оне које нема а која је свеприсутна у роману и показати. Друго поништавање идентитета јунака, тј. друго Нико из наслова почеће са рађањем оног тренутка када прво „умире”, чиме се шанса за његов спас неповратно губи.

Привид среће, оличен у лику Мелек, како ју је назвао, биће узрок његовог коначног емотивног краха и спознаје костићевског у себи. Уопште узевши, око главног јунака се попут нити обавијају прошлост и садашњост у ликовима двају на први поглед сличних, а суштински различитих жена, које га изазивају да се загледа у и око себе, вукући га, једна у смрт, а друга у живот. Њих две постају једна другој одрази и као да се прва огледа у другој, те је оног трена када примети да је одраз лепши тако обрушава да је „разбија” на комаде, па Мелек и нема шансе да преживи на крају. У свему томе главни јунак губи везу са сопственим идентитетом, реалношћу пуштајући да се Нико удвостручи.

Такође, Ивановићева непосредно, директно позива јунаке и писце дела која су посебно значајна за третирање ликова и ситуације у којима се налазе, али и посредно, асоцијативно наводи читаоце да сами трагају за оним што није изречено а несумњиво постоји. Тако нас подсећа на Золу, Бекета, Костића, али јакшићевски жал, толстојевску осуду, хамлетовске дилеме. Са друге стране постојањем књиге у књизи и дневничких забелешки пишчеве мртве драге поцртава се значај писане речи, која није само средство за „олакшавање” душе већ и кључ за разоткривање.

Иако на први поглед крај романа делује као апсолутни крах јунакове личности, треба рећи да је ауторка оставила многа места за учитавање и истраживање постављајући питања чије одговоре бисмо могли наћи у неком од њених наредних остварења. Из свега наведеног закључујемо да је из Софијиног пера рођен јунак са којим саосећа сваки читалац спреман да се загледа у себе и запита да ли велике трагедије рађају новог човека или га поништавају.

Сања Живковић

ИГРА СУДБИНЕ

Овај роман нема никакве везе са догађајима из ауторкиног живота. Све називе књига без наведеног аутора смислила је ауторка за потребе романа.

~~~

Овај роман посвећујем мојој најбољој другарици Милици. Хвала ти за подршку и идеје и што ми улепшаваш живот сваки дан.

ПРВИ ДЕО

Дневник једног анђела

Опет почиње. Јавља се осећај од синоћ. Бескорисна сам сама себи. Глава ми је пуна питања. Како да скинем прљавштину са себе? Како да се оперем? Нисам то желела. О, докле више? Женско сам, од крви и меса, а не нека играчка за дан.

А шта оно кажу? Да. Идем под туш, добро да се истрљам, попијем шољу чаја и уживам уз књигу. Ало! Магдалена! Не мисли на то.

Нагло збацујем покривач са себе. При том се саплићем о сунђерасту лоптицу. Баш сам трапава. Толико ми се жури да заборављам да упалим светло у соби. Ходање по мраку не спада у моје способности, тако да се више пута закуцавам или у зид или у врата. Од тог закуцавања почиње да ме боли глава. Стењем и коначно проналазим купатило. У купатилу проводим пола сата. Знате већ како то иде. Док се скине шминка, које тек сад постајем свесна, почупа која длачица, истушира се и намацка крема.

Враћам се у собу и прелећем погледом наслове на полици. Поглед ми се зауставља на књизи коју сам прочитала три пута. Одолевам жељи да је поново зграбим. Одлучујем се за случајан избор. Затварам очи и прстом повлачим књигу напред. Избор је пао на Сесилију Ахерн и *Хвала за успомене* ми заокупља пажњу. Са шољом чаја седам на столицу и фокусирам се на читање.

Првих неколико минута мисли ми лутају, али убеђујем себе да је књига боља од њих.

На крају се толико задубљујем и не чујем звоно на вратима.

— Магдалена!

Књига ми испада из руку.

— Гррр! Молим?

— Свратио сам да видим како си.

— Добро.

Не умем да лажем. Моју изјаву прати спуштање погледа. Потпуно супротан ефекат. Не могу да му кажем за ово. Мисли ми беже на другу страну. Размишљам о томе да му кажем. Ипак је Лука мој најбољи друг. И полицајац. Подсећам саму себе.

— Ниси добро. Зашто ме лажеш?

— Стварно није ништа. Само сам...

— Мене не можеш да лажеш. Чудна си. Данима не излазиш из куће, кад ти се спомену момци побесниш, поглед ти је одсутан.

— Мучи ме нешто. Тачније неко. Не могу сада о томе.

Грли ме његова снажна рука. Драго ми је што не морам да му кажем. Рећи ћу му уколико се настави ово вређање. Од Луке сам научила да морам да сачувам злобне и претеће поруке.

Осећам потребу да избацим то из себе. Процењујем да је он права особа. Речи ми клизе лако као што то ради клизачица на леду. Гледам у његово смирено и прибрано лице и знам да ће све бити у реду. Знам да ће ме штитити.

Не желим да га користим, али заиста ми је потребна заштита. Стварно ми није свеједно да будем сама.

— Извини, задржавам те овде, а сигурно имаш посла.

— Ма дај, не остављам те такву, никад. Пођи са мном.

Баш сад звони телефон. Гледамо обоје у име на екрану. Лука ми шапуће да упалим звучник. Узима свој телефон и укључује снимање говора.

— Шта си урадио?

— Чула си. Дођи у хотел или си мртва.

Прекинуо је везу пре него што сам успела да одговорим. Бледа сам и борим се са несвестицом. Није први пут да ме рођени отац продаје за новац. Не, ја нисам курва!

Сећам се дана кад ме се отац одрекао. Ако ме питате зашто, не знам ни сама.

— И, шта ћу сад?

Хвата ме бес. Панично тражим сунђерасту лоптицу. Лука зна да не могу да контролишем бес па ме хвата за руке.

— Прво се смири.

— Шта замишља он? Нећу да имам секс са неким мороном. Радио је то више пута, а синоћ је један упао у моју кућу и...

— Шта ти је урадио?

— Дао ми је паре и рекао да ће ме убити.

О, Боже! Како сам се избрбљала. Не могу да верујем да сам ово изговорила.

— Што ми ниси рекла?

— Нећу да мислиш да сам курва и да ме сажаљеваш.

— Побогу Магда! То што је урадио је за затвор. Жртва јеси, али те не сажаљевам. Само хоћу да те заштитим. Хоћу да ти помогнем. Шта ти је још урадио?

Згроженост ми облива лице и осећам како бес нестрпљиво чека да излети из моје душе.

— Додиривао ме је и направио ми модрице на рукама.

Дефинитивно не схватам. Претње су ми позната ствар, али страх више не могу да сакријем.

— Знаш шта, водим те одавде.

— Где ме водиш?

— Идемо у миран крај. Негде где те неће узнемиравати, где ти неће претити. Продај ову кућу и пресели се у Београд.

Буди тамо неко време па ћемо заједно отићи у Црну Гору. Тамо имам кућу.

— Нисам још спремна за тако нешто. Не схватај ово одбијање као увреду.

— Другарице, све у своје време.

— Желела бих да будем мало сама. Треба ми мало времена да одлучим идем ли у хотел или не.

— Ја ти саветујем да не идеш. Знај да сам уз тебе шта год одлучиш и шта год да се деси.

— Хвала ти.

Остала сам сама, а мозак ми ради триста на сат. Набрајам у себи разлоге за и против. Закључујем да је више оних против.

Мој живот није онакав какав сам желела да имам. Безброј неостварених жеља ми пролази кроз главу. Воз жеља се зауставља на последњој станици. Писање. Желим да се опробам у писању романа пошто песме већ пишем. У следећој секунди хватам себе како окрећем листове споменара у потрази за једним саставом. Поглед ми пада на песму. Читам и нешто ме жигну. То је песма коју ми је неко послао поштом. Ни дан-данас нисам открила ко. Враћам филм уназад. Имала сам 16 година. Нисам имала дечка. Немам га ни сад, нити сам га икад имала. А опет, знам како је кад останеш сам.

Мисли ми се враћају на прошлу недељу. Проклети скот! Нек се носи! Због тог насилника, или злостављача, како год га назвали, ниједном нисам изашла из куће без страха. Немам жељу да излазим. Мушкарце не гледам у очи и не дозвољавам им да ми приђу. Ту привилегију имају Лука и Лазар. Они су цео мој свет. Учинили су ми живот лепшим.

Гледам на сат и хвата ме паника. Не идем у хотел. Поново ће ме понижавати, а ја то не желим. Да бих избегла насиље, овог пута морам заиста да одем од куће. Нећу се провући ако, као сваки пут до сада, угасим сва светла и склупчам се у кревет.

Грабим торбу и у њу убацујем књигу и спаваћицу. Гасим сва светла и затварам прозоре. Излазим и закључавам врата за собом. Одлучујем да одем код Лазара. Он ће ми дати неке корисне савете да не упаднем у још већи бедак.

Задихано лупам на врата. Он отвара и пушта ме унутра.

— Што тако јуриш?

— Ако ме је неко пратио, мртва сам — дахћем.

Осећам како ми се сузе скупљају у очима док му говорим о прошлонедељном догађају и претњи.

— Не могу да издржим, стварно не могу. Загрли ме и повуци што даље од страха и бола. Не, ја нисам кукавица, зар не?

Његове очи ме фиксирају погледом.

— Наравно да ниси. Исплачи се, биће ти лакше.

— Знаш, много ме је страх кад сам код куће. Немам мира, на сваки шум се трзам. Увек кад чујем звоно на вратима, увек се успаничим.

Покушавала сам да се саберем. Сузе су текле из мојих очију као водопади. Лазар је пришао и загрлио ме. Одмах сам осетила сигурност.

— Можеш ли да позовеш Луку и кажеш му да не иде код мене кући?

— Наравно, дај ми број.

— Не, не, ево ти са мог телефона. Ја стварно не могу да причам.

Дошли смо до тога да морамо бити опрезни. Ја, која сам увек ишла уздигнуте главе, сад од стида морам да је спустим. Сада живот из мене црпи оно најгоре. Оно што одувек покушавам да сакријем. У сећање ми се враћа слика како неки очев друг, чије име ни сада не знам, додирује моје тело и говори ми да мора да ме задовољи. После сваке ноћи, тачније односа, окретао би ме на стомак и ножем ми остављао ожиљак. На мом телу се види колико пута сам била понижена. Пожалила сам се оцу, а он ми је рекао да морам то да радим. Закључила сам да је он издао наређење том човеку.

Сећам се колико сам плакала, опирала се и молила. Узалуд. Никоме није стало до невине и беспомоћне девојчице која тек улази у тринаесту годину.

Након тога се десио преокрет у мом животу. На петнаести рођендан сам упознала Луку и живот је добио боје. Није много прошло, појавио се и Лазар.

Сада лежим на кревету и покушавам да нађем изгубљене делове слагалице. Знам да ће једном морати да се искристалишу догађаји из прошлости који су остали нејасни, мутни.

Пред очима ми искрсава сећање на ноћ коју ћу заувек памтити. Била је то свежа ноћ. Хладан ваздух допирао је са свих страна. Мајка и ја смо седеле у башти и посматрале звезде. Кратко смо уживале јер је дошао отац и послао ме у собу. Неко време је све било мирно и чула сам мајку како говори оцу да оде где треба и да се врати. Отишао је, чула сам како се капија затвара. Ухватио ме неки немир. Плашила сам се за мајку. Није прошло ни десет минута откако је отац отишао. Чуо се пуцањ. Појурила сам напоље, угледала крв и мајку како беживотно лежи.

И даље ми није јасно ко је желео да уклони моју мајку и због чега. Сумња се рађа у мени. На памет ми пада да је то био отац. Он је стално пребацивао мајци што ме је штитила. Што је покушала да спречи злостављање. Рађа ми се мисао да је то био отац. Одбијам да поверујем у то, али ипак... Како да објасним очеве речи:

— Знао сам да ће данас умрети. Тако је морало да буде.

Копиле безосећајно! Сад видим да се људи не мењају. Мењају се само њихове маске и тактике. Зар је дошло време у коме невини највише страдају?

Све ми указује на то да је мој отац убица. Никада ме није помиловао, ни похвалио. Знао је само да ме сече погледом и виче на мене. Тек треба да чујете причу о томе како сам заволела књиге.

Верујте ми, из досаде сам почела да читам и свидело ми се. Отац ми није дозвољавао да гледам телевизију, а компјутеру нисам смела ни да приђем. Кад сам желела да изађем да прошетам, погледао би ме као да сам луда и показао руком ка мојој соби. Рекао ми је:

— Можеш да идеш у библиотеку ако желиш.

Нисам била у затвору, а ипак јесам. Мислим, у сопственој кући сам, а не смем ни на терасу. Дозвољен ми је боравак у библиотеци и спаваћој соби.

Поглед ми пада на прозор. Сунце полако излази, а ја сам будна. Уопште нисам спавала. Све чега сам се сетила те ноћи доводи ме до закључка да је то био отац. Нимало љубави нисам осетила. Живот стално налази нешто да ми задаје ударце.

Устајем из кревета и у нови дан крећем са мишљу на лето. Једва чекам да стигну јагоде. Једва чекам да једем мамино и моје омиљено воће. При помисли на маму, створи се осмех на углу усана. У исто време ми је и тешко и драго што није овде. Тешко ми је јер нема ко да стане на моју страну и нежно ме помилује. Драго ми је што не гледа пакао од мог живота. Мада, знам да ме посматра са неба и моли се за мене. Одједном имам потребу да идем у цркву. Никад до сад нисам осетила овако јаку потребу за нечим. До сада су моје молитве биле механичке, али сада имам потребу да се исплачем пред Богом и замолим Га да чува Луку и Лазара, да им подари срећу, а мени како буде. Таква сам ја, увек стављам друге испред себе, и оне који заслужују и оне који не заслужују. Можда Бог жели да ме опомене, да ми каже да на прво место ставим себе овај пут. Сигурна сам да је тако.

Излазим из цркве и чујем прасак. Уплашено крећем напред и налећем на рањеног младића. Брзо вадим телефон и зовем хитну. Смиривала сам видно уплашеног младића, покушавала да га задржим у свесном стању док хитна помоћ не стигне. Молим се у себи да младић издржи. Нисам спремна да још неко умре пред мојим очима. Нисам спремна да присуствујем још једној смрти.

Свештеник нас је видео и пришао нам. Објаснила сам шта се десило и заједно смо се помолили. Хитна помоћ је коначно стигла и ушла сам у кола како бих била уз младића.

Приметивши мој избезумљен поглед, сестра ми је рекла:

— Не бој се, дете. Јак је он момак. Биће све у реду.

Сутрадан сам сазнала да се зове Виктор. Отишла сам са Луком у болницу.

— Како си Викторе?

— Добро сам. Ти си она девојка што ме је нашла испред цркве?

— Да, ја сам. Зовем се Магдалена.

— Хвала ти Магдалена. Ти си добра девојка.

— Ово је мој друг Лука. Он је полицајац, па ако желиш попричајте насамо. И, нема на чему. Била би штета да ти се нешто догодило. Мислим, нећеш имати трајне последице. Причала сам са твојом сестром и знам да немаш непријатеље. Овај метак је био намењен мени.

— Немогуће. Ко би тебе хтео да убије?

— Могуће је. Иако никог нисам видела испред цркве, ни пре ни после пуцања, знам о коме се ради. Та прича је дуга и није за болницу.

— Обавезно ћеш ми испричати кад изађем одавде.

— Важи. Сад се одмори.

Ишла сам ходником ка излазу и у једном тренутку ме је сестра зауставила.

— Девојко, не изгледаш добро. Дођи овамо.

— Све је у реду, заиста.

— Не изгледаш добро. Молим те, прати ме.

Следила сам се. Ја се добро осећам. Не знам по чему је закључила да ми нешто фали. Увела ме је у ординацију и извадила ми крв. И даље сам била у чуду.

— Извините, а на основу чега сте утврдили да ми нешто фали? Ја се осећам добро.

— Драга девојко, радим овде седам година и за то време сам научила како изгледају силоване девојке. По томе како си јуче гледала оног младића и по твојој бризи за њега, који ти је потпуни странац, закључила сам, или си остављена или силована.

— Нисам хтела да вређам. Понекад сам превише радознала.

— Твој друг ми је поменуо да не можеш да контролишеш бес. Да ли је то истина?

— Јесте. Зато имам сунђерасту лоптицу коју стежем из све снаге кад побесним.

Тек сад сам постала свесна која опасност се крије из свега. Можда сам трудна. Можда... не, нећу да размишљам о томе. Али ипак...

Одлазим кући и покушавам да не мислим ни о чему. У свему томе, не примећујем да ми неки човек иде у сусрет. Сударамо се и подижем поглед. Одмах сам укапирала ко је он. Рука ми полеће у ваздух и шамар се спушта на његов образ.

Немојте ме погрешно схватити, поштујем ја старије особе. Али ова особа није вредна поштовања. То лице ми је остало у најгорем могућем сећању. Ма колико желела, никад га нећу заборавити. Иако је тада изгледало и било млађе, за мене је оно исто. То је човек који ме је злостављао (тачније, силовао и остављао ожиљке на мојим леђима).

— Срећнице мала!

Правила сам се да га не чујем и да нешто гледам на телефону. Оно што сам радила натерало ме је да заријем главу у ташну. Укључивала сам снимање говорног записа. Сачекала сам да се преиспитам па наставила.

— Извините, нисам Вас чула. Можете ли да поновите?

— Срећнице мала! Требало би да си...

Нагло је заћутао. Схватио је да је учинио глупост. Изговорио је пола реченице и то ми је било довољно да схватим. Он је пуцао. Наравно, нисам му дала до знања да сам схватила.

— Да ме нисте помешали са неким?

— Не. Ти си она мала несрећа. Ти си газда-Урошева ћерка коју сам својевремено обрађивао.

— Да, ја сам! Молим Вас, оставите ме на миру. Не морате да ме волите, али не смете да ме узнемиравате и малтретирате!

— Девојко, ти си полудела!

Одмахнуо је главом и одгегао даље. Из чиста мира се јавио осећај самопоуздања. Срце ме је водило у фризерски салон.

Морам да нагласим, никад не идем против срца. Тако да из салона излазим са новом фризуром. Признајем да сам се мало плашила како ће ми стајати кратки паж, али изненадила сам се, баш ми добро стоји. Након фризера, отишла сам у салон на третман лица. Било је разговора о књигама, али нисам се укључивала. Желела сам да уживам и препустим се себи у потпуности. Затворила сам очи и видела један осмех.

После неких 45 минута, закуцала сам Лазару на врата.

— Извините, ја Вас не препознајем.

— Ја сам.

— Магдалена?

— Да, ја сам.

Повукао ме је унутра и загрлио.

— Немој ово више да ми радиш. Много сам се уплашио.

— Нема потребе да се плашиш Лазаре. Следећи пут ћу ти се јавити.

— Фризура ти баш добро стоји. Како је Виктор?

— Добро је. Права душица. Сутра га пуштају кући.

— Драго ми је. Чини се да је добар. Судим по твојим и Лукиним речима. Једва чекам да га упознам.

— Тако је другачији од осталих.

Кренуо је да ме подигне. Чим сам осетила његове прсте на леђима, тргла сам се и плачући отрчала до собе у којој сам спавала. Села сам на кревет и тражила у сећањима неку светлу тачку. Тражила сам немогуће у том мраку. Светле тачке није било. Зачуло се лагано куцање на вратима. Слабашним гласом сам дала знак да може да уђе.

Лазар је брижно погледао у мене. У очима му се видела мешавина туге и страха.

— Шта се десило? Зашто ми ниси рекла да не волиш да ти се дирају леђа?

— Сећања. Понижење. Мрак мог живота се крије на мојим леђима. Сад ћу морати да се понизим поново. Бујица гадости ће излетети из мојих уста. Открићеш све моје слабости, упознаћеш неку другу мене. Она ће можда учинити да замрзиш ову коју сада познајеш.

— На то не помишљај. Само те могу још више заволети као особу и другарицу.

— Ко још воли принудну курву из прошлости?

— Ти то ниси, нити си била. Испричај ми све.

Добро. То је то. Испричала сам. Показала ожиљке. Отворила никад незарасле ране. До овог тренутка нисам била свесна колико крваре.

Лазар ми је све јаче стезао шаке и било му је све теже да контролише осећања.

— А данас... данас сам сазнала!

Кључала сам од беса.

— Метак је припадао мени, не Виктору!

Прибрао се. Како му успева да остане смирен? Тешим се мишљу да ће проћи. Све пролази, па и сећања. Само, знам доста прича о томе да неки људи никад не заборављају страхоте које су доживели у детињству. Бојим се да сам ја једна од њих.

— Слушај, ово мораш да испричаш Луки. Сумњиво ми је да је твој отац тако хладно прихватио њену смрт.

— Чудно је то. Имам утисак да ме он није ни желео.

— Могуће, јер ко има и грам мозга у глави и љубави у души, не одриче се тако лако особе као што си ти.

— Хиљаду пута сам помислила да се променим, али не, не желим да се прилагођавам данашњим људима. Желим да се разликујем од њих. Желим да се борим за праве вредности.

— Знаш, постоје људи који никад не потону, али постоје и они који потону као Титаник. Само што је овај Титаник тек кренуо да покупи путнике и задесила га је олуја.

— Зашто ми ово причаш?

— Зато што се бојим да ти не потонеш. Осећам како се из дана у дан сламаш све више, а ћутиш о томе и кријеш се иза осмеха. Можда осмех може да прикрије твој бол, али очи не могу. Губе се оне прелепе искрице из твојих очију. Не затварај се у себе. Не стварај себи немир. Вичи, плачи, бацај. Ради било шта, само немој да ћутиш. Увек сам ту да те саслушам, помогнем и подржим.

— Хвала ти. Знам да нисам сама и то ми значи. Стидим се да причам о прошлости.

— Немаш разлога да се стидиш. Ни за шта ниси ти крива. Мислим да је време да почнеш да радиш.

— Никако! Плашим се да одем међу људе. Не, не желим.

— Помоћи ћу ти да се уклопиш. Мораш да превазиђеш тај страх.

— Чини ми се немогуће. Неће ме прихватити. Који бих посао могла да радим?

— Бићеш моја помоћница. Помагаћеш ми са пацијентима.

— Пристајем ако сам уз тебе.

Сумња у себе је све више расла. Знам да ћу се сломити пред туђим болом и сузама. Страх се јавља у тој мери да ме тера да вриснем.

— А шта ако те разочарам? Шта ако не успем да победим страх? Највише се плашим своје слабости на туђу патњу и разочарања у себе.

— Успећеш. Размишљај позитивно. Немаш шта да изгубиш. Можда ће ти ово искуство помоћи да постанеш јача, можда ће страх постепено нестајати. Ти си већ направила мали, али веома важан корак, ма колико се теби чинио безначајним. Сети се Виктора. Страх за њега учинио је да на тренутак заборавиш свој страх. Нека ти то да наду за даљу борбу. Знам колико је тешко суочити се са страховима, али ти си успела да направиш најважнији корак и не смеш да одустанеш. Јеси ли спремна да почнеш следеће недеље?

— Јесам. Свесна сам да се понашам као дете. Опрости због тога, само покушавам да се изборим са прошлошћу и сумњама. Што се тиче Титаника, баш тако се осећам, али знам да ћу испливати. Ако почнем да тонем, ако ништа друго, научићу да пливам.

— То је моја другарица!

Обрисао ми је сузе и загрлио ме. Огласило се звоно на вратима. У нади да је то Виктор, потрчала сам ка вратима. Одједном испуњена енергијом и надом, пустила сам сузу да склизне низ образ и отворила.

— Пустили су ме раније. Могу ли да те загрлим?

— Можеш, само ми не додируј леђа. Леђа буде успомене на...

— Шшш! Схватам.

Из мог влажног погледа је закључио да сам плакала и да су ми леђа болна тачка. Дозволио је да бол задржим за себе док не будем спремна да признам понижења која сам тако дуго одбацивала. Није ми дуго требало. Његова жеља да чује моју причу разгорела је жељу да и ја чујем његову. Ово је личило на неку врсту размене. Душа за душу. Обоје смо плакали, обоје смо газили по својим ранама у жељи да зарасту. Мораће једног дана, мораће, милом или силом.

— Надам се да се твоје мишљење о мени није променило. Виктор, победник. Баш ти пристаје то име. Полажем много наде у нашу заједничку победу.

— Знаш, воде живота и путеви Господњи понекад спајају несрећне да би били срећни. Дођемо на раскршће и запитамо се где сад. А онда завиримо у своје срце и послушамо пламен који букти у њему.

— Шта ако је пламен збуњен? Ако изабере неспокој? Шта онда? Мој пламен изгледа још увек само тиња, сумње се роје, загонетке постају још загонетније. Пламен се разбуктава питањима и од тињања прелази у експлозију емоција. Та експлозија ствара забуну.

— Знам, кад змија отровница почне својим љигавим и хладним телом да пузи по души и да палаца језиком, то уништава. Што пре откријеш истину, биће ти лакше.

— Далеко је истина од мене. Сад ми је циљ да наставим даље. То ће бити могуће уз тебе, Луку и Лазара. Како се ти носиш са истином?

— Навикао сам на бол. Губитак поверења у најдраже је страшан. Толико тога хоћу да им кажем, а не смем.

Изгарам од жеље да му кажем. Сада знам чији осмех сам видела у салону. Осмех му је чаробан. Ова срећа не сме да ми исклизне из руку. Осећам да ни он не би поднео да ме изгуби. Немамо другог начина, искреност и само искреност. Није нам тешко јер само тако и можемо. Која врата ће нам се отворити, то не знамо. Не желимо да размишљамо о томе.

Половина маја. У међувремену се ништа значајно није догодило. Уобичајена борба са прошлошћу, скривање од стварности. Схватам и знам да ћу цео живот да се кријем од људи. На послу ми је добро. Сналазим се, али не комуницирам превише.

Седим сада на тераси, читам књигу и једем јагоде преливене отопљеном чоколадом. Како је добар осећај бити срећан и посвећен себи! Умирујуће је знати да имаш некога поред себе. Неког ко ти није ни брат, ни љубавник, а даће све за сјај у твојим очима.

Има једна ствар која ме плаши. Уместо да је чаура страха у мени, ја сам у њој. Како сам могла да се скупим толико? Како и кад сам се толико смањила? Да ли ћу икада порасти и изаћи из чауре страха као победник?

Док ми се питања нижу, устајем и прилазим ружама. Милујем латицу и откривам своју најнежнију страну. Сад постајем свесна колико сам дуго скривала моју најслађу и најлепшу Магдалену. Крила сам је од саме себе, нисам јој допустила да се покаже. То је била грешка коју ћу одмах да исправим. У ствари, већ сам то учинила. Пустила сам нежну и романтичну Магдалену на слободу и не намеравам више да је спутавам.

Осетила сам како ме латице милују по образу. Ватрено црвена боја руже је пробудила ватру у мени. Сунце ме је пријатно обасјавало и мојој црној коси давало сјај. Лице је било тако срећно да сам, иако нисам имала огледало код себе, осетила његов сјај. А онда сам схватила. Оно је жудело да образи и усне букте и имају боју као ова ружа.

Обукла сам најлепшу хаљину коју сам имала. Уста су ми попут руже, а образима сам дала бледорумену боју. Погледала сам се у огледало и учинило ми се да видим песникињу која иде на промоцију своје књиге. Вечерњи изглед усред бела дана. Није ме било брига. Преплавио ме је осећај среће и осетила сам потребу да свима кажем ко сам ја. Ја јесам песникиња, само што сада не идем на своју промоцију, сада идем да одбацим страх. Идем да изађем из чауре.

Изашла сам на улицу и распустила косу. Као дете сам раширила руке и потрчала низ улицу док ми је коса играла сопствени плес.

У парку сам села на клупицу да бих гледала децу како радосно поскакују и трчкарају. Загледала сам се у даљину и допустила мислима да лутају. Неко ми је спустио руку на раме.

— Ух... уплашили сте ме.

— Извините, није ми била намера.

— Ко сте Ви уопште?

— Ја сам сликар. Можда сте чули за мене. Бранко Мијатовић. Ви мора да сте песникиња Магдалена Вукотић?

— Да, ја сам Магдалена. Први пут чујем за Вас. Одакле Ви мене знате?

— Цео град бруји о Вама и Вашим стиховима. Сви Вас обожавају и једва чекају да Вас упознају. Хоћете ли им омогућити да буду део Вашег живота?

— Немојте ми персирати, нисам удата. Драго ми је да неко поштује и цени мој рад. Изгледате ми познато. Да нисте млађи син госпође Стане Мијатовић?

— Ипак си ме препознала секо! Ово је најсрећнији дан у мом животу.

— Што ми ниси одмах рекао блесане? Немаш појма колико сам желела да упознам тетка-Станину децу. Све што знам је да има два сина и ћерку.

— Не мила, има само мене и сестру. Одрекла се Матеје.

— Каква је то мајка? Зашто?

Сузе су ми се скупљале у очима. Ту жену сам памтила као добру, а сад чујем ово.

— Постао је много лош човек. Мајка је желела да буде добричина. Зато му је дала свето име које је он укаљао. Знаш ли колико је патила кад је донела ту одлуку? Замало није умрла кад је сазнала да је упропастио три жене, убио поштеног човека и одузео дом сиромаху.

Језа и ужас су се настанили на мом лицу. Како неко може да буде толико суров?

— Мислиш с... силовао је девојке?

— Да, чак је и девојчицу од 12 година обешчастио.

Пребледела сам. У глави су ми одзвањале речи силоватеља да треба да будем мирна.

— Можеш ли да ми покажеш Матејину слику? Како то да ме ниси раније потражио?

— Нисам ни знао да постојиш. Мајка ми није давала да идем код тетка-Љубе, твоје мајке. Никад ми није причала о њој. Чудо ти није причала о мени. Од сестрине деце, ја сам јој био омиљени клинац. Могу ли да је видим?

Одмахнула сам главом.

— Умрла је пре 11 година.

Гутала сам кнедлу. Кад сам прогутала половину, упитала сам:

— Какву ли трагедију крије наша породица? Мени је тетка Стана слала твоје слике. Зато сам те препознала. Има нешто чудно у твом гласу. Подсећа ме на глас човека који је...

— Шта ти је урадио тај човек?

— Силовао ме. Не једном, него седам пута. Сваке ноћи.

На Бранковом лицу је било море ужаса.

— То није све. Кад сам напунила двадесет година, опет ме је младић силовао.

— Задивљен сам твојом снагом, мала. Прошло је пет година од тада, а ти блисташ. Оне три девојке нису успеле.

— Покажи ми Матејину слику.

Није ми добро. Ово не може бити истина. Или ипак може?

— Јеси ли добро?

Уместо одговора сам се затетурала. Следеће чега се сећам било је то да ми је медицинска сестра проверавала пулс, а Лука, Лазар, Виктор и Бранко су стајали око мог кревета.

Виктор ми је пришао са толико среће да сам помислила да сам се вратила из мртвих.

— Добро дошли назад, госпођице. Уплашили сте нас.

— Ох, колико сам била у несвести?

— Два дана. Не умарајте се. Још увек сте слаби.

Питала сам се колики је пут до истине. Да ли ће се икад завршити ова бол? Хоћу ли икад бити вољена? Не као сестра и другарица, већ као жена.

— Магдалена?

— Викторе?

Раширио је руке, а ја сам му дала знак да седне поред мене. Загрлили смо се и суза ми се тихо спустила низ образ.

— Тако сам слаба. Можеш ли да победиш моју бол? Ипак си ти победник, а ја патница.

— Заједно ћемо победити тај бол. Лазар, Лука и ја, даћемо све од себе да нам се врати ведра и насмејана Магдалена. Сад се одмори, касније ће доћи Лука да те види.

— Важи. Уморна сам од потраге за... моја глава. Бојим се. Не могу, зови некога.

— Смири се. Идем да доведем сестру.

Полако се будим и гледам на сат. Спавала сам пет сати. Сигурно ми је сестра дала седатив. Осећам се чудно. Као да је све у мени нестало, као да ми је сав терет скинут са леђа. Имала сам утисак да је истина јако близу и обузела ме је радост.

— Добар дан, госпођице. Како се осећате?

— Добро сам.

— Уплашили сте нас. Ви сте омиљени пацијент целој болници, а Ваше песме се читају на паузама. Одушевљени смо Вама и Вашим песмама. Ја знам две напамет.

— Јао! Хвала Вам.

— Ни не сањате колико људи с нестрпљењем ишчекује књигу. Мој Вам је савет да пожурите. Да ли се осећате довољно добро да примите највернијег фана?

— Наравно. Је ли се много уплашио за мене?

— На коленима ме је молио да Вас види.

— Брзо га уведите.

По ко зна који пут сам убедила себе да постоје људи који воле књигу и поезију.

— Здраво Магдалена. Могу ли тако да те зовем?

— Здраво, наравно да можеш. Како се ти зовеш?

— Андреј. Имам 15 година.

— Много си се уплашио за мене?

— Много. Страховао сам да ти се нешто не догоди.

— Док су моји вољени и фанови уз мене, ништа ми се неће догодити.

— Твоје песме су ми помогле да разумем девојке. Имао сам једну и оставила ме је. Све је било у реду. Није било преваре с моје стране, ни лажи. Касније сам схватио.

— Недостатак романтике, вероватно.

— Није то у питању. Врло сам романтичан. Поклањао сам јој руже, правио вечере уз музику и вино, ћутао са њом уз светлост свећа и читао јој поезију.

— Диван си! Она не зна шта је изгубила. Јеси ли још увек у контакту са њом?

— Понекад се чујемо, али врло ретко.

— Позови је сада и питај је зашто те је оставила.

— Знам, никад ме није волела. Она је глумица, па је савршено глумила љубав.

Раширила сам руке и загрлила га. Топлота његовог додира ме је разнежила. Имала сам осећај као да грлим сопствено дете. Насмешио ми се и знала сам да ћу да се борим за њега.

Само да изађем одавде и потражићу неки посао. Чак иако не предајем Српски језик, потрудићу се да приближим књижевност деци. Бориһу се, на пример, за креативне радионице.

— Андреј, желела бих мало да се одморим. Дођи поново мало касније.

— Хвала што си ме примила. Тако си добра.

Дремала сам десет минута. Затим сам затражила да ми донесу свеску и оловку. Забележила сам све своје планове.

— Могу ли да уђем Маги?

— Наравно, то не мораш ни да питаш.

Сео је поред мене и суочила сам се са његовим смркнутим погледом. То ме је мало уплашило јер Лука никад не мрачи ствари.

— Лука, како то изгледаш? Чему тај мрачан поглед?

— Маги, овде, у овој свесци, налазе се сви одговори на твоја питања. Сазнао сам све од Бранка и не кривим те што си ћутала о томе све до оне вечери. Добио сам налог за претрес куће у којој живи твој отац. Нашли смо дневник твоје мајке поред извештаја из болнице. Твој отац је доживео нервни слом. Претпоставља се да су туга и очајање, може се рећи и кајање узрок томе. Морам ти рећи да је твоја мајка била храбра жена. Драго ми је што си на њу. Сада ти остављам дневник да га прочиташ.

Остала сам без текста. Само сам климнула главом у знак захвалности.

Руке су ми ненормално дрхтале, али сам отворила дневник. Читајући, наишла сам на писмо које је мајка написала оцу, али никад није дошло у очеве руке. Писмо је тако кратко, а открива сва њена осећања. Читала сам га све док га нисам запамтила напамет.

Сада знам од кога сам наследила таленат за писање. Моја песникиња. Моја душа пуна стихова упућених њему. Мом суровом оцу.

Њен дневник је као неки нестварни роман. Она је моја хероина. Њене патње су незамисливе данашњем свету. Не знам да ли је претрпела више физичког или душевног бола.

Мржња према оцу све више расте. Он је главни кривац за све што се дешавало у маминbeveom животу и за ово што се дешава мени.

Мајчино писмо. Мисли ми се враћају на њега.

Моје право на тебе не може ми нико одузети. Јер, ако јава није на мојој страни, сан јесте. Радост живљења сна састоји се у теби.

Ти си први и последњи састојак мешавине која ми је помутила ум, побркала ми осећања која сам, пре него што сам те попила, лепо послагала. Опијам се тобом. Ниједан опијум до сада нисам користила. Тако да те молим, научи ме да те користим.

Све ово ми личи на неку лирску прозу. Перфектно написан дневник. Свако би помислио да је ово фантазија, а не стваран живот. Па она никад није била вољена. Удала се за човека који је није волео, али њој то није било важно. Било јој је довољно да је поред њега и да га гледа сваког дана. Макар издалека, њој је срце било пуно. А он? Због говоркања других људи и угледа се оженио трудном женом.

Прочитала сам дневник до краја, склупчала се у болничком кревету и питала се како да дођем до мајчиног тестамента. То је једини начин да јој испуним жељу. Брига ме за новац и имање, али желим да саградим школу на имању које ми је оставила. Поред школе ће се налазити и библиотека. Сад схватам да сам као она.

Несвесна суза које ми теку, одлазим до свог лекара.

— Да ли сте добро Магдалена?

— Да, зашто питате?

— Ви плачете и тврдите да сте добро.

— Ох... ја... зар плачем?

— Седите и реците због чега сте дошли.

— Када излазим?

— Могу Вас и данас пустити.

— Молим Вас, пређимо на ти. Не волим кад ми неко персира, осећам се маторо.

— Данас ћу те пустити кући.

— Хвала.

— Јако си лепа.

Остала сам без даха на тренутак. Узбудила сам се. Одједном схватам да га желим. Не, нећу да се залећем. Ма шта ме брига! Већ сам раширила крила и полетела.

— Хвала на комплименту. И ти си много леп. Сад се сетих зашто сам још дошла. Можеш ли да ми погледаш леђа?

— Наравно. Лези на кревет, само да оперем руке.

Колико примећујем, бол из прошлости се стишава.

— Само, немој се изненадити кад будеш видео ожиљке. Један насилник их је давно оставио.

— Не брини. Измасираћу те и видети да ли могу да их прекријем.

— Како се ти зовеш?

— Борис. Као и ти, имам велике снове.

— Како знаш да имам велике снове?

— Ви песници их увек имате, зар не? Сад се опусти.

Дошао је тренутак да се суочим са прошлошћу и оставим је негде иза себе. Мислим, сигурна сам, и осећам да је време да сав бол закопам на дно срца и правим се да не постоји.

Невероватно је како му руке клизе по мојим леђима. Чврсте, дугачке и нежне руке исцељују моја болна леђа и буде у мени срећу коју сам заборавила. Заборавила сам како је то бити срећан.

Једино што сам знала у том тренутку је да уживам и да ми неописиво пријају његови прсти.

— Боли ли те?

Зачула сам његов нежан и мужеван глас.

— Не, баш ми пријa.

Излазим из ординације са осмехом на лицу. У соби ме чека Андреј.

— Мали мој! Данас идемо на сладолед!

— Јупи! Види шта сам донео. Можемо да се забавимо док чекамо отпусну листу.

— Домине! Како волим ту игру. Знаш ти да ме обрадујеш.

— Почнимо! Прва победа је моја.

— Видећемо.

Толико симпатичности нисам одавно видела. Тако је врцав, неукротивог духа.

Мисао на савршенство ме враћа на масажу. Црвеним и стављам домину на сто. Андрејевом оку ни овог пута ништа није промакло.

— Поцрвенела си.

— Ма не, нисам. То је од врућине.

Обоје смо знали да фолирам и зато смо праснули у смех.

Сладолед са Андрејем, Лазарем и Луком прошао је у духу празника. Озбиљне теме су биле забрањене.

У осам сати ми стиже порука са непознатог броја. Читам и љубим екран. Шашавко мој!

— Магдалена!

— Молим.

— Дођи да вечераш.

— Не могу, журим!

— Да се ниси заљубила?

— Јесам!

— Срећно!

— Хвала!

Трчим улицом и смешим се. Ово је љубав. Први пут сам се заљубила. Срушила сам баријеру између љубави и себе. Кад нађете оног правог, страх је непотребан и бесмислен. Зато, пустила сам Бориса у своје срце. Добар је осећај знати да те неко воли. Трзам се на звук телефона.

— Кажи, Бранко.

— Само да те обавестим да је сутра увече у осам сати моја прва изложба слика. Очекујем те у пратњи Луке, Лазара и Виктора.

— Сачувај још једно место у првом реду. Неко веома важан ће доћи са нама. Морам сад да прекинем.

Узбуђење ми расте. Ено га! Поскакујем као девојчица. Први пут сам се заљубила. Полетела сам му у загрљај.

— Еј, полако! Ако ме будеш грлила овом жестином, остаћу без ваздуха. Онда неће имати ко да те грли и масира.

— Ни не помишљај на цркавање! Требаш ми жив!

— Не брини, још ми се живи. Можда је рано, али ја...

Поцрвенела сам. Ишчекивање да чујем те прелепе речи ме преплављује.

— Ја... Волим те!

— И ја тебе!

Жар се пробудио у нама. Осетила сам ватру која букти у њему. Вођени тим жаром, пристали смо да постанемо једно. Усне су нам се спојиле. Ммм! Његов парфем и душа су у контрасту. Мирис леденог Атлантика и топлота душе. Заводнички мирис и још заводљивија душа. Чини ми се као да га познајем годинама.

— Сутра ћемо у ово време седети на изложби мог брата.

— Једва чекам.

Испричала сам му своју причу. Не желим ништа да кријем. Нисам чак ни заплакала. Његова близина ми није дозволила да се сломим. То ми се свиђа. Заволела сам тај сјај у његовим очима. Поред њега се осећам сигурно.

— Знаш, ја много волим лекаре. Тако су ми згодни у мантилима.

Није морао ништа да каже. Осмех је говорио оно што није ни покушавао да каже. Речи су сувишне за оне који разумеју погледе и осмехе. Ми смо разумели.

— Хајдемо код мене. Моји другови ће пасти са столице кад виде ко ми је дечко. Само замисли њихов израз лица кад нас буду видели заједно.

Почела сам гласно да се смејем, а за мном и Борис. Не могавши да ме обузда у смеху, понео ме је јер сам почела да посрћем. Коса ми је играла горе-доле, а рукама сам млатарала попут птице. Текле су ми сузе од смеха. Борис ми је шапутао да сам шашава, али ме воли.

Напад смеха се смирио кад смо били близу куће.

— Молим, Викторе?

— Јеси ли слободна? Дошао бих до тебе.

— Таман да упознаш мог дечка.

— Реци ми, молим те! Не држи ме у неизвесности.

— Видећеш. То је неко са црним очима.

— Изгњавићу те кад дођем.

— Неће ти дозволити моја љубав!

— Нећу ни да га питам.

— Викторе, не зезај се са мном. Долећи овамо.

Позвонила сам на врата и Лазар је отворио.

— Магдалена, не, сад немој да се смејеш. Љубави, запушићу ти уста!

— Ха ха ха ха! Аха ха хах ха!

Опет сам изгубила контролу и заурлала од смеха. Овог пута, Борис је урадио оно што је рекао.

— Ма, кад боље размислим, смеј се. Дуго си патила.

Е сад сам још јаче заурлала. Пар секунди касније, као да сам рекла сад, чуо се хор гласног смеха. Смех се појачавао кад би се неко нашао на поду. Најсмешније је било кад смо Борис и ја заједно треснули.

— Ми смо шашав народ!

— Не, ви сте ретардирани!

Овај глас ми се учин познатим. Подигла сам поглед и скочила на ноге.

— Шта ћеш ти овде? Одакле ти храбрости да станеш пред мене и вређаш моје другове и дечка?

— Матеја Мијатовић се никога не боји.

— Требало би да се бојиш. Пре свега закона — умеша се Лука.

— Да ниси ти неки полицајчић?

— Јесам, а ти си управо ухапшен.

Лука и Матеја су изашли. Борис ме је загрлио и миловао по коси.

Те вечери сам сазнала да ми је отац умро. Нисам осетила тугу. Осетила сам олакшање.

Бранкова изложба је прошла феноменално. Те ноћи сам спавала без икаквих трзавица. Душа ми је мирна и испуњена. Матеја је у затвору, Борис је уз мене, Лука и Лазар су нашли девојке, а ја сам научила да се носим са свиме што ми се догодило. Нема више трзања и плакања кад се додирну моја леђа. Успела сам да превазиђем и тај бол. За то су заслужне Борисове топле очи и нежне руке. Била сам убеђена да никад нећу осетити нежност све до оног додира у ординацији. Радост коју смо тада доживели моја леђа и ја, остаће тајна.

Ујутру сам се пробудила и угледала његово мило лице. Јутро с осмехом је најбољи почетак дана. Борис је бољи од најбољег.

Његове руке ми милују образе, а ја као детенце коме сте купили омиљену чоколаду. Прелази прстима преко мојих усана и гледа ме својим црним очима. Топим се. Љубим га.

— Еј, љуби ме после. Имам изненађење за тебе.

— Питам се, питам шта је то.

— Ево, јутрос је стигло.

— Шта?

— Малена, желе да држиш књижевне радионице.

— А?

— Имаћеш посао! Држаћеш радионице!

— То је... невероватно!

Устајем и спремам се. Идем на разговор о организацији радионица.

Након два сата излазим из библиотеке сва ужурбана. Добила сам тај посао! Ту смо. Испунила сам своју највећу жељу. Рад са децом је нешто посебно. Очаравајући осмеси и њихов ведар дух ме одмах освоје.

Појавила сам се на вратима сва обасјана сунцем иако је кишан дан. Док нисам дошла кући, присетила сам се лепих дана детињства. Гацкала сам по барицама, вртела се у круг док ми је киша љубила лице и плесала без музике.

Видевши жар у мојим очима, Борис ме је загрлио. Нису биле потребне речи, оне би само покварилe тренутак и умањиле срећу. Осетила сам да ми сузе навиру. Упркос свим мојим напорима, безобразнице су одлучиле да буду непобедиве. Још јаче сам се привила уз његове груди док ме је он грлио као што нико до сада није. Сада знам, знам да ће увек бити уз мене и штитити ме од недаћа које живот носи. И ја ћу њега чувати као мало воде на длану. Душу ћу му дати и учинити га најсрећнијим човеком. Само њему ћу рећи ДА!

Повео ме је ка соби.

— Сада је наша срећа још већа.

— Да. Снови су лепши и реалнији кад се сањају удвоје.

— Хоћеш ли да те измасирам?

— Наравно. Ти то радиш најбоље.

После масаже, зовем Виктора да дође по мене. Идемо у његово удружење за децу и младе који су на било који начин угрожени. Онима који немају новца за школовање, удружење обезбеђује средства и омогућава да та деца буду као и сви. Много пута ми је причао о тој деци и знам да су вредна, креативна, пуна захвалности и љубави. Уопште не дозвољавају да им други уређују простор у коме проводе доста времена, а неки и живе ту.

Нашли смо се на мосту и кренули ка удружењу.

— Једва чекам да упознам ту децу. После те водим на топлу чоколаду. Добила сам посао.

— Срећо мала! То је дивно!

Након краће шетње и смеха, стигли смо до удружења. Упркос киши, двориште је било пуно дечјег смеха. Стајали смо на капији и уживали у призору срећне деце.

— Пази Марија! Оклизнућеш се!

Чуо се глас старијег младића. Погледала сам ка девојчици која је безбрижно скакутала по барици.

— Колико она има година?

— Шест. Љупко и паметно дете. Иста је ти. Много воли да чита. За разлику од остале деце њених година, већ зна да чита.

Зачуо се дечји плач и потрчала сам да видим шта се дешава. Као што је рекао онај младић, Марија се оклизнула. Подигла сам је и однела у дневну собу удружења. Скинула сам јој кабаницу и загрлила је. Њене мале ручице су узвратиле загрљај, а затим обрисале сузе.

— Марија, јеси ли се повредила?

— Не знам. Боли ме нога.

Њене плаве очице се опет напунише сузама. Срце ми се згрчило, али сам задржала благи смешак.

— Хајде да видимо да ли можеш да стојиш. Не плаши се, ја сам ту.

Покушала је, али безуспешно. Позвала сам Бориса.

— Љубави, имаш ли времена да дођеш до Викторовог удружења? Једна девојчица је пала и потребна нам је помоћ. Боли је нога и не може да стоји.

— Наравно мила. Нека испружи ногу. Има ли отока?

— Нема за сад.

— Добро је, стижем.

Виктор и остала деца су ушли унутра и стајали у ходнику.

— Је ли нешто озбиљно?

— Не знам, позвала сам Бориса да погледа. Нека деца оду у своје собе, касније ћу их обићи.

Марија ми је чврсто стезала руку кад је Борис дошао. Видно је била уплашена и очи су јој биле пуне суза.

— Не плаши се малена. Само ћу погледати има ли повреда.

Помиловао ју је и осмех се вратио на њено лице. Деца су стварно посебна. Не треба им много да би схватила ко их воли, а ко не. Њу је било немогуће не волети.

— Драга Марија, није ништа страшно. Једна масажа и биће добро.

— Али мене боли.

— Проћи ће, веруј ми. Викторе, додај ми уље за масажу из торбе.

Страх се настанио на девојчицином лицу. Поред страха могло се видети и поверење које има у Бориса и мене.

Опустила се, и како је масажа одмицала, онај страх је потпуно нестао.

— Боли ли те?

— Мало.

— Покажи ми где.

Док је Марија цртала, ја сам са Виктором разгледала удружење. Слике по зидовима су тако живахне и ведре, баш као и ова деца. Собе су им биле уредне. Надахњујуће је проћи овим ходницима јер је овакву креативност задивљујуће видети.

— Честитам друже! Деца се воле међусобно и пазе једни на друге.

— Права реткост. Поносан сам на њих и волим их као да су моја.

— Ко их не би волео? Где ли је Борис?

— Прича телефоном. Делује ми узнемирено.

— Идем да видим о чему се ради.

Пришла сам му и загрлио ме је чврсто. Низ образ му је склизнула суза. Ово је први пут да га видим да плаче. Обрисала сам му сузе и повела га до клупице. Загрлила сам га и чула његов уздах олакшања. Осетила сам да дрхти и шапнула му да се смири.

— Пресрећан сам што постојиш. Непроцењиво је имати особу која те смири, а не пита ништа. Многи данас не препознају тугу на лицу чак и да је највидљивија. Волим те!

— И ја тебе волим! Да ли ти је хладно?

— Није. Добио сам отказ. Малопре су ми јавили. Где ћу ја сада?

— Мили мој!

Плачемо обоје. Његова бол је и моја. Кад део мене плаче, мора и други. Не, не мора. То је из љубави.

— Драга, не плачи. Ево, нећу ни ја.

— Ти можеш овде да радиш. Питаћу Виктора. Стигла ти је порука, погледај. Ја сам убеђена да је ово све велики неспоразум и да су хтели да отпусте оног другог Бориса, а тебе окренули грешком.

Била сам у праву. Грешка. Једна велика грешка. Неће они наћи никог бољег од Бориса. Чак је добио награду за најбољег лекара. Знам да га колеге не подносе, али Борис је Борис. Смирен, љубазан, нежан, уме да умири. Није као остали што само примењују теоријска знања и не пружају довољно разумевања и подршке пацијентима.

Вратили смо се унутра и окупили сву децу. За крај дружења смо одиграли игру настављања речи.

Сутра ме очекује узбудљив дан. Припремила сам све за сутрашње радионице. Ово једноставно мора добро да прође.

Будна сам, а сунце пружа своје зраке кроз мој прозор. Оно на свој начин жели да ми пожели срећу. Тихо му се захваљујем и отварам прозор. Допуштам му да ме обасја јер је ово један од ретких сунчаних јесењих дана.

Спремна сам. Зовем Бориса да му пожелим добро јутро. Лука и Лазар ме грле и честитају.

— Ооо! Ово је први пут да сте нешто спремили у кухињи. Чиме сам ово заслужила?

— Добротом и храброшћу, драга. Знамо колико ти је тешко пало да се суочиш са бројним истинама. Врло су поражавајуће, а ти си се понела као да није ништа.

— Добро, Лука. Немој сад да ме расплачеш.

— Знаш ли за фирму коју је твој отац основао?

— Знам. Шта са њом?

— Затворена је. Неко је пријавио да се у њој уговарају прљави послови.

— Ако, ако, нека затворе. Лазаре, зашто си се претворио у ћутолога?

— Не могу од овог да дођем до речи.

— Идем ја пре него што се посвађате!

— Нећемо да се свађамо, наставнице!

На капији ме је чекао Виктор.

— Хееј! Какво изненађење!

— Срећно! Деца ће те заволети.

— Хвала ти!

Певушила сам све до библиотеке. Пролазници су ми се осмехивали.

Како је време пролазило бивала сам све срећнија. Остварила сам своје снове и помогла другима да их остваре. Путовала сам кроз свет књига, шетала стазама посутим латицама црвених ружа. Све до једне вечери.

Вратила сам се кући из града. На мојој руци се сијао веренички прстен. Тражила сам Луку али није се одазивао. Мобилни му је звонио, чуо се са спрата. Хвата ме паника. Зовем Лазара.

— Лука... не знам шта да радим.

— Шта му се десило?

— Не знам, не знам ни где је. Телефон му је у кући.

— Смири се. Долазим одмах. Провери да ли је на спрату.

Срце ми лупа, а мозак ми ради пребрзо. Не стижем да ухватим ниједну мисао. Све су тако збркане и нејасне. Његова соба! Притрчавам и отварам врата. Кочим се у месту. Лука лежи без свести на поду и поред њега је крв. Узимам пешкир и везујем му руку.

У том тренутку улази Лазар.

— Шта се дешава?

— Пресекао је вене. Покушао је, али сам наишла на време да зауставим крварење.

— Хајде да га ставимо на кревет.

— Како... о Боже! Његова леђа! Испребијан је!

— Зови Бориса, брзо.

Покушала сам три пута и нисам га добила.

— Шта ћемо сад?

Некако смо га спустили низ степенице и убацили у ауто.

Зашто Лука? Он нема разлога да се убије. Он увек има дозу позитивности. Шта ли га је навело на овакав покушај?

У болници налећем на Бранка. Шта ли је сад? Да није Нина? Могуће је, трудна је, а ова врућина коље као да смо на бојном пољу.

— Да ли је Нина добро?

— Магдалена! Није баш најбоље. Замало смо изгубили нашу Монику. Шта ћеш ти овде?

Сад! Нисам рекла да кренете! Сузе, вратите се! Бранко ме је загрлио. Молим се у себи за Луку, Нину и Монику. Не Лука, не можеш ми то урадити. Бићеш добро. Врата се отварају и Нина је на кревету.

— Стиже Моника. Поранило моје злато. Жели да види маму и тату.

Лазар ми прилази.

— Освестио се! Вратио се живот у њега!

— Да ли је рекао нешто?

— Помиње неко дете, неког мужа. Неповезано ми је све то.

— Сазнаћемо. Само да је он добро.

Док смо били код њега у соби, питао ме је кад ће моја и Борисова свадба. Након тог питања, на које нисам знала одговор, Лука је почео да нам саопштава оно што га је довело у овакво стање.

— Она је удата, има дете. Муж је малтретира и не да јој развод. Кад би се развела, не би имала од чега да одгаја дете.

У последње време ми се снови остварују. На имању које ми је мајка оставила, отворила сам библиотеку и дом за децу без родитеља. На свој тридесети рођендан сам рекла ДА! мом Борису и постала госпођа Митић.

Љубав. Тешко ју је створити ни из чега. Срећа. Она је круна љубави. А ја сам имала среће. Мој муж ме воли. Мама, знам да си сада срећна.

Добићеш унуку. Вероника ће ускоро угледати светлост дана. Радуј се, мама.

ДРУГИ ДЕО

Случајна љубав

Проклета глума. Баш сам морала да одем у Италију! Да, због неког тамо господина Љубослава сам остала без вереника. Верона. Јулијина тераса. Наши снови. Требало је Давид да ме води тамо. Остварила сам наш сан, али са неким безначајним мушкарцем.

Проклет дипломски рад. Коштао ме је човека ког сам волела и још га волим.

Сви ме наговарају да скинем црнину. Нећу! Пустите ме да жалим за човеком мог живота. Не, људи не разумеју, нити ће икада разумети нашу љубав. Прекинута је једна нит, одузет је један живот.

Хтела сам да одустанем. Желела сам да он глуми Ромеа у филму. Поклекла сам пред његовим убеђивањима да одем, да не одустанем.

Шта ми вреди то што сликам, читам, глумим и пишем? Нас двоје смо нова верзија Шекспирове драме *Ромео и Јулија*. Само што је Јулија остала жива.

— Мама, идем ја да предам дипломски рад.

— Срећно мила моја.

— Волим те мама. Где је тата?

— Још је на послу.

Господин Љубослав је крив. Он нам није дозволио да снимамо заједно. Ушла сам на факултет уплакана. Кад сам отворила врата учионице, дочекао ме је низ осмеха. Само се Нађа није смејала.

— Драга, жао ми је. Знаш да можеш да рачунаш на мене.

— Знам, хвала ти.

Селе смо у задњу клупу.

— Ја ово не желим без њега. Дошла сам само да предам филм и кажем професору неколико речи. Нико овде и не зна да је он... да је он...

— Доста драга. Молим те, немој. Ево га професор. Смири се.

Бес ме је запосео. Мржња према том човеку је постајала све већа. Чак и глас тог бездушника ми смета.

— Вероника Митић.

— Ту сам.

— Донеси ми свој рад.

— Ево, само да знате, један изванредан рад нећете видети. Ви и нико други. Ви сте криви за то. Срушили сте нечије снове. Како сте могли?

— Чекај Вероника. О коме ти причаш?

У очима су ми севале муње. То сам закључила по уплашеним лицима других студената. Ако! И треба да се плаше.

— Ви не знате! Нико не зна за ким ја жалим. Погледајте, погледајте. Ово је веренички прстен. Прстен је ту, а знате ли где ми је вереник? Не знате, наравно. Узео ми га је Бог. Да сам била тамо, сада бисмо заједно... Хвала што сте ми уништили живот!

Улазим у кућу и бацам се на кревет. Никада себи нећу опростити што сам наше снове остварила са другим. То је глума, али ипак. Издала сам га, преварила. Он је тако уживао да ми рецитује Шекспира. Замишљала сам да ћемо заједно отићи у Верону и у исто време дотакнути Јулијину статуу.

Та бронзана статуа у природној величини, прелепа Јулија. Прелепа Јулија. Тако ме је звао.

Постоји веровање да сваки посетилац који жели да има среће у љубави мора да додирне Јулијину десну дојку и пожели љубавну жељу. Ово веровање се дуго односило само на мушкарце, а касније се пренело и на девојке. Оне су морале да додирну Јулијину десну руку и помислити љубавну жељу. Ако момак и девојка у исто време додирну статуу, остаће заувек заједно. Да би се жеља остварила, потребна је и порука на папирићу. Деценијама уназад, љубавне поруке се лепе или исписују на леви или десни зид у дворишту куће.

Успомене на Давида ће вечно живети. Давид ће живети кроз моја дела. Он мора живети. Стала сам пред штафелај и почела да скицирам сцену кад смо се упознали.

Било је то у трећој години средње школе. Дуго ме је звао Трапавко. Тај дан смо се сударили и књиге су ми испале из руку. Никад нећу заборавити оно његово: Извини.

Да, имам идеју. Насликаћу серију слика које ће оживети све наше тренутке и које ће приказати наше снове. Са сузом у оку завршавам скицу и крећем да је оживљавам бојама.

Укључила сам радио и зачула се мелодија његове омиљене песме. Престала сам да сликам. Плачем. Где је сада? Ко ће да ми поклони осмех, ко ће да обрише ове сузе? Вратила сам се слици. Љубав ме је обузела и заборавила сам на време. Сатима сам била у атељеу и сликала. Превише је успомена које треба оживети. Учинићу то. Обећала сам себи. Из размишљања ме је тргло куцање на вратима.

— Напред.

— Мила моја.

— Тата!

Опет плачем. Нека, нека сва туга изађе из мене. Очеве руке ме грле и осећам радост. Радост помешану са тугом. То је горка чаша.

— Мила, хајде да вечераш.

— Нисам гладна тата.

— Мораш да једеш. Ниси ручала, драга. Ако овако наставиш, разболећеш се. Давид не би био срећан да те види овакву. Хајдемо, после ћеш ми показати слике и причаћемо о свему ако будеш желела.

— Хвала ти тата. Желим са неким да причам о свему, а у исто време не желим никога да оптерећујем својом тугом.

— Душо, туга је као бунар. Ако се бунар препуни, сигурно ће се излити. Исто тако је и са човеком, ако се препуни тугом, повлачи се у себе и пада у дубоку депресију. Добра душа ће све издржати, а оне лоше и зле душе ће осветити и најмањи подсмех.

— Давид... морам да сликам.

— Али... прво једи.

— Нисам гладна тата.

Окренуо се да оде. Згрчио се и рамена су му подрхтавала. Плаче. Због мене. Не смем то да дозволим. Он мора увек да буде срећан. Он само брине.

— Тата, чекај. Идем и ја да једем.

— Драга, кад треба да предаш дипломске радове?

— Филм сам предала данас, а слику у петак.

После вечере сам се вратила у атеље. Пола сата касније сам осетила неко дрмусање. Отворила сам очи и угледала Нађу.

— Ја... овај... шта се десило?

— Спавала си. Донела сам ти нешто.

— Ух, да нисам заборавила неки договор?

— Ниси, најдража. Погледај.

Јој, ово је предивно. Моја Нађа, мој анђео. Зна она шта ће да ме обрадује. Очи су јој гореле ватром радозналости. Те ватрене окице умеју да милију нежније од било ког додира, да дарују много више од поклона.

Причала ми је да је почела да слика, али никад до сад ми није показала слике. Сад у рукама држим свој портрет који је она насликала. Изненадила сам се прецизношћу и њеном маштом. На слици сам приказана у балској дворани обучена у балску хаљину док чекам понуде за плес. Зна она да ја ни са ким, осим са Давидом не бих плесала, тако да ми није насликала плесног партнера.

Уместо речи захвалности, загрлила сам је и пољубила. Њој то више значи. Више од сваке речи, јер оне могу бити механичке, изговорене да се неко не увреди, а загрљај иде право из срца.

Ватра у њеним очима се угасила. Заболеле су ме сузе које су се спремале да потеку. Зашто? Суза јој је потекла низ образ и ја сам је брзо обрисала.

— Зашто сузе?

— Он, не могу!

Загрлила сам је и покушала да схватим шта се дешава. Не разумем, још јуче је блистала од среће.

— Смири се и објасни ми шта се десило.

— Не воли ме. Никад ме није ни волео. Не воли ме, а жели да буде са мном. Раскинула сам, морала сам. Пристала сам да повредим себе јер не желим лажи. Тако сам желела да му покажем слике које сам насликала. Шта да радим са њима?

— Не знам. Овог пута мораш послушати разум. Ако ти разум каже да их уништиш, уради тако.

— Некако ми је жао. Колико времена и труда сам потрошила на некога ко није био вредан тога.

Срце ми се стеже. Седам на столицу и стављам главу у шаке. Сећања се враћају. Изломљена као стакло, сећања циљају право на моју душу. Желе да их саставим, а опет беже као сенке на зиду.

Дижем поглед и видим Нађу како ме милује. На тренутак сам заборавила да нисам сама и допустила болу да влада. Почињем да дрхтим од неодољивог и неизбежног страха од прошлости. Како одгурнути страх кад те он све чвршће држи? Језива сцена ми је пала на памет. Ухватила сам Нађу за руку и открила јој свој страх од себе.

Изашле смо из атељеа и упутиле се ка кинеској радњи. Купиле смо два мала кишобрана и две вазе. Јавиле смо се родитељима и отишле на мамино имање.

Ни дашка ветра. За дивно чудо, воћњак има плодове. Мама је засадила јабуке у неискоришћеном делу имања. Има и неколико садница јагода. Изгледа да неко одржава све ово. Али ко? Небитно, сигурно неко од запослених у дому за децу без родитеља.

Прошетале смо кроз библиотеку и изашле на терасу. Почетак осликавања ваза нам је деловао као немогућа мисија. На Нађиној вази је море, песак и двоје заљубљених. Симболично. Она и Милован су се упознали на мору. Моја ваза је у јесењим тоновима. Давид и ја смо најлепше тренутке доживели када је парк био пун жутог лишћа које пријатно и умирујуће шушти и доприноси романтици.

Сећања навиру као водени брзаци и воде ме у одсутност. Четкица је кренула ка вази и стала. Прошлост ме је поново ухватила за руку у незгодном тренутку и повела са собом. Слике су ми пред очима, као да се сад дешава. Филм, који само ја видим, зауставља се на најлепшој сцени. Слика на екрану се замрзла и сачувала ме даљих јецаја, болова и премотавања уназад.

Ех, то поподне! Пољупци су грејали ваздух и нису дозвољавали да пахуље забеле све пре времена. Лишће шушти под ногама, крошње кестенова се њишу, плешу уз лагану и тиху музику ветра. Бели облаци сликају по небеском платну и чује се клепет крила понеке птице која још није кренула у топлије крајеве.

Давид и ја шетамо са флашицом топлог чаја у рукама и слушамо тишину која говори уместо наших гласова. Привлачи ме себи и одмах ми је топлије. Његове очи покушавају да сакрију узбуђење, покушавају да буду тајновите. Правим се да ништа не примећујем. Узврпољио се. Није могао, ни желео, више да чека. Док ми је ветар мрсио косу, клекао је, извадио прстен и питао ме хоћу ли да се удам за њега.

— Где си одлутала?

— Нигде, ту сам.

Наставила сам са сликањем. Нисам ни приметила кад је Нађа отишла да направи паузу. Ни слутила нисам да испред мене стоји младић мојих година.

— Извините?

— Да, реци.

— Одушевљен сам овим што видим. Фантастично!

— Хвала.

Све до овог тренутка га нисам гледала. Нисам могла да верујем. Исти Давид!

— Давиде, па ти си жив!

Убеђена да је он Давид, бацила сам му се у загрљај. Загрлио је и он мене, али некако несигурно.

— Извини, да ме ниси помешала са неким?

— Зар ти ниси Давид Нешић?

— Не, ја сам Срђан Стојановић.

— Извини, ја...

Схвативши шта сам урадила, отрчала сам без речи. Замислила сам се и окренула. Нешто ме је повукло да се вратим назад. Срђан је збуњено стајао и вероватно мислио да сам луда.

— Вероника Митић, драго ми је.

— И мени.

— Извини за оно малопре.

— Ништа.

Баш сам испала грозна. Дечко живи овде у дому, а ја сам му малопре окренула леђа. Дирнула ме је његова животна прича и одлучила сам да ће се он од данас само смејати. Причао ми је и о томе како им је у дому мало досадно јер нико после моје мајке није организовао радионице, правио журке и чајанке.

Дошла сам на идеју да Нађа и ја организујемо књижевно вече на коме ће се наћи песме за све узрасте. Кад сам јој предложила, Нађа се сложила. Осетила је и она потребу да усрећи друге, јер чинећи друге срећнима, ми се богатимо.

Свануло је ведро и насмејано јутро. Осмех је био и на мојим уснама. Удаљила сам се од речних брзака, зауставила бол при помисли на Давида. Знам да је то тренутно, али нека потраје. Успавала сам се. Нађа је већ почела да осликава кишобран. Врело јутро дочекује моју неиспаваност. Уздишем и бацам се на сликање. Кад то завршим, идем до дома.

Има доста малишана. Како су се само обрадовали кад су ме видели! Стварно су златни, мелем за душу. Исти су и старији. Морам да доведем маму да види колико уметности овде има. Биће одушевљена и поносна. Срђан је најстарији и сматрају га главом куће. Сви га воле јер није строг, опрашта грешке, разуман је и уме да утеши. Важније од свега је да се труди да сви буду срећни и да млађа деца не осете одсуство родитеља колико је то могуће.

Знали смо да деца воле књигу и ликовне уметности. Одлучили смо да им саопштимо лепе вести.

— Књижевно вече ће се одржати у суботу. Јавићемо у које време. Нађа и ја имамо у плану још доста активности за вас. Сада идите и пустите машти на вољу. Препустите се уметности и обратите ми се ако вам нешто затреба.

Узбуђена сам. Сутра је тај дан! Петак! Нађа нема тих брига, већ је предала слику. Ма, што се ја бринем? Зар није најважније веровати у себе? Осећам да је та вера нестала, препустила је трон паници. Можда сам превише самокритична? Нешто хладно ми клизи низ образ, а ја га пуштам да истекне. Нека већ једном пресуши тај извор!

Чула сам јецаје испред врата. То је Нађин глас. Хватала сам делове разговора.

— Зашто ми то радиш?... Мислиш да сам будала? Баш лепо! Ти не знаш да волиш!... Како да не!

Морала сам да изађем из просторије. Све је почело да ме гуши, требао ми је ваздух. Како сад да изађем? Прозор! Није много високо, дочекаћу се ја на ноге. Ионако ме многи пореде са мачком. Колико знам, мачке се увек дочекају на ноге.

Очекивала сам да лупим о бетон, али се то није десило. Да ли сам уопште скочила? Могуће је да то моје мисли импровизују скок. Али откуд Срђан у мојој соби? Скочила сам!

— Боже, Вероника!

Нешто је говорио, свеједно шта. Нисам га слушала, гледала сам у његове очи и лице. Тек сад увиђам колико је леп. Ма, он сигурно има неке везе са Давидом.

Тргла сам се и неочекивано га загрлила. Узвратио је тако топло и нежно. Осетио је колико ми значи. Неко вам, једноставно, за два дана уђе под кожу толико да не можете без њега.

— Дугујеш ми објашњење.

— Нисам желела да се убијем, не брини. Само нисам желела да се угушим у соби.

— Уплашила си ме.

Нисам знала да му толико значим.

— Ја сам цео дан уплашена.

Упитно ме је погледао, а ја сам поцрвенела. Осетила сам како његова рука тражи моју. За дивно чудо, препустила сам се осећају пријатног струјања. Изненадила сам се јасноћом стиска руке. Стиснуо ми је руку и ја сам знала да могу да будем само његова. Држали смо се за руке и то је било довољно да осетимо блискост. Једноставно, наше руке су отвориле наша срца из којих се искрадала љубав. Ми тада то нисмо знали.

Нисам мирна, уопште нисам мирна. Зар им је толико тешко да саопште ко је дипломирао? Осећала сам да нешто није у реду.

Ово се не дешава! Не, дефинитивно се дешава. Управо ми враћају слику. Питам се од кад се на овом факултету цене површност и јасноћа. Па сви професори ликовне уметности су нам говорили да је слојевитост и дубина дела најважнија. Шта се сада десило? На задњем кораку ме руше. Нису желели ни да чују објашњење. Ово је сигуран знак да сликањем треба да се бавим у своја четири зида. Писање ми боље иде. Одувек сам то знала, али ипак сам тврдоглаво срљала у пропаст.

Трчала сам кући. Не на мамино имање, већ код родитеља. Туга и бес су се спајали у мени. Ушла сам и залупила врата за собом. Мајка је знала шта то значи. Свака њој част! Трпи моје изливе беса откад знам за себе.

Зарила сам главу у јастук и загрлила га. Ризиковала сам да останем без ваздуха, али морала сам. Иначе бих вриштала све док не останем без гласа. Мисли ми се роје, трче муњевитом брзином. Не успевам да их похватам. Вероватно и не заслужују моју пажњу. Ево је! Коначно једна кристално јасна мисао.

Анализирам је и схватам да се слажем са њом иако је тек у фази клијања. Она је саградила темељ, а мени је препустила даљу градњу.

— Шта се десило душо?

— Мама!

Снажно сам је загрлила. Чинило ми се да су њене нежне руке решиле моју муку иако још не знају за њу.

— У реду је мила, све је у реду. Дођи овамо, скувала сам чај за тебе, тату и мене.

Ушла сам у собу и угледала оца како безбрижно чита неку књигу. Осмех на углу усана му је озарио лице и пожелела сам да заувек овако стојим и посматрам га.

Мама је ушла са послужавником са кога је мирис чаја испуњавао просторију. Прошла је поред фотеље на којој је тата седео. Одмах је заклопио књигу. Сваки посао прекида кад осети мирис топлог чаја. Спушта књигу на сто и подиже поглед.

— O, my darling! Какво изненађење.

— Не верујем да је данас лепо. Данас се понашала као да има петнаест година. Знаш оно лупање вратима? Њено чувено.

Строго ме је погледао. Само сам се насмејала. Знала сам да је одглумео овај поглед јер он никад није строг. Осим према пацијентима. Умео је да уђе под кожу пацијентима, а да то ни не осете. Увек је успевао да наговори људе на компромис.

— Магдалена! Па она се смеје!

— Тата! Заборавио си да умем да глумим.

— Немој ту да ми глуматаш него причај. Где је диплома?

Села сам на другу фотељу и уздахнула. Дошао је тренутак да их разочарам.

— У томе је проблем. Нема дипломе. Вратили су ми слику.

— Реци да се шалиш!

— Озбиљна сам. Уосталом, не треба ми њихова диплома. Имам планове за даље и не смем да се обесхрабрим.

Ето то је та мисао. Изговорила сам је и постала свесна да заиста знам шта желим. Желим да студирам Српски језик и књижевност.

— Мама, имаш ли још увек оне књиге из којих си спремала пријемни за факултет?

— Имам душо, сачекај тренутак да се сетим где сам их оставила.

Кад је мама отишла, села сам тати у крило. Ухватио ме је за руку и миловао је.

— Вероника, да ли ти је хладно? Рука ти је ледена.

— Помало. Шта ли ми је?

Ставио ми је руку на чело и устао. Вратио се са топломером у руци.

Вирус који кружи изабрао је своју нову жртву. Изгледало је да ће Срђан морати да дође по мене. Међутим, изгледи за то су били мали. Отац ме ни у сну не би пустио са температуром даље од кућног дворишта.

Тог поподнева ми је стигло неколико мејлова. Три понуде сам прихватила. У првом мејлу ми недељне новине нуде интервју, у другом ме позивају, као бившег ђака, да учествујем у програму за дан школе, а у трећем ми нуде финансијску помоћ за објављивање књиге. Те три понуде сам прихватила и схватила да овде није крај. Потврдила се реченица моје мајке: „Сваки крај је нови почетак.”

Њена списатељска каријера била је у успону. Њени романи и поезија су постали познати и цењени у кругу критичара и читалаца. Захваљујући борбеном духу, успела је да се пробије до врха. Она није дозволила да је олује које су беснеле и тама која је испунила већи део младости, спрече у ономе што воли и у чему проналази светлост. Њен најновији роман *Тајна љубав* освојио је срца публике. Сва њена дела стоје истакнута на полици у мојој соби. Ни за једно не могу да кажем да није незаслужено најтраженије и на врху топ-листе. Уз свако сам отплакала по једну туру.

Једно питање ми се сад јавило. Шта сам чекала до сад? Вероватно сам веровала у бајку да ће дотрчати принц и учинити чудо за мене. Да нисам чекала Годоа?

Тргла сам се. Не, боље је рећи да сам се пробудила. Овог тренутка. Сада. Сад или никад. Устала сам из кревета и пошла ка телефону. На вратима ме је чекао отац.

— Где си ти кренула? Враћај се у кревет.

— Морам да телефонирам.

— Да ли се мени чини или си донела неке важне одлуке? У погледу ти видим одлучност.

— У праву си. Одлучнија сам него икад. Морам да пожурим, иначе ништа од мог успеха.

Јавила сам се недељним новинама и заказала интервју. Затим сам убедила оца да се осећам одлично и отишла да се видим са спонзором. Кад сам се вратила кући, дочекао ме је мејл са програмом за дан школе.

Данас почиње мој нови живот. Годо може само да ми позавиди на спремности коју осећам и смислу живота ког сам свесна. Што бих ја чекала? Моја срећа зависи од мене и ја ћу саму себе учинити срећном. Наравно, волела бих поново да доживим онакву љубав као што је била са Давидом.

Престало је да ме боли сећање на њега јер сам успела да убедим себе да треба с осмехом мислити на прошле дане. Признајем, понекад ме његово одсуство тако јако заболи да не могу да дођем до ваздуха.

Сваки почетак боли. Можда и више него крај. Често се дешава да људи пореде крајеве и почетке. Прошли крај је био лепши и лакши, а овај је супротан. Не, драги моји. Сваки крај заболи у неком тренутку. Искуство ме је научило да срцу треба доста времена да прихвати да је нечему крај.

Почетак може бити лак. Међутим, то се ретко дешава. На пример, бебама је почетак живота лак како перо, док се мајка намучи да донесе на свет почетак новог дела живота.

Извадила сам роковник из фиоке и кренула да исписујем своје име. Вероника. Никад до сад нисам размишљала о њему и његовом значењу. Једно лепо тумачење ми се јавило у мислима. Изницање вере. Онда сам се запрепастила колико су му значења боља од мог мишљења. Моје име има два значења: доносилац победе и права слика.

Схватам, управо сада, коме треба да захвалим за победу над тугом и депресијом због губитка Давида. Свом имену. Окрећем прву страницу роковника и пишем захвалницу свом имену. Или, како ће неки то протумачити, самој себи. Ово бих пре назвала мотивацијом себе. Чак и празан папир може да мотивише.

Написани текст је био увод у свет љубави насликан речима. Да, у том роковнику ће се наћи све моје песме које сам писала на разним папирима, корицама књига, споменарима, па чак и салветама. Све сам то уредно слагала у фиоку. Све до овог момента ме је мрзело да их препишем и осигурам од случајног бацања.

Почела сам да пишем и пенкало је почело да прекида да би на крају стало. У соби нисам имала резервних патрона, тако да сам била принуђена да узнемирим оца због те ситнице. Он увек има тога у изобиљу.

Тихо сам куцнула и ушла. Није спавао, бавио се прегледањем неких докумената.

— Тата, имаш ли минут?

— За тебе увек имам много времена.

— Знам, не желим да те ометам. Него, имаш ли патроне за пенкало?

— Наравно, изволи.

— Не треба ми толико, довољна су два.

— Узми све. Нису сто дуката.

Ставила сам их у цеп прслука. Било ми је хладно и вероватно сам још увек имала температуру. Осећала сам се боље него кад сам дошла, само ми је сада више хладно.

— Тата, мени је сад хладно више него кад сам дошла, а осећам се боље.

— Ево, измери температуру, а ја идем да нам ставим чај.

— Немој, направи ми топлу чоколаду. Знаш да је волим кад је ти направиш.

Усне су му се извиле у смешак. Видевши његов смешак и моје усне су обликовале нешто налик смешку. По изразу његовог лица сам закључила да је мој осмех кисео. Зар је могуће да сам заборавила да се смејем?

За тачно пет минута се отац вратио у собу. Затекао ме је снуждену. Да, то је прави израз. Сневеделила ме је чињеница да се у задње време уопште нисам смејала.

— Шта си се опет умуљила?

— Ма, ја сам изгледа заборавила да се смејем. Не спада ми температура.

— Сад ти не дам топлу чоколаду. Прво ћу да те насмејем.

Као и у детињству, направио је једну од многобројних урнебесно смешних гримаса које су му служиле за засмејавање мене. Не сумњам да их је користио да забави и орасположи децу у болници.

Кад сам коначно била у стању да га погледам, а да не праснем у смех, добила сам свој напитак.

— Знаш шта, ова метода засмејавања је корисна у лечењу.

— Па него! Многе моје колеге се противе њеној примени на пацијенте, али моји се много брже опораве и задовољнији су него њихови. Сматрају ме за доброг и забавног лекара.

— Могу само да потврдим.

Није ништа питао о мојој данашњој журби. Знао је да ћу сама рећи кад осетим потребу. Ја знам да гори од радозналости, а ипак не наваљује да му кажем. Драго ми је што је тако јер желим да их изненадим.

— Вероника, цвете мој! Хоћеш ли да ти откријем још један мој метод који примењујем како бих излечио девојкама депресију због изгубљене љубави?

— Да, баш ме интересује.

— Мени моји пацијенти верују и поверавају ми све проблеме. Мада, чим уђу, мени је јасно о чему се ради. Прво их саслушам, а затим им испричам како си ти успела да се извучеш из депресије. Оне климну главом, а у погледу им угледам наду и дивљење. Нема девојке која није дошла да ми захвали. Једна чак жели да те упозна.

— Ти си генијалан!

Засмејасмо се, а онда се свако вратио свом послу. Телефон ми је непрестано звонио. Јавила сам се само Нађи.

— Побогу Ника!

— Не зови ме тако!

— Шта је са тобом?

— Болесна сам, оборили су ме, код родитеља сам.

— Не могу да верујем! Долазим одмах.

Није ми било свеједно што ће ме Срђан видети са подочњацима до образа. Добро, претерујем. Али стварно су огромни. Не знам зашто ми је то толико важно. Последњих неколико дана се осећам чудно у његовом присуству. Као да сам опет заљубљена. Можда и јесам.

Покушала сам да не мислим о томе. Ма колико сам желела да лишим себе љубави, она је била, и још увек је, свуда око мене. Почела сам да се бојим љубави. Она те за трен очара и претвори у коцку чоколаде. Исто тако, за трен рашири крила и оде. Без поздрава. Само нестане. У тренутку ти да оно што сањаш, а у другом ти га отргне из руку.

Вадим из фиоке други роковник и записујем своје мисли. Приметила сам да се папир овлажио на једном месту. Тек кад је мајка села поред мене, укапирала сам да плачем. Погледала ме је и речи су се низале без краја.

— Али ја не желим поново да волим!

— Мила моја. Не можеш против тога.

— Могу. Забранићу себи да волим.

— Како ћеш то извести? Немогуће је.

— Не знам. Бојим се. Плашим се да ако се вежем за њега, изгубићу га.

Ето, тражила сам невољу.

— Ако буде као са...

— Неће. Не помишљај на то. Можда је ово шанса за нову причу. Посматрај живот као једну велику књигу. Када се заврши једно поглавље, да ли је ту крај? Није, прича тече даље. Ти си управо завршила једну књигу, део живота. Сад отвори нову свеску и запиши прве редове нове књиге. Никад ниједан писац није почео да пише причу од краја и завршио је почетком.

Пажљиво сам је слушала и схватила да је сада прави тренутак да докажем себи, само себи, да ја то могу. Она чврсто верује у мене, а ја у њу. Свака њена реч је за мене одувек била извор снаге.

— Хвала мама. Не знам како ће се ово завршити, али поуздано и проверено знам да волим Срђана.

Села сам и писала. Толико тога се накупило, толико мисли, људи и догађаја.

Ја опет ридам. Невероватно! Ни сопствену песму не смем да прочитам.

Сутрадан сам већ видно мирнија. Изашла сам у кратку, врелу шетњу. Нисам ни сањала да ће ми доћи главе.

Идем ја тако, са ретким осмехом, а сунце ме пржи. Зној са тела не престаје да ми се лепи за одећу. Скоро да и не дишем. Двоје заљубљених ми иде у сусрет. Препознајем њега. Љуља ми се под ногама, пред очима мрак.

Следеће чега се сећам је питање доктора:

— Како се сада осећаш?

— Не знам.

Заиста нисам знала. Ошамутило ме је сунце, а докрајчило ме је изненадно виђење реалности. Зашто сам уопште помислила да има шансе за нас двоје?

Од тог дана између нас ништа није исто. Све се преврнуло, пало, сломило. Само сам ја крива. Дозволила сам себи да ме понесу маштања. Направила сам од себе комедију. Најсмешнију коју је ико икада одгледао. Али то сам ја. Романтична, наивна, искрена, осетљива. Не могу да побегнем од себе. Очекивала сам да ће ме Срђан посетити, али та очекивања су изневерена. Само сам одједном испалила:

— Осећам се глупо и незрело.

Морам да признам да ме је докторов израз лица изненадио, а и њега је изненадила моја изјава.

— Веома сте ме изненадили млада дамо. Док још нисте у потпуности дошли себи, бунцали сте. Рекли сте да волите некога. Колико ја знам, волети је паметно и зрело.

— Да, али волети неког ко има девојку је... као што сам рекла. Желела сам да останем сама са својим болом. Усмерила сам пажњу ка зиду и одлутала.

Срђан је бежао од мене као од неке авети. Наши сусрети су се свели на његово одмахивање главом и моје плакање. Плакала сам сатима кад год би ме погледао осуђујућим погледом.

Тако сам се једне хладне вечери нашла на клупи у парку. То је било када је јесен прелазила у зиму. Прошла је читава година од немилог догађаја. Ја још патим, а од Срђана ни гласа.

Да, ја сам напунила 23 године и питала се да ли ћу икад бити вољена. Не као ћерка, сестра и другарица. Већ као жена. Као уметница која ће у јануару промовисати своју прву збирку песама.

Ушла сам у неки ресторан. Пре него што сам села, окренула сам се ка излазу. Музика је била добра, али не у овом тренутку. Не сада кад сам на ивици лудила. Чујем ли још једну реч ове песме, полупаћу све. Зато излазим брзином светлости.

Моје мисли и осећања су црњи од ноћи у којој се моје сузе сијају као кристали. Тетурала сам се улицом и нисам желела ничије друштво. Први снег је пустио своје пахуље по мени. Вероватно ме је посматрао, па се сажалио на моје измучено биће. Међутим, ја сам заборавила на дете у себи и нисам га удостојила ни најблажег смешка.

Било ми је хладно. Не знам да ли сам се више тресла од зиме или плача. Од магле у очима нисам ништа видела, само сам чула дечји смех. У дубини душе сам се радовала и од срца пожелела да се заувек смеју.

— Извини, јеси ли добро?

— Ох, да. Само су ме понела сећања.

— Немој да ме лажеш. Видим да си све, само не добро.

Скинуо је свој капут и огрнуо ме. Не знам зашто, али осећала сам се пријатно поред њега. Обрисала сам сузе и захвалила му се. Тек кад се насмејао приметила сам колико је сладак. Јасно се видела ведрина у њему. Заразио ме је својом веселошћу и натерао ме да поскочим као дете и насмешим се.

— Успео сам !

— Шта то?

— Да пробудим дете у теби.

Никад се у животу нисам више смејала. Колико је он засмејавао мене, толико сам ја њега. Било ми је драго што је он, незнанац, био спреман да учини све да ме орасположи. Успевао је у томе. Мислим да ме је он за ова два сата боље упознао него Срђан за годину дана. Уосталом, не само Срђан, него и многи други које не желим ни у мислима да сретнем.

— Нама је толико добро да смо заборавили да се представимо једно другом. Ја сам Вероника Митић.

— Лепо име. Ја сам Филип Станковић.

— Чекај мало. Ти, ти си написао онај фантастичан роман *Кад почетак позове*?

— Да, ја сам аутор.

— Невероватан је.

Привукао ме је себи и пољубио. Тако је брз. Не познајемо се ни два дана, а већ ме је пољубио.

— Упс! Извини, није требало ово да урадим.

— Нема везе. Па ми смо колеге. Ја у јануару промовишем своју прву збирку песама.

Након овог разговора смо отишли на клизање. Свидело нам се да проводимо време заједно. Уживали смо у разговорима, смеху и сазнала сам да је завршио Српски језик и књижевност. Договорили смо се да ме он спрема за пријемни.

Сад сам схватила да је све са Срђаном било толико усиљено да није могло више. Негде је морало да пукне и пукло је. Веровала сам да је међу нама све ишло спонтано, природним током. Међутим, грдно сам се преварила. Филип и ја смо разговарали сатима и није нам понестало тема, нисмо имали потребу за формалностима.

Стигла сам кући веома касно. Ушуњала сам се и на прстима попела уз степенице.

Пробудила сам се и схватила да је ово била мирна и предивна ноћ. После низа непроспаваних ноћи, моја душа је била спокојна и дозволила ми да спавам. Захвална сам Филипу што је успео да ме насмеје.

Касније сам улетела у мајчину собу и бацила јој се у загрљај.

— Данас почињем нову књигу!

— Коначно! Јеси ли узбуђена?

— Итекако. Тачније, већ сам је почела.

Испричала сам јој све о прошлој ноћи иако ништа није питала. Знала је колико је то значајно у мом животу. Није више могла да ме гледа како патим и одахнула је кад сам јој испричала догодовштине од синоћ.

Отишла сам у собу да се спремим за клизање. Чекаће ме у два сата код парка.

Кад сам стигла, он је већ стајао поред клупе на којој смо се упознали.

— Јеси ли се сада добро обукла?

— Јесам.

— Добро је. Не морам да бринем и о твојој прехлади.

На леду смо. Јуримо се и такмичимо у брзини. Како није могао да ме ухвати, ударио ме је клизаљком у чланак. Заболело ме је и кренула сам да падам уназад. Ухватио ме је, дуго смо се гледали пре него што сам му коначно признала да ми треба пауза.

Одлучили смо да се вратимо на лед, а ја сам му рекла:

— Нема више такмичења и јурења. Можемо да смислимо неку кореографију и отплешемо без музике. Ако услов не буде прихваћен, остајем овде.

— Добро, можда и ово буде забавно.

И било је. Било је дивно осетити његове чврсте руке на себи.

— Сад си моја. Нисам тако нежан кад се изнервирам.

— Не верујем ти!

— Хоћеш да видиш?

— Наравно!

Док смо клизали, стално сам му измицала и нисам му дозволила да ме ухвати ни за руку. То га је стварно изнервирало. Стварно није био нежан кад ме је ухватио. То је била лаж. Само је покушао да глуми грубост и прихватила сам игру. Направила сам неколико покрета који изгледају као да се браним. Све чвршће ме је стезао, а мени је то неdescrib... неописиво пријало.

— Филипе! Престани!

— Нећу, лепо ти је овако.

— Дај, молим те!

Још увек ме је држао једном руком док је другом вадио фотоапарат.

— Ти си блесав! Желиш да ме људи виде деформисану од смеха?

— Смех никоме не шкоди.

Позвао је неког човека и издао му наредбу да слика. Онда ме је заголицао и човек је усликао. Затим ме је само држао и човек је поново сликао. На следећој слици ме држи подигнуту у вис. Затим смо легли на лед и заузимали разне позе.

— Заруменела си се!

Рекао ми је петнаест минута касније док смо ишли ка фотографској радњи.

— Нормално, цео дан трчим за тобом, а нисам у форми.

— Изгледа да треба да успоримо темпо, иначе ће моја цењена уметница остати без ваздуха.

Наклонио се као да сам краљица, а у следећој секунди смо морали да се загрлимо и загрљени наставимо даље. Смејали смо се, да нисмо држали једно друго сручили бисмо се у снег.

На крају смо то и урадили. Наравно, он је искористио прилику да нас услика телефоном. Селфи на снегу са Филипом. Мислим, понашамо се као да смо деца. Све време смо то и били.

Као да ми чита мисли. Помислила сам да кажем оно што је он рекао пре мене. Тако да смо заједно били срећни што деца још увек живе у нама. Уживали смо у њиховим играма и правили несташлуке. Он је први почео да ме гађа грудвама. Плашио се да га не погодим па је почео да бежи.

— Господине савршени, вратите се овамо! Одмах!

Напокон смо стигли до фотографске радње. Оставили смо фотоапарат у радњи и отишли до оближњег ресторана. Наручили смо по два чаја. Ужелели смо се озбиљних разговора па смо разговарали о књижевности. Имао је осећај да је данас све мање писаца чија дела заиста вреде. Тај осећај га није варао. То сам му и рекла.

— Пишеш ли само поезију?

— Не, пишем и романе.

— Знаш, ти си врло посебна девојка. Тако искрена, уметничка душа. У теби се крије ведрина коју покушаваш да сакријеш, а то ти не бих саветовао.

У даљем разговору сам му испричала све о мојој прошлости. Наравно, и Срђан спада у прошлост.

— Не, не мораш ми рећи ако не желиш. Немој поново повредити себе.

— Желим да ти испричам. Кад сам ти све ово испричала, зашто не бих и ово? Морам да се суочим са тим.

— У реду. Ја само не желим да опет будеш повређена.

Погледом ме је упитао да ли сам сигурна да желим да разговарам о томе. Црне окице су ме гледале тако нежно. Као да ме милују. И миловале су ме. Само, ја му то не бих признала ни за шта на свету.

Коначно сам имала једну лепу тајну која спава на мојим грудима. Десило се нешто што је моја мајка очекивала. Много пута ме је безуспешно убеђивала да није све изгубљено.

Наравно, Нађа је нањушила да се нешто дешава. Као по обичају, тражила је детаљан извештај и добила га је уз дозу узбуђења. Узбуђење је било обострано. Била је на ивици да се наљути на мене, али кад је чула о чему се ради, нагон за љутњу је нестао.

— Па јесте ли разменили бројеве телефона?

— Нисмо.

— Ћурко једна! На шта ли си мислила док сте били у ресторану?

— Зна се на шта сам мислила.

— На пољубац, на пољубац!

Провоцирала је она, а ја сам се зацрвенела као булка. Истина је да не знам о чему сам мислила. Такође је истина да ми се свиђа плаветнило неба које се јасно видело у његовим црним очима.

Сутрадан ми је стигао позив за хуманитарно вече поезије. Домаћини желе да ја учествујем у програму. Мој задатак ће бити да отплешем са неким момком уз уводну песму и прочитаћу неколико својих песама. Новац се прикупљао за улепшавање парка. Прихватила сам позив и сутрадан се састала са организаторима свега овога.

Изненадила сам се кад су ми рекли да су све сами смислили и да ће они финансирати овај пројекат. Још више ме изненађује, али и радује то што су млади људи дошли на овако озбиљну и лепу идеју.

— Шта бисте Ви додали овде?

— Не морате да персирате. Ја бих додала неколико љуљашки. Неке више љуљашке за људе наших година. Онда бих у онај тамо део додала љуљашку за двоје.

— Сјајно, и ми смо то желели. Свако коме смо то предложили, ради добијања средстава, одбио нас је са изговором да смо детињасти и неозбиљни. Ми бисмо додали још један сточић и клупе. Као оно тамо.

— Слажем се и подржавам вас. Ви сте млади и амбициозни људи. Учинићу све да помогнем у овом пројекту. Кад радови буду почели, ја и моји другови ћемо помагати. Сматрам да ће се на тај начин људима скренути пажња на овај парк и да ће постати туристичка атракција.

— Хвала пуно. Наш мали тим под називом Хопа-цупа је покренуо још једну акцију која тек треба да се реализује. Желимо да прикупимо папир за рециклажу. Направили смо и постере са обавештењем.

— Сјајно. Дајте мени постере да их залепим и разделим по граду. Сутра ћемо се овде наћи да утврдимо детаље за вече поезије.

Волим рад са младим и способним људима. Код куће ме је чекала Нађа и погодила право у мету питањем.

— Шта се дешава између тебе и Срђана?

Чудно је да она није схватила о чему се ради.

— Знаш да... готово је. Затвори ту тему. Опростила сам му и понашаћу се као човек кад се будемо сретали на имању. Сад од њега зависи.

Испричала сам јој све о акцијама које планирам и прихватиле смо се посла. Све старе свеске, непотребне часописе, новине, старе школске књиге и цртеже смо спаковале на гомилу. Поподне ћемо на имање, да и тамо рашчистимо столове и допринесемо успеху ових младих људи.

На имању смо доста тога сакупиле. Сви у дому су прихватили да дају свој допринос. Помогли су нам да све убацимо у камион који нас је чекао.

Дошле смо и сутра. Дочекане смо овацијама:

— Ми вас волимо!

Приметила сам да су сакупили још папира. Реакције су биле одличне кад сам их питала да ли желе да нам помогну у сређивању парка. Онда се десило нешто што ме је збунило. То је било оно што сам потајно желела иако сам знала да неће добро испасти. Срђан је клекнуо пред мене и оставио ме без текста.

— Хоћеш ли да будеш моја жена?

Као да ми је неко ударио шамар. Кад је мој мозак примио информацију, дах ми је застао.

— Да!

Није ми ништа јасно. Одједном се сетио да постојим и да сам му битна. Можда нисам требала да пристанем. Касно је сад за враћање прстена. Након неколико сати била сам у венчаници. Сад ми постаје јасно да је све ово испланирано. По први пут сам посумњала у његове намере. Нелогично је да ме годину дана избегава, а онда ме запроси и истог дана организује венчање.

— Не буди шашава Вероника. Умишљаш глупости.

— Али...

— Биће све у реду.

Загрлиле смо се, а ја сам имала осећај да се видимо последњи пут. Сузе су ми лиле низ образе, стезала сам је све јаче. Зазвонио ми је мобилни. Јавила сам се и зачула Филипов глас.

— Одакле ти мој број?

— Жуте стране. Шта радиш?

— Плачем.

— Кад да дођем?

— За сат времена у парку.

Срђан је био заузет разговором са туристичким водичем, а ја сам искористила прилику да побегнем. Трчала сам у венчаници док су ми сузе капале.

Кад сам се довољно удаљила од имања почела сам лакше да дишем. Тад није постојала шанса да ме Срђан стигне. Зове ме Филип.

— Где си?

— Стижем за петнаест минута.

— Јеси ли добро?

— Задихала сам се.

Наставила сам даље не обраћајући пажњу на погледе пролазника. У глави ми је одјекивало да треба да бежим што брже. Драго ми је што нисам допустила да ме наговоре на обување штикли.

Коначно се парк појавио испред мене. Испустила сам уздах олакшања кад сам угледала Филипа. Потрчала сам ка њему и бацила му се у загрљај. Осетила сам његов бес на онога ко ми је ово урадио. Пустио ме је да се исплачем. Дрхтање од страха је престало чим ме је привио уз себе.

— Шта? Не могу да верујем!

— Видела сам неко лудило у његовим очима. Након што сам пристала, понашао се као највећи грубијан.

— Смири се, молим те. Ја сам уз тебе. Хоћеш ли да поједеш нешто?

Зашто ја? Очекивала сам да то питање упали аларм у мени. Овога пута су сва питања ћутала. Срце није имало снаге да се њима бави.

Причали смо, овај пут без смејања. Таман сам се мало повратила, кад оно, Нађа улази у парк. Стегла сам Филипу руку. Он је заштитнички стао поред мене. Један поглед на Нађу ми је био довољан да схватим грозоту онога што ће ми рећи. Нисам погрешила. Опет сам била у праву.

— Хвала Богу!

— Чекај Нађа, одакле ти те модрице?

— Чула сам разговор између Срђана и неког човека. Планирао је да те мучи и туче. Кад сам се умешала, разбеснео се. Распитивао се за тебе. Урлао је како сам ја крива што си отишла и почео да ме туче. Било би горе да се нису појавила два момка и одвукла га од мене. Јурнула сам напоље, а онда отишла до твојих родитеља. Рекла сам им све што знам.

Није било речи којима бих могла да се захвалим својој интуицији, осећају нелагодности и сумњи у мени. Заслужила сам нешто много боље. Веренички прстен сам скинула и бацила га у канту за ђубре. Не треба ми ништа од њега.

Од данас смо нас троје заједно у свему. Без речи смо кренули у продавницу. Моје срце се ломило, а снага ме издавала. Дрхтавица ме је поново обузимала, глава је болела. Ноге су почеле да клецају, али сам наставила даље. Дрхтање мог тела је постајало све јаче. Грозница ме је хватала, а ја сам се правила да није ништа. Приметила сам да ме Нађа и Филип гледају са знаком питања.

— Шта није у реду?

— Не изгледаш добро мила моја. Очи ти се цакле и дрхтиш као прут.

Чим ме је видео, отац ме је послао у болницу. Како нисам желела да пођем и одбијала да изађем даље од дворишта, морао је да ме вуче као дете од две године. Бунила сам се, али он није хтео да слуша.

— Вероника, аман! Не водим те на стрељање.

Упорно сам тврдила да ми је добро, а само што се не срушим.

Тако сам сат времена провела у болничкој соби. Све време сам зурила у плафон. Љута на Срђана, љута на себе. Љута на цео свет. Уместо да ми се саставља, душа ми се распадала. На крају је од ње остао само пепео.

Данима после овога сам била крајње утучена. Расположење ми је варирало. Ишло је од депресије до еуфорије, од еуфорије до осећаја смрвљености. Узалуд су сви изигравали дворске луде ради мог осмеха. Њега није било.

Овакво стање је потрајало месецима. Сви, укључујући и мене, су почели да губе наду у моје боље дане.

Одједном, као да сам се пробудила из сна. Као да пролеће има чудну моћ. Изгледала сам све боље из дана у дан. Једног јутра сам се пробудила распевана. Вероватно је неки део мене схватио како треба да се понашам па ме је оживео. Хвала том делу мене. Ужелела сам се сопственог смеха.

Филип и ја смо се још више зближили. Ја сам наставила са нормалним животом. Рад на збирци се одужио због свих ових дешавања. Има нечег доброг у свему овоме. Приметила сам да се број песама увећао. То ме радује. Драго ми је што сам ових месеци доста читала. Читање ми је била терапија, делотворнија од свих лекова и инфузија. Мислим, не, сигурна сам да су књиге утицале на мој опоравак.

Филипу дугујем много. Доделићу му орден за упорност. Задњих недељу дана ме је упорно наговарао да кренемо припреме за пријемни. Одлучила сам да данас почнемо.

— Јао! Добро јутро Колумбо! Долазим за петнаест минута. Спреми се за час.

— Јасно професоре!

— Не завитлавај ме. Лако могу да се предомислим.

Скувала сам нам чај и сервирала кексиће на сто. Већ сам научила да је Филип тачан. Не долази ни минут раније, ни касније.

— Блесо једна! Да ниси поновила ову глупост.

— Шта ћу кад не знам!

— Знаш ти, знаш!

Неколико пута сам га млатнула књигом по глави. Узвратио је претећим погледом. При крају данашње припреме, Нађа је ноншалантно ушетала у собу.

— Извините на сметњи голупчићи.

— Какви бре голупчићи? Зар ти Филип и ја личимо на голубове?

Само је преврнула очима. Знала је да ми је драго што нас је тако назвала. Добила сам инспирацију и нажврљала песму на корице свеске. Стрпљиво ме је сачекао, а онда је кренуло преслишавање. Баш је уживао у улози професора. Добила сам и домаћи задатак.

Кад је сат откуцао два, заклопио је књиге и повео ме негде. Није ми рекао где.

Помислила сам да позовем некога из тима Хопа-цупа. Није ми дозволио и одмах ми је било јасно где ме води. У парку су нас већ чекали мајстори и тим.

Мајстори су завршили радове. Сад је све на нама. Ми преузимамо бригу о парку. Нађа је преузела диригентску палицу и расподелила нам задатке. Мој задатак је био да осликам таблу на којој ће писати да је ово парк. Негодовала сам јер нисам желела поново да будим у себи стару страст и заспалу љубав према сликању. Она као да је желела да ме повреди.

— Лакше ми је да истрпим физички бол него душевни!

Пре него што је могла да одговори, отишла сам и узела лопату у руке. Копала сам земљу да бисмо ту засадили дрво јабуке. Овај рад ми је пријао. То се видело на мени. Боја ми се вратила у лице, вратио се сјај коже, осмех се назирао, а задовољство се видело на километар.

Погледала сам на сат и знала да ће мој отац проћи овуда. Сваки дан на паузи шета парком. Радове није могао да види јер су били прекривени. Открићемо их тек у недељу. Дотле ћемо све средити.

— Вероника!

— Идем, тата!

Загрлили смо се и остали тако неко време. Онда ме је одмакао од себе и потапшао ме по рамену.

— Изгледаш сјајно!

— Хвала. Рад на овом пројекту ми прија.

— Мила моја, ради све што ти прија. Да ли би могла да их оставиш саме?

— Наравно. Могу они и без мене да се снађу. Требам ти?

— Преко си ми потребна. Данас нема ко да забави децу у болници. Имам посла преко главе, па ако можеш да их забавиш? Лекари уопште не могу да их прегледају. Стално беже и плачу.

— Долазим одмах.

Скокнула сам до куће да узмем књигу најлепших бајки и са оцем кренула ка болници. Чекаоница је била пуна.

— Тата, а где су родитељи те деце?

— Немају их мила. Неке можда познајеш из дома твоје мајке. Све саме лепотице.

Моје лице је добило тужан израз, али само на тренутак. Заблистало је кад сам угледала девојчицу коврџаве косе како трчи ка нама. Раширила сам руке и она је дошла право код мене. Подигла сам је и склонила јој коврџе са очију.

— Где си ти пошла љубави мала?

Показала је прстом на врата. Желела је да изађе.

— Душице, не можеш напоље сада. Касније ће те ова сека извести.

Окице су јој се напуниле сузама. Само је тужно наслонила главицу на моје раме.

Вратили смо је у собу где је владала општа галама. Било је време за примање терапија. Уплашени погледи и беспомоћни израз лица на сестрином лицу ми је рекао све.

— Увек је овако. Срце ми се цепа. Чим виде мене и колегу, креће хаос.

— Морате нежно и полако са њима.

— Тако радимо сваког дана. Причамо са њима, милујемо их, али не вреди. Кад виде ова колица креће плакање. Џабе им ми објашњавамо да ће им бити боље и да неће болети.

Шапнула сам Душици да умири девојчицу поред себе. Како није успела, ја сам тихо лупила длан о длан.

Девојчице које су ме препознале, узбуђено су потрчале ка мени. Шапнуле су ми да се боје и да их боли.

— Срећо, мора да боли кад се опирете. Тада више боли него кад сте мирне. Болеће све док бата мора да вас држи и док се не опустите. Ништа вам се неће десити, само ће вам бити боље.

Убедила сам их да се врате на кревете и буду смирене. Друге девојчице су следиле њихов пример. Обећале су ми да неће плакати ако будем поред њих. Тако је и било, па смо онда прешли на забаву.

Читала сам им бајку, а оне су заспале. Све сам их пољубила, склонила им косу са лица и изашла.

Питала сам се да ли неко у дому брине о њима кад су оне овде. Мораћу то да проверим. Не смем дозволити да се овако нешто дешава. Није важно што ћемо ми остати без одређене суме новца, важно је да деца живе у нормалним условима. Очигледно је да особље не послује како треба. Уложићу сву снагу да повратим изгубљено.

Позвала сам мајку да јој испричам за ову неодговорност која се прећуткује. Међутим, она ме је изгрдила због друге ствари.

— Докле ћеш више да одлажеш промоцију?

— Мајко, сад ми је важније да заштитим ову децу!

Никад нисам повисила тон на њу, али сада је било потребно. Побркала је приоритете, а то нисам желела да дозволим. После ми је било жао и јела сам саму себе због тога.

Те вечери је Филип дошао код мене. Лице му је било забринуто и тужно. Вести нису добре. Чим је он оставио осмех и ведрину иза себе.

Извадио је новине из торбе. Показао ми чланак и чекао. Јадно! Није ни свестан колико је ниско пао! Како је могао то да уради? Двоумим се да ли се Срђан свети мени или себи. Тукао је особље, запретио тужбом ако буду радили свој посао. Децу је тукао, застрашивао, тукао и затварао у кућу. Директорку је држао везану све док му није обећала да неће говорити никоме шта се у дому дешава. Жена је једва преживела.

Нисам се много размишљала. Позвала сам полицију и упутила се са њима на имање. Филип је био избезумљен од страха да ми се нешто не деси. Ни минут се није премишљао кад сам га зграбила за руку. Пошао је са мном, полицијом и мојим оцем. Обоје смо се потајно плашили. Не за себе, не за свој живот. Плашили смо се једно за друго. У оваквим ситуацијама човек и не стиже да размишља о себи. Упорно се у мени оглашавао аларм, а ја сам решена да га ућуткам. Понављам себи да сам донела праву одлуку, да немам чега да се плашим.

Деца су нас дочекала са страхом. Плакало ми се, али сам решила да сузе оставим за касније. Нема сврхе плакати пред уплашеном децом. Њима ће моје сузе потврдити да треба да се боје и уплашиће се још више.

Осетила сам да ми је душа у комадима. Ти комади су били толико ситни да ниједан лепак није могао да их састави. Најстарија међу децом је Викторија. Она ми је испричала како су данима били закључани у хладну просторију. Прошле ноћи је киша лила, а сви они су били у тој просторији, цвокотали од зиме и храбрили једни друге.

Зачудила сам се што ме не осуђују. Свако би помислио на моју неодговорност кад је овако нешто у питању. Онда сам схватила да су они одрасли довољно да схвате ко је добар и одговоран, а ко лош и дрзак.

— Не иди унутра Вероника.

— Зашто? Шта се дешава Викторија?

— Наоружан је, може те напасти.

— Не брини се. Полицајци су са мном.

Уз пратњу полицајаца сам ушла у кућу. Затекли смо Срђана како гледа утакмицу. Није нас чуо кад смо ушли. Олакшавајућа околност је било искуство полицајаца. Средили су га за два минута. Јадничак није стигао ни да се брани. Жалим га, мрзим га, па га опет жалим. Знала сам да он пише ужасне ствари. Али нисам знала да их и чини.

Који је следећи изазов за мене? Почела сам да уживам у њима.

Кад се све завршило, кад су деца безбедно смештена у библиотеку, чучнула сам и размишљала. Допустила сам емоцијама да ме савладају. Ма колико била сломљена овог тренутка, осећала сам спремност да наставим да се борим. Дала сам себи одушка вечерас. Вечерас могу и смем бити слаба. Вечерас је тами дозвољено да влада. Овога пута нека светлост пронађе мене. Увек сам се ја мучила да је нађем, сад нека се она помучи да нађе мене. Није јој требало много времена.

Ставио ми је руку на раме. Нисам се трзнула, нити морала да се окрећем. Знала сам ко је. Осетила сам. Овај додир ми је сувише познат да га не бих препознала. Филип. Моја светлост. Коначно ме је неко нашао.

— Јеси ли добро?

Нисам га чула. Била сам тако слаба да је могао да ради са мном шта му је воља. Подигао ме је и спустио на кревет. Сео је поред мене, загрлио ме и сачекао да се смирим.

Његов додир има умирујуће дејство на мене. Топлота његовог загрљаја је испунила мрачну просторију невидљивим свећама. Осећала се само њихова топлина. То је било довољно да се уплови у луку романтичности. Разумели смо говор ћутања. Њему је било јасно да сам сада добро, а мени је постало кристално јасно да га волим. Да ли смем да му признам? Да ли да прекинем ћутање и изговорим те две речи?

Осетила сам да његови прсти траже моје лице у тами. Ухватила сам му руке и прислонила их на своје образе. На овај начин смо показали једно другом љубав коју смо све време звали пријатељством. Одавно је нама јасно да постоји привлачност, да постоји нешто више од пријатељства међу нама.

Осетио је да ми срце лупа јаче, ставио руку на њега и оно се умирило. Тог тренутка сам била сигурна. Он је човек коме желим да будем жена.

— Вероника, желиш ли...

— Шшшш!

Ставила сам му прст на уста, а затим му помиловала усне. Решила сам да их пробам па шта буде.

Помиловала сам му образе и лагано, стидљиво му спустила пољубац на усне.

Ово нас је обоје изненадило.

— Волим те, Веки моја!

Шапнуо ми је. Шапнула сам и ја њему да га волим.

Одједном су све бриге нестале. Били смо их свесни, али сада за њих није било места.

Развукли смо кревет под светлом батеријске лампе и легли.

— Они су заборавили на нас Филипе.

— Ако, не треба нам нико. Само сам чекао овај тренутак. Знао сам да се волимо, али нисам хтео да наваљујем. Желео сам да се ти без страха препустиш нашој љубави.

— Златан си. Је л' хоћеш сутра да водимо децу на преглед? Можда је неко назебао.

— Наравно. Имам бољу идеју. Зашто их не би твој отац прегледао овде?

— Не. Желим да их изведем из ове куће. Па овде су доживели највеће страхове.

— Где ћеш их након прегледа?

— У парк. Открићемо нове радове раније. У парку ће се љуљати и клацкати. Моћи ће да буду слободни.

— У праву си. Ако твој тата дозволи, повешћемо и девојчице из болнице.

Схватили смо да нас умор стиже. Пољубили смо се и он ми је ставио руку преко стомака. Тако смо заспали и створили 28. небо. Мало нам је ових седам што постоје. Премало за нас.

Сутрадан је текло све по реду. Направљени су планови за санирање штете. Филип и ја смо за друге и даље били нераздвојни пријатељи. Нико, па чак ни Нађа, главно њушкало, није слутио да смо ми у вези.

Договор од синоћ је испоштован. Деца су прегледана и здрава. Обукли су јакнице, певали, смејали се и стигли до парка. Растрчали су се по парку, а Филип ми се негде изгубио. Неколико минута касније се вратио са топлом кафом. Загрлили смо се и уживали у посматрању разигране деце.

Моји снови су изгледали тако далеко. Даљина између нас је потпуно нестала. Сад је питање да ли ја живим снове или снови постају јава? Збрка ми је у глави, али сигурна сам у једно. Мој највећи сан је поред мене.

Занела сам се и пољубила га. Тргла сам се кад сам зачула аплауз. То је Викторија.

— Јој, молим те, заборави шта си видела. Нека остане међу нама.

— Наравно. Дошла сам да сликам голупчиће. Направићу супер фотографије.

Позирали смо јој, а она је блистала од среће. Знам њену животну причу и могу да потврдим да јој име пристаје. Њених седамнаест година ме је враћало у време кад сам ја имала толико. Ја сам још млада, али поред ове деце ми се развио мајчински инстинкт.

— Седи код нас лепа. Да направимо једну заједничку фотографију.

Села је и поверила нам се након фотографисања.

— Добро је да га ниси подржала. Ти за разлику од Срђана знаш шта је добро, а шта не. Не чуди ме да ти се набацивао. Такав је он. Време је да кренемо. Девојчице треба да приме терапију и одслушају бајку. Окупи их, помоћи ћу ти са залуталим мрвицама.

Једна девојчица се расплакала кад смо кренули. Узела сам је у наручје, а она ме је чврсто загрлила. Осетила сам јасан страх кад ме је загрлила. Плашила се повратка у кућу на имању.

— Не брини, ружо. Ништа ти се неће десити док сам ја поред тебе. Никоме се ништа неће десити. Од сада ћу увек бити ту.

Носила сам је до имања. Мали анђео ми је заспао на рамену. Кад смо стигли спустила сам је на кревет, села поред ње и заплакала. Тада је у собу ушла Душица. Видела је да плачем и пришла.

— Не плачи. Биће она добро. Волим те.

Својим маленим ручицама ми је обрисала сузе и пољубила ме. Деца од пет година су сјајна кад осете љубав.

Она је коначно била добро. Температуру више нема, грло јој није црвено. Изашла је из собе, а вратила се са књигом у рукама.

— Изволи, одмори се уз књигу.

— Мени не треба одмор. Морам да помогнем у сређивању.

— Не, данас се одмори.

— Кад ти кажеш.

Видела сам бригу и тугу у њеним очима. Дирнула ме је право у срце. Након неког времена сам схватила да ми је одмор био најпотребнији. Читала сам, писала, дремала.

У једном моменту сам осетила лагано дрмусање. Лагано сам се окренула и добила лагани пољубац. На тренутак сам заборавила где сам и због чега сам овде. Мир ми се увукао под кожу као највећа улизица. Тај мир није дуго потрајао јер су „мајстори”, тачније, тип Хопа-цупа, отац, мајка и Нађа већ били на ногама и сређивали. Довикивања нису изостала.

Хтела сам да устанем и придружим им се, али Филип је био упоран да одморим још мало. Осећала сам се као принцеза.

Донео ми је доручак у кревет, испунио сваку моју жељу тог јутра.

Мислим да су већ сви посумњали да између нас постоји нешто много веће од пријатељства. На њихова нема питања одговарали смо ћутањем и кикотали се кад останемо сами.

Искористила сам прилику да устанем кад је изашао.

— Ко је теби рекао да устанеш?

— Филипе! Морам код деце.

— Бар данас нам дозволи да ми бринемо о теби!

Изненађењима никад краја. Моје мало друштванце ми је донело цртеже и торту коју су сами украсили. Још више ме је одушевило то што су они мало старији одрецитовали неке моје песме. Најслађи је био тренутак када су у хору изговорили: Ми те волимо! Хвала ти!

Уживала сам у овој пажњи и нисам дозволила да ми ишта поремети мир који је коначно нашао пут до мене. Цео дан смо се грлили и мазили, поподне смо ишли у парк.

Те вечери сам се уморна вратила у собу и скочила на кревет. Препустила сам се емоцијама које ова соба буди у мени. Поново сам оживела осећања и страст пољубаца.

Нађа је ушла и скочила на кревет. Лудица ме је престравила, али сам јој опростила тај покушај духовитости.

— Драга моја, можеш ли...

Почела је да говори, а онда ме је ухватила за руку и изгурала из собе.

— Приметила сам, само да знаш.

— Не разумем.

— Ало! Тако је очигледно!

Правила сам се луда још мало. Њој нисам могла да прећутим ову романсу. Кад јој не бих рекла, изгледало би као да одбијам испружену руку.

Бол је утихнуо у мени. Љубав ове деце је учинила да заборавим на Срђана и његову злобу. Овај дан је само мој. Чудно је то како све може да се промени за неколико тренутака. Ни у сну нисам могла да замислим да ће мој живот после дугог периода очаја заблистати. Сад ми је драго што ме је мајка спречила да се одрекнем љубави. Захвална сам јој што ме је убедила да наставим да верујем у љубав. Гутала сам горке залогаје, опекла се на сопствену ватру. Падала нагло и устајала полако. Успела сам. Изашла сам као победник. Очврснула сам и кренула даље. Допустила сам животу да ме изненади.

Седеле смо загрљене и уживале у звезданом небу. Ћутање нам је пријало. Чуле смо само наша срца која су сваким откуцајем изговарала име наших љубави. Њено срце је помахнитало. Осетила сам како лупа. Сјај у њеним очима је потврђивао мој осећај.

— Ко је он?

— Главом и брадом Никола Митровић.

— Јао! Коначно се одлучио за праву.

Затим нас је ухватила лудост. Позирале смо звездама као да су блицеви фотоапарата. Препричавале смо само лепе догађаје из претходних дана. Смејале смо се и ваљале по тек изниклој трави. Онда је уследио врхунац. Као шлаг на торту, изабрала је да ми покаже слику мог израза лица кад ме је преплашила. Тек ту смо заурлале.

Изненада ме је гурнула.

— Иди! Чека те твој Ромео!

Отишла сам. Кућа је била у мраку. Наставила сам да тражим Филипа и угледала слабашну светлост. Истог трена ми је постало топло око срца. Ти зраци светлости су ме одвели до мог Филипа. На вратима ме је сачекала Викторија са прелепом црвеном хаљином у руци. Рекла је да пођем за њом. Одвела ме је у своју собу и затворила врата за мном.

Обукла сам хаљину, села на столицу и размишљала чему све ово. Кад сам је упитала да ли зна о чему се ради, слегла је раменима и наставила да ме шминка. Комплетан утисак је очаравајућ. Тад ми се упалила лампица. Наслућивала сам о чему се ради. Увела ме је у собу и изашла.

Испред себе сам угледала миришљаве свеће које су сасвим довољно осветљавале собу. Погледом сам тражила Филипа. Пажњу ми је привукао букет ружа који се налазио у средини круга од свећа.

О, Боже! Не смем да се расплачем. Подигла сам хаљину и закорачила у осветљени круг. Осећај је био фантастичан. Воли ме. Волим га. Све је тако савршено, али где је он? Зачула се тиха музика. Јао! Моја омиљена песма! С првим тактовима се појавио и он. Вау! Бела кошуља и црно одело. Тако моћно, елегантно и мужевно. Осетила сам сузу радосницу како ми се спустила низ образ. Емоције су ме понеле.

Пришао ми је и обгрлио лице нежним рукама. Све ово је имало ноту мистериозности и тајновитости. У исто време је моћно и прелепо. Осетила сам ватру како ми прожима тело.

Подигао ме је у вис и завртео. Повукли смо се у тамнији део просторије и плесали.

— Знао сам да ћеш да се одушевиш.

Рекао је шапатом између пољубаца.

— Хвала ти.

Гледала сам га и миловала његово благо лице. Ноћас постојимо само он и ја. Поново смо пустили Горана Карана да пева песму *Остани*. Овог пута био је то дует. Филипов глас ми је певао док ме је вртео. Топила сам се, уживала и изгледала као да сањам.

— Божанствена си, Вероника.

— Ти, ти мали враже! Неодољив си. Иди и истуширај се, па да легнемо. Спава ми се.

Ово је био само изговор. Уопште ми се није спавало. Док се он туширао, извадила сам писмо које сам све време чувала у стезнику. Ставила сам га на ноћни сточић и легла у кревет. Чекала сам Филипа да ми испуни сва маштања. Кад се појавио на вратима собе, мирис свежине је заталасао собу. Мешавина мириса његове купке и мирис свећа је атмосферу учинила још изазовнијом.

Прочитао је моје писмо и одушевљено ме огребао осмехом. Осмеси су се преливали као вода из препуне чаше, а ови тренуци су нам дотакли срца и урезали се у њих. Нисмо ништа говорили. Моја глава је нашла удобно место на његовим грудима. Он ми је миловао косу и грлио ме. Загрљени и срећни смо заспали.

Пробудила сам се у подне. Филип је устао пре мене, наравно. Спавала сам као комирана. Поред себе сам видела неки ЦД и укључила компјутер. Убацила сам ЦД и остала без текста. Снимак синоћње романтике. Нисам приметила да је негде у соби било камера.

— Добро јутро љубави!

Јутарња кафа ме је мамила мирисом. Убрзо сам је и добила. Забележили смо најлепше тренутке камером мобилног телефона и меморисали их у срца. Заједно смо одгледали снимак и фотографије од синоћ након што ми је показао где су биле камере.

— Успео си од снимка да направиш слике?

— Да, драга моја. Зар нису дивне?

— Предивне су.

Пољубили смо се и слушали цвркутање наших срца. Као и већина новопечених голупчића, заборавили смо да затворимо врата. Легао је поред мене и окренуо се ка мени. Следила сам га без речи. Погледи су нам се сусрели, а срца залупала као да се видимо први пут. Нисмо могли да исконтролишемо руке па смо мазили једно друго. Требало нам је много времена да схватимо да наши прсти желе да се испреплићу.

— Имам нешто да ти кажем.

— Реци малени мој.

— Сутра ће у недељним новинама да објаве моју причу.

— То је дивно! Коју причу ће да објаве?

— Причу *Морска сирена*.

Очи су му засузиле. Први пут сам видела да му се суза спустила низ лице. Обрисала сам је и загрлила га. Осетила сам да ова прича крије неку његову бол, да има везе са његовим животом.

— Испричај ми ако желиш. Само немој да повредиш себе.

— Знаш, ја ти се дивим. Суочила си се са смрћу особе коју волиш. Изгубити вереника само три месеца пред свадбу је застрашујуће. Сад је дошао ред на мене. Сад ја треба да се суочим са старим болом и заборавим прошлост. Волим те и не желим да се сенке прошлости ушуњају у садашњост. Једном давно сам волео девојку по имену Нина. Била је прелепа и добра. Много је волела да носи једну црну хаљину. Дугачку, са црвеном машном. Били смо најбољи пријатељи, а ја сам је волео. Нисам смео да јој признам, био сам кукавица. Решио сам да одем јер нисам више могао да кријем осећања. Имала је проблема са срцем, али то вече је била добро. Сутра ћеш прочитати шта се десило наредног дана. После много времена сам сазнао да сам ја „Он". Мене је волела. Мало ми је фалило да се одрекнем љубави, а онда сам срео тебе. Хвала ти што постојиш!

Сузе су ми лиле низ образе. Наслућивала сам да је он изгубио Нину. Запитала сам се ко је кога спасио. Он мене или ја њега? Спојила нас је ноћ, а ништа нас неће раставити. Ми смо створени да се боримо, ми се нећемо предати. Ови губици су нас научили да водимо борбу, да се не предајемо кад заболи.

Плакали смо, грлили се и брисали једно другом сузе. Заслужили смо ову љубав и нико нема право да нам је одузме. Смирили смо се и обукли. Сишли смо у двориште и прикључили се пословима.

Чим ме је видела, Нађа ме је одвукла у страну. Јачина којом ме је стегла не слути на добро. Одвела ме је у део дворишта где смо се увек скривале од других. Погледала сам је у очи и пљусак суза се сручио низ њене образе. Загрлила сам је, миловала јој косу и ставила главу на своје груди. То је увек смири. Успела сам и сад.

— Шта се десило?

— Ја... никад нећу... имати... бебу.

Неверица. Шок. Мало ми се завртело.

— То... то је ужасно! Кад си сазнала?

— Јутрос. Ни доктори не знају због чега нећу да се остварим у улози мајке.

— Слушај, то је нека грешка. Осећам да су те слагали.

— Како онда објашњаваш изостанак бебе? Свако вече покушавамо и ништа.

— Имам решење. Идем да проверим кад ради моја докторка. Не знам зашто, ово ми мирише на Срђана. Хоће да ми се освети, а не сме директно да нападне.

— Можда си у праву. Приметила сам у чекаоници да један младић стоји окренут леђима. Кад су ме прозвали, скочио је као опарен. Нисам му видела лице.

Вратила сам се са смешком. Докторка може данас да нас прими. Отишле смо без речи.

— Вероника, забринута сам. Угојила сам се, а не једем много. Погледај ми стомак.

Погледала сам и знала шта је у питању. Поново сам била у праву. Неко је смислио заверу против моје Нађе. Смешкала сам се, а она ме је шибала погледима.

— Кад си почела да се гојиш?

Знам да она не једе много. Уме да претера, али то се дешава два пута годишње.

— Пре две недеље.

— Ти и даље не схваташ?

— Сутра је тачно трећа недеља!

Беснела је.

— Ало! Земља зове. Чујеш ли ти мене?

— И касни ми. Нервозна сам и дебела. Не осећам се добро!

— Значи, постаћеш... Нађа! Знала сам!

Она је и даље збуњена. Испијала је воду и постајала све напетија. Нисам успевала да је уразумим. О, мајко мила! Запела је на овом степенику и није имала намеру да настави даље. Сломила ју је неистина и доказ неистине.

— Потписано је забога!

— Фалсификат!

— Није!

— Јесте!

Након извршеног ултразвука и даље јој ништа није било јасно. Ниједном није погледала екран. Да је то урадила само једном, све би јој било јасно.

Расплакала се пре него што је чула резултате. Грлила сам је сва срећна. Није имала разлога да плаче, бар не због туге. Моја лудица и даље верује оном парчету папира. Зауставиле смо дах кад је докторка ушла.

— Нађа, немаш разлога за бригу. Као што ти је другарица рекла, ово је фалсификат. Не само да ћеш постати мајка, ти већ јеси трудна.

Гледала је у мене па у докторку, опет у мене. Устала је са столице и кренуле смо кући.

Дала сам јој времена да обради ову информацију. Ћутале смо све до куће. Таман сам кренула код деце, а она ме зграби за руку.

— Шта је оно рекла докторка?

— Трудна си! Честитам!

— Стварно?

— Веруј ми. Да си погледала снимак...

— Дај ми га. Покажи ми бебу.

Коначно сам је уверила. Од среће ме је оборила на земљу. Смејале смо се и само нас две смо знале због чега.

Сутрадан је успела да ме пробуди у девет. На руци јој је светлуцао прстен. Верена је. О, ово је сан. Потпуно сам заборавила да треба да се пробудим. Не желим да се будим!

Поносна сам на све које волим. Мама и тата ће се обрадовати вестима које ћемо им саопштити. Журила сам да купим новине. На насловној страни је Филипова слика. Понос мој! Љубав моја! Моје све! Отварам новине и почињем да читам.

Морска сирена

Она је спавала, а ја сам се чудио њеној мирноћи. Никада је нисам видео тако мирну. Збунила ме је својом храброшћу и одлучношћу да у свему нађе ведру страну. Можда је то нормално. Можда ја немам оно што она има. Или смо заменили полове? Она је постала мушко, а ја сам одувек био жена?

„Спавај морска сирено у црној хаљини. Одмори у ово немирно поподне и сачувај се од олује која бесни. Кад се пробудиш све ће бити мирно. Сазнаћеш да сам отишао од тебе. Нисам могао да се суочим са својом слабошћу и поднесем љубомору што ме изједа. Све позитивно је ишчилело из мене. Остао је само мрак, а ја не

желим да ти обучем још један слој црнила. Боја твоје хаљине као да је наслутила мој одлазак. Збогом, храбра моја! Кажем моја, а ти си ничија. Срце ми се слама, али теби то ништа не значи. Биће ти тешко да прихватиш мој одлазак без поздрава јер сам ти ипак значио, био сам ти друг.

Не тиче ме се ко је он, само нека те заволи. Не знам како ћу заборавити те твоје бисерне очи, црне као ноћ. Сањај како одлазим. Можда се вратим кад пронађем себе, јер сам се изгубио у шуми беспућа које је преда мном. Није битно ако ме замрзиш после свега.“

Написао сам јој ове речи и отишао што сам брже могао. Нисам желео да ме заустави. На памет ми није пало да сам је видео последњи пут.

Након неколико дана су ми јавили да су је пронашли у истој црној хаљини на кревету и моје неотворено писмо. Јавили су ми да је умрла. Још оног дана кад сам одлазио.

Сузе су ми лиле. Не од бола, не од повређености што пише о другој жени. Сузе су ми текле од поноса и лепоте приче. Поносна сам на њега. Доказао је да је јак, да није кукавица. Доказао је другима. Мени не треба да се доказује. Ја знам за оно што нико други не зна. Знам колико је љубави у њему, знам његову чврстину.

Схватила сам да сваки мушкарац воли. Неки воле речима, а неки делима. Више волим ону љубав исказану делима. Искренија је, дуже траје и дубља је. Кад се воли речима, може да дође до супротности. Изговара се да се воли, а не показује се ни „в“ од тих речи.

Улетела сам у препуно дворише и бацила се Филипу у загрљај. Нисам више могла да се суздржим. Жеља за глумом пред другима је избрисана. Пољубила сам га. Тај пољубац је потрајао.

— Шта ти је Вероника?

Питао је прекоревајући ме.

— Поносна сам на тебе љубави!

Онда сам устукнула. Он као да је заборавио на новине. Еее, блесан мој. Заборавио је. Сетио се тек кад сам му показала новине.

— Ааа то! Ја заборавио. И? Како ти се чини?

— Предивно. Емотивно и срцепарајуће.

— Ниси ваљда плакала?

— Шта мислиш? Нормално да јесам. Понос ми је измамио сузе радоснице, а текст погађа у центар мете.

— Лудо једна. Сећаш ли се оних вратоломија и деформитета мог лица кад сам покушавао да те насмејем?

Сетила сам се тога. Сад сам ја направила ту гримасу. Деца су се смејала и тражила још. Наставила сам да их засмејавам све док нисам угледала Нађу како се ваља по земљи. Пришла сам јој и подигла је.

— Јеси ли луда? Тако ћеш изгубити бебу.

Смех је нагло престао кад сам изговорила реч беба. Дошао је тренутак да им саопштимо. Пре него што сам успела да проговорим, мајка ми је пришла.

— Јесам ли ја то добро чула? Поменула си бебу?

— Да, мама. Нађа је трудна.

Никола се умешао.

— Али како? Рекли су нам да...

— Лажу! Онај документ и потпис су фалсификовани. Док сте ви радили, отишле смо код моје докторке на ултразвук.

Нађа и Никола су се загрлили, а ја нисам могла да се суздржим да га не питам:

— Уосталом, зар ниси приметио да се твоја принцеза мало угојила, а једе нормално?

Једна девојчица ми је пришла, ухватила ме за руку и увела у кућу.

— Секо, секо, шта значи то да је друга сека трудна?

— Мила моја, то значи да ће родити бебу коју ћемо сви мазити и пазити.

— Јупиииии! Кад ће беба да се роди?

— У новембру. До тада ћемо ми да научимо разне ствари. Ти ћеш научити да окитиш јелку, а ја ћу научити да плетем.

— Хоћу и ја да плетем.

— Кад порастеш, мила. Обећавам да ћу те научити.

Заголицала сам је и она се смејала. Зове се Лена и има пет година. Узела сам је у наручје па смо се придружиле остатку групе. Данас смо научили децу да плешу. Момци су нам правили проблем, али кад волиш оно што радиш, проблеми нестају док си рекао беба!

Неколико минута касније ми је Нађа пришла смркнутог лица.

— Како може ово да буде Срђаново масло кад је у затвору?

— Његово друштво, мила.

— Сад ми је јасно.

— Не брини ти за њега. Ако се будеш мрштила, родићеш мргуда. Зато, смешак!

Загрлиле смо се и поручиле момцима да нам скувају чај. Правиле смо планове за скромно венчање у кругу породице.

Још једном се показао тачним мој мото: Не иди против срца. Прати га, или ће оно пратити тебе док те не ухвати.

Поново сам добила крила и спремна сам да полетим. Изненада сам схватила да се више не бојим висине. Иако кренем да падам, безбедна сам. Ухватиће ме најчвршће и најнежније руке. Његове очи неће поднети да виде моја поломљена крила. Дуги прсти ће их мазити и саставити поломљено.

Поподне ћу посветити себи. Тачније, својој души. Читати и планирати промоцију збирке. Дошао је ред да се осећам благословено, романтично и неописиво смирено. Чланак за новине сам завршила, само треба да га однесем.

Укључила сам компјутер и отворила ворд. Почела сам да прекуцавам нове песме, док је пролећна киша добовала по стаклу прозора. Тај звук ми је пријао и смиривао ме. У једном моменту сам пожелела да изађем напоље и јурцам по киши. Волим кишу, тако ме инспирише. Устала сам и избунарила гумене чизме из ормана. Навукла сам јакну, ставила капу и изјурила напоље.

Знам да сам изгледала као да идем у сусрет некоме кога нисам дуго видела. Тако сам се осећала. Као да ће ме неко чврсто загрлити. И хоће. Загрлиће ме дете у мени. Дете које је успело да убеди девојку да верује у бајке. Дете које је учинило девојчин живот бајковитим.

Кад боље размислим, није лоше што сам све препустила другима. Да сам се после Срђана грчевито борила за заборав, сигурно не бих доживела све ово. Јер, може ли шта да се доживи у соби за душевне болеснике?

Обузела ме је срећа. Вртела сам се у круг и слушала најлепши звук природе. Нисам приметила да неко стоји иза мене. Вртећи се, ударила сам у нечије тело. Окренула сам се и угледала Филипа. Ухватио ме је за руку, а ја сам се окренула у круг као да плешемо. Затим сам ставила руке око његовог врата док ме је он узимао у наручје. Спустила сам главу на груди мог јунака. Мммм... тако су чврсте и удобне. Пре свега, створене само за мене. Руке су ми сада биле на стомаку.

Осетила сам како тонем у море нежности, а моја машта бледи. Не, машта се више не зове машта. Има ново име. Реалност. Не сан. Не жеља. Него баш реалност.

— Хвала ти што ми свако маштање и сан претвориш у бајковиту стварност. Волим те!

— Бебо моја, волим и ја тебе. Ево, овог тренутка се најлепша жена вратила. Поново је завладала тишина у маси жаба крастача.

— Хммммм... а која је жена до сад била најлепша?

— Ти. Само си била без осмеха. Зато ниси заслуживала прво место.

Унео ме је у кућу па отишао до кухиње. За неколико минута сам се вратила започетом послу. Зграбила сам прву свеску из фиоке и почела да пишем. Одувек сам желела да напишем роман. Данас почињем да остварујем ту жељу.

На памет ми је пало писмо које сам оставила Филипу оне вечери. Срећа ме је послужила па сам га прекуцала пре романтике.

Изненади ме! Буди романтичан. О мени не суди по изгледу. Загреј дланове и додирни ми лице. Почни да топиш лед на мојим уснама. О, ово су усне које су почеле да се мрзну од нељубљења. Танак слој леда је онемогућио њихово померање.

Отопи лед, молим те. Откриј жар, ослободи слабу ватру која тиња. Изненади ме! Допусти да ти се склупчам у крилу. Милуј ми косу, успавај ме тишином. Учини хладну собу топлом. Само ти можеш да ме загрејеш. Ти и твоји додири.

Ја сам се заљубила у тебе, маче моје. Огреби ме осмехом, загрлићу те чврсто.

Милуј ми промрзле усне. Можда топлина твојих додира отопи лед. Погледај ме оним твојим погледом пуним пажње и узми ме за себе. Твоја сам. Одувек и заувек.

Заштити ме од ледених ноћи. Обуци ме у љубав. Купај ме у црвеној води страсти!

Онако снену, загрли ме довољно чврсто, а ипак нежно, да знам чија сам. Изненади ме! Скувај ми кафу и пробуди ме латицом руже. Нека ме лат заголица. Настави! Пријаш ми. И не слутиш колико.

Кад се слатко уживање у кафи заврши, ускочи под ћебе. Удобно смести моју романтичну и заљубљену главу на своје раме. Желим да чујем нешто лепо. Причај, топим се док слушам твој лиричан глас. Све што изговориш је балада.

Затвори очи и реци шта осећаш у ваздуху. Да, мили. Мирис љубави је свуда!

Савршен почетак. Мојој срећи нема краја. Како се нисам раније сетила? Јао, па ево како могу да скупим новац за дограђивање дома за децу без родитеља. Спојићу уметност и хуманост. Мислим да могу да изведем ово. Фестивал поезије хуманог карактера. Пружићу овом граду прилику да покаже своју лепшу страну. Урадићу нешто ново, а млади и неоткривени таленти ће имати прилику да се пробију. Имаће помоћ и подршку на свом путу ка каријери писца. Знам да у овом пројекту нећу бити сама. Тим Хопа-цупа ће ми помоћи у реализацији. Послаћу им свима мејл.

Опа! Нисам очекивала овакве реакције на идеју. Отац, мајка, Нађа, Филип и Никола су одушевљени. Мој златни тим такође. Деца у дому која се баве писањем су била пресрећна кад сам им саопштила нашу одлуку.

Те вечери смо Нађа и ја испржиле палачинке. Окупили смо се и вечерали, па се бацили на посао.

— Знате шта, ја мислим да тема овог фестивала треба да буде љубав.

— Добра идеја, Никола. Делимо исто мишљење. Има ли неко идеју за слоган?

— Рецимо: Волим те!

— Хвала на предлогу тата. Да ли се остали слажу?

Сви су се сложили. Мени се баш свиђа тема, последњих година овом граду највише фали љубав. На фестивалу ће се читати искључиво љубавне песме.

Наредни дани су протекли радно. Свако је потезао везе које је имао. Тражени су спонзори, лепљени плакати, обавештавана удружења писаца. Позивани су писци, текстописци и глумци да буду у жирију. Учесници имају право да осмисле и сценски наступ за своју песму ако желе. Морамо бити на висини задатка јер је веома тешко привући пажњу људима и пробудити заспале емоције. Све је лако кад вулкан проради и кад лава емоција пршти на све стране.

Из дана у дан нам је стизало све више песама и пријава за фестивал. Ниједну песму нисмо могли да одбацимо, све су биле феноменалне. Стигло нам је преко сто песама за месец дана. Од тих сто, одабрали смо 52 песме. Човек који нам је изнајмио студио није хтео да узме ни динар. Одушевио се нама и идејом. У његовим очима се видело искрено узбуђење што ће се баш у његовом студију многи млади писци представити јавности и изаћи из зоне анонимности. Чак је рекао да, ако овај фестивал не прође добро, неће тражити накнадно плаћање. По његовим речима, неће имати потребе за било какве надокнаде. Уверен је да ће све проћи добро.

Потајно сам се надала да је у праву, али трудила сам се да не очекујем превише. Већина људи је заборавила осећај радости који нам пружа књига која спокојно лежи на полици или заборављена на дну кутије. Не доживљава се више чаролија коју производи игра речи и лепршава хаљина свакаквих осмеха и боја.

Људи су заборавили да отворе срца. Заборавили су да верују у бајке. Заборавили да грле, љубе, мазе и пазе. Не осећају пријатно миловање танких страница по души. Не виде редове попуњене словима мудрости. Виде само белину између редова и читају само са усана. Чак ни то што прочитају са усана не умеју, или не желе, да упамте. Иде им од руке да све то лепо спакују, отпакују, измене садржај и пласирају отворену и коришћену робу на тржиште трачева.

Рађа ми се мисао да срећа треба само мало да се подстакне. Ако кренемо малим, али сигурним кораком, сигурно ћемо заслужити онај велики и стабилан корак. Ево, прешла сам читаву границу малим, сигурним и неизвесним корацима. Сачувала сам оно најлепше у себи, преживела све пожаре и поплаве, напунила празна речна корита и насмејала се. По ко зна који пут, згазила сам понос својим ногама. Згазила, а нисам ни писнула. Болело је, а моје грло је било без гласа. Веровала сам, подигла главу и нашминкала се љубављу. Ваљда сам заслужила овај велики корак?

Чула сам нечије кораке у близини. Гледала сам у небо препуно звезда. Ноћ је топла. Најављује вреле летње месеце. Март је иза нас, сада је април са нама. Ах! Да! Кораци!

— Где си одлутала малена?

— Занела сам се у размишљањима.

Без речи ме је привио уз себе. Магију коју су изводиле звезде употпуњавало је куцање његовог срца поред мог. Јасно сам га чула и знала да припада само мени. Стајали смо загрљени, заљубљени и срећни. Решила сам да прекинем предивну тишину и разговор наших срца.

— Заслужујем ли ја све ово?

— Наравно да заслужујеш. Не само ово, него много више.

Очи су ми се напуниле сузама. Чудан је овај живот. Или ти све узме, или ти све поклони. У једном тренутку си без ичега и плаћаш дугове сузама, у другом уживаш у најлепшем поклону.

Причали смо управо о животу. Сложили смо се да животу није битно да ли си поштен играч. Поштење је ствар личног избора. Животу је битна издржљивост. Удараће ти најболније шамаре све док не буде задовољан твојом издржљивошћу. Кад види да ниси посустао, да те сузе и бол нису обесхрабрили, мораће да ти допусти срећу. Тада на ред долазе твоје способности. Тада се види да ли те задовољавају и усрећују праве ствари. Када успеш да најмању ситницу претвориш у срећу, успео си.

— Знаш ли шта највише волим у раду на имању?

— Не медена. Шта?

— Кад измамим деци осмех. То ми даје снагу и сигурност да ћу једног дана бити добра мајка.

Помен детета нам је измамио осмехе. Занесено смо гледали у небо покушавајући да протумачимо нејасан облик који су формирале звезде. Који секунд касније, погледи су нам горели звезданом ветром.

Одлучили смо да одемо до језера. Причали смо о књигама, романтици и нашој љубави. Осмехе нисмо скидали с лица. Вечерас је све неважно. Посао нека чека, људи нека причају, само ми, он и ја, смо важни.

Стигли смо до језера. Нигде никог, нико не жели романтику. Шта се ово дешава? Да ли нас двоје живимо у машти или су сви полудели? Ово је дефинитивно реалност!

Пришли смо језеру, изули патике и бућнули стопала у воду. Седели смо загрљени и загледани у мирну водену површину. Месец је давао сребрасти сјај води. Филип је тада устао, скинуо кошуљу и испред мене се појавио онако згодан. Личио је на лабуда. Тако грациозан, елегантан и чудесно леп. Пружио ми је руку и поклонио најскупљу улазницу. Поклонио ми је, без оклевања, улазницу у његов свет, у његово срце. На прагу његових снова ми је истргао улазницу из руке и поцепао је. Елегантним и очаравајућим покретом ме је увео у собу његових снова. Прво што сам угледала, фасцинирало ме је. Видела сам себе.

Шетали смо плићаком док су нам ноге биле у води до чукљева. Белу кошуљу је везао око струка. То је још више истицало његово прелепо извајано тело.

— Хвала ти.

— За шта, мили?

— Што постојиш. Што ме чуваш и што ме волиш.

Пољубила сам га и прошла руком кроз његову косу.

— Хвала теби. Ниси дозволио да изгубим веру у љубав. Пробудио си ме из дубоког сна.

Осетила сам како дрхтим. Тек сад постајем свесна да је вода хладна. Осетио је и он. Брзо је отишао до кола и узео пешкире. Обрисао ми је ноге, обуо чарапе и патике. Као да сам му дете. И јесам. Ми смо једно другом деца. Наша љубав је чиста и искрена. Затим сам ја њему обукла кошуљу и помогла му да рашири пешкире. Неколико тренутака смо само стајали једно поред другог, па се тргли. Гласно смо се смејали удобно смештени на пешкирима.

Протрљала сам очи. Сунце је бацало позлату на површину језера. Оу! Добро јутро Колумбо! Схватила сам да нисмо ни ишли кући. Подигла сам се у седећи положај и одмах се забринула. Где је Филип?

Брига је брзо одлепршала. Отерала су је сећања на прошлу ноћ. Прелеп и мистериозан. Одједном сам схватила да су сви на плажи гледали у једном правцу. Погледала сам и насмешила се. У себи сам жалила све те одушевљене девојке. Неће их ни погледати. Кренула сам ка њему лаганим кораком. Све што је мушко, забалавило је, опростите на изразу. Немају они шансе, превише се заносе мишљу да могу да ме освоје.

Јао! Треба да проверим како напредују припреме студија за фестивал. Списак обавеза је искочио пред мене са црвеним знаком узвика, што ме је подсетило да је за десет дана планирано прво вече фестивала поезије. Карте су већ у продаји и скоро све су продате. Брзо сам срачунала у глави. Од десет хиљада карата, продали смо пола и резервисано је пет посебних места. Све у свему, изненађењима никад краја.

Кренули смо кући, а онда сам се сетила! Треба да одем до зграде телевизије да договорим снимање фестивала. Понудили су да преносе уживо. Позвала сам број који су ми послали и најавила свој долазак.

Неколико сати касније, све је било договорено. Замолили су ме да гостујем у једној њиховој емисији и пристала сам. Промовисаћу своју збирку и говорићу о фестивалу. Мој сан се полако остварује. Одувек сам сањала о љубави и каријери. Сад имам обоје.

Враћајући се кући, предложила сам Филипу да после проширења дома отворимо школу.

— Моја првобитна идеја је била да у складу са могућностима саградимо и оснујемо школу поред дома.

— Којим новцем? Немамо ми толико новца.

— Новцем од фестивала. Мислила сам да то буде креативна школа. Мислила сам да та школа ради само за летњи и зимски распуст.

— Добра је идеја. Само, сачекај да се фестивал заврши.

У праву је. Журим и планирам много. Толико тога желим да урадим. То сам ја, пролеће и лето ме подстичу на акцију, а јесен и зима су мирни и посвећени књигама.

Дочекани смо као филмске звезде. Још на капији нас је дочекао униформисани дечак. Погледали смо се збуњено, захвалили и ушли. На средини дворишта су пред нас изнели огромну торту.

— Драги наши романтичари, ред је да се заслади та ваша романтична љубав. После торте идемо сви, и деца са нама, на базен. Наравно, за наша два пара имамо нешто посебно у плану.

Цепали смо се од смеха слушајући мог оца како званичним гласом декламује текст. Заћутао је кад смо постали заинтересовани за оно што прича. Намерно.

Поподне смо провели заједно. Окупљени на породичном ручку. Предвече смо кренули на базен сви заједно, а вратили су се без Филипа, Николе, Нађе и мене. Нама је било резервисано ноћно купање уз шампањац и музику. Два сата сјајне забаве, пре свега романтике и осећаја да си филмска звезда, брзо нам је пролетело.

Сад сам постала свесна да сутра почињемо са пробама и решила да уживам док могу. Сутра треба да будем одморна. Чим смо се вратили кући легла сам и моментално заспала. Следеће чега се сећам било је Филипово буђење. Гласно, као и увек.

— Зар мораш да будеш тако гласан?

— Морам. Осећам мирис кафе у ноздрвама. Ко ли је скувао?

— Ја нисам сигурно.

Није морао ништа да ме пита. Знао је да ми је тешко. Научио је говор мог тела. Рамена су ме одавала дижући се и спуштајући се. Стао је испред мене и посматрао ме неколико тренутака. Усправио ме у седећи положај, сео и допустио да му заријем главу у тек обучену кошуљу. Љуљушкао ме је милујући ми косу. Како љуљушкање није помагало, само ме је заштитнички загрлио и шапутао ми да је он ту, уз мене, да се не плашим. Осетивши да сам се примирила, питао је:

— Шта се дешава љубави?

— Ја... нервозна сам.

— Желиш ли о нечему да разговарамо?

— Да, али се плашим. Шта ли Давид сад мисли о мени?

Очекивала сам да се повуче. Мислила сам да ће га повредити моја мисао с Давиду. Нисам била сигурна повређујем ли њега, себе или обоје. Ја стварно волим Филипа, много га волим. Желела бих много тога да му кажем, али речи као да су против мене. Сопствене мисли су се удружиле против мене и сад су кренуле да сруше оно што ми је најдраже. Надам се да неће успети.

— О теби може да се мисли само најбоље. Ти си сваком људском бићу драга. Човек ће те увек подржати, а нечовек пустити да паднеш. Зато, не окрећи се за онима који су ти давно окренули леђа. Давид је, осећам то, поносан на тебе што си наставила даље. Имам изненађење за тебе.

Погледала сам га и осетила сву његову снагу и љубав. Своју снагу Филип користи само да би ме зауставио кад кренем у погрешном правцу. Кад ветар окрене путоказ на супротну страну, мој и само мој анђео чувар ми шапне да је љубав на другој страни.

Суза ми се спустила низ образ. Нежно ју је обрисао и загрлио ме.

— Дођи, лудице моја. Немој плакати, све је у реду.

Устао је са кревета и подигао ме. Усне су нам алармантно жуделе за пољупцима.

— Знаш, моје изненађење си ти. Ништа ми више не треба. Довољно је да постојиш. Захваљујући теби, ја сам излечена.

— Ти никад и ниси била болесна. Ти си искрено волела лошег глумца. Ја сам пробудио дете у теби да не би преспавала све ово што сада зовеш успехом.

Скупила сам усне и избечила очи. Покушала сам да се не смејем. Са њим човек не може бити озбиљан ако он то не жели. Да бих пригушила смех, бацила сам се на кревет. Пришао је и заголицао ме. Има он безброј начина да ме примора да се окренем и погледам га. Овог пута, циљ му је био мој осмех. Као и увек, успео је да победи моје досадне бубице туге.

Филип ми не дозвољава да плачем чак и кад имам разлога. Направи изузетак кад осети да ми је неопходно да се исплачем. Труди се да нађе начин да избацим бес и тугу из себе, а да ми образи остану суви и очи сјајне.

Више од свих његових особина волим то што га није срамота да буде романтичан. Не уплаши се емоција и суза, не бежи од њих чим их намирише. Он није од оних што скривају емоције. Кад је срећан, смеје се, кад је тужан, или се повуче или дође код мене да се исплаче. Наравно, увек му вратим осмех на лице. Волим га и не дозвољавам да буде тужан. Сјај његових очију не сме никад да се угаси, јер бих ја тад остала без струје. Ако останем без струје, нећу преживети. Његове очи су мени све. Угасе ли се оне, гасим се и ја.

— Не питаш за изненађење.

— Довољно сам изненађена сопственим осмехом.

— Полази! Нећеш? Могу ја то и на други начин!

Узео ме је у наручје и изашао из собе. Застао је у нашем делу дворишта. Спустио ме и пришао прекривеном предмету. Хитрим покретом је скинуо плави прекривач, а пред мојим очима се указала најлепша баштенска љуљашка коју сам икад видела. Једноставна, у тоновима љубави и пуна топлине. Узео ме је за руку, привио уз себе и обгрлио ми лице. Усне нису могле да издрже раздвојеност на коју смо их приморавали. Неосетно су се спојиле удварајући се једне другима као да им је први пут.

Без смишљене кореографије су изашле на подијум и отплесале победнички плес.

Победу смо славили загрљени на седмом небу. Љуљашка нас је позивала, а ми нисмо могли да одбијемо позив. Нисмо били спремни да се удаљимо од љубави коју смо осећали.

Сели смо, гледали се и ћутали. Била је то тишина која говори више од речи. Прећутали смо оно: Волим те. Али смо знали.

Уживали смо обоје. Моја глава на његовом рамену, његова рука преко мојих леђа и његове усне у мојој коси.

Заспала сам на његовом рамену. Причао ми је кад сам се пробудила. Причао ми је како су ми само крила фалила да полетим. Гледао ме је и љубио уснуло лице. Поново се заљубио у мене.

— Вероника моја, ја се сваки дан све више заљубљујем у тебе. Нико не може да ми забрани да те волим. Чак ни себи не могу да те забраним. Не желим себи да ставим забрану на тебе. Лепше ми је да будем фанатик због тебе, него да сам без тебе.

Од милине, дубине, искрености и нежности његових речи и погледа сам задрхтала. Желела сам много тога да кажем, али сам схватила да би било сувишно. Из мене је изашла само једна реченица и километрима дуг загрљај.

— Никада ме не пуштај из твог загрљаја.

Знао је да сам на том месту била сигурна. Волео је да ме заштити и кад није имао од кога. Волела сам и ја њега да заштитим. Штитила сам га чак и од благог пролећног ветрића.

Прошла сам му прстима кроз косу и пољубила га. Устали смо из нашег љубавног гнезда и кренули ка кући. Затекли смо Викторију наслоњену на стабло великог ораха. Пришли смо, а она је окренула главу на другу страну.

— Викторија, шта се дешава?

Окренула се ка мени и видела сам поточић крви како јој се слива низ лице. Вриснула сам и зграбила је за руку. Филип ми је помогао да је одведем до татине ординације.

Испричала нам је да ју је дечко тукао и оставио. Затворила сам очи и чврсто јој стегла руку. Рана јој је брзо срeђена, али због стреса и страха је била слаба. Примила је инфузију па су је пустили кући.

Кад је легла у кревет, села сам поред ње.

— Ти си већ победила мила. Није губитник онај ко претрпи бол, већ онај ко га је нанео.

Очи су јој биле пуне суза. Подигла се и испружила руке. Загрлила сам је и осетила топлину њеног тела. Осетила сам нешто мокро на рамену. Њене сузе. Она плаче, а мени се срце ломи због њеног бола. Обрисала сам јој сузе и натерала је да се насмеје.

— Немој да плачеш због њега. Сад не смеш да потонеш. Слабост и туга ће бити ту неко време, а после ћеш осетити неку нову снагу. Знаћеш да те је ова ситуација ојачала.

Узела сам са њеног ноћног сточића крему за руке са мирисом чоколаде. Истиснула сам крему на њене дланове и размазала је. Знала сам да ће је то орасположити. Успела сам да је насмејем.

Одлутала сам у свет давних дворских љубави кад ме је из тог прелепог сна пробудила Маша.

— Секо, дођи. Другари и ја желимо нешто да ти покажемо.

— Локнице мала! Шта сте то спремили, ви малишани моји?

— Спремили смо представу *Маза и Луња*.

— Дивно! Једва чекам да видим.

Док ме је водила ка библиотеци, посматрала сам је како весело скакуће.

Група малих глумаца ме је чекала. Дочекао ме је и Нађин нарасли стомак. Помиловала сам га и пољубила другарицу. Завеса је била спуштена, а столице су чекале мене и Филипа.

Кад смо се сместили, чаролија је почела. Понос ме је преплавио и нисам могла да сузбијем сузе радоснице. Аплаудирала сам, смејала се, плакала. Несвесно сам понављала да су они моја деца. На тренутак сам осетила да јесу. У нашем дому су безбедни и о њима неко брине. Најсрећнија сам кад су они срећни.

Моја мала Маша, звана Локница, ми је потрчала у загрљај. Раширила сам руке и подигла је.

— Локнице, какво дивно изненађење. Сви сте били сјајни. Нисам знала да имамо будуће глумце овде. Поносна сам на вас, децо.

— Мислили смо да изведемо ово на фестивалу. Можемо ли?

— Наравно. Убациһу представу у планирани програм.

Чуло се куцање на вратима. Мајка весело уђе у просторију. Неколико секунди касније, осмех јој ишчезну са усана. Из погледа сам закључила да треба да разговарамо. Спустила сам Машу и отишла са мамом.

У њеној канцеларији су нас чекали неки људи. Погледала сам је збуњено.

— Добар дан. Ја сам Вероника.

— Мила, погледај ова документа.

Читам, а у очима ми се скупљају сузе. Ови људи хоће да усвоје Машу. У исто време сам срећна и тужна.

— Драго ми је што желите да је усвојите. Пре него што донесемо одлуку, морам Вам саопштити услове. Прво, пружићете јој пуно љубави, нећете спутавати и гушити њене талente. Замолила бих Вас да је доводите овде кад она пожели.

Везане смо једна за другу и неће нам лако пасти растанак. Још нешто, одвешћете је само ако она пристане.

— Испоштоваћемо све услове, госпођице. Доведите је да нас упозна.

Тешка срца сам кренула ка библиотеци. На ходнику сам се срела са Филипом. Стегла сам му мишице и наслонила главу на његове груди. Велика кнедла ми је стајала у грлу. Говорила сам испрекидано, али је разумео суштину.

— Малена, ако она жели да иде пустићемо је. Везао сам се и ја за све њих, али ако их чека бољи живот не смемо да им га ускратимо. Маша ће одлучити.

Прибрала сам се и ушла са Филипом у Машину собу. Она је одмах приметила да се нешто дешава. Без речи је села између нас и чекала да јој саопштим вести.

— Машо, неки људи су заинтересовани да те приме у свој дом и да живиш са њима. Желе да те зову ћерком и пруже ти родитељску љубав.

— Не!

— Смири се душо, нећемо те присиљавати на нешто што не желиш. Остајеш са нама, ако је то твоја одлука.

— Мени не требају други родитељи. Ја имам маму и тату.

Филип и ја смо разменили збуњене погледе.

— Да, ја имам родитеље које волим највише на свету. Имам маму Веронику и тату Филипа.

Сузе су ми квасиле образе, а руке грлиле моју Локницу. Филип је раширио руке и загрлио је. Стекла сам утисак да је Маша стварно наша ћерка. Филипу тако пристаје дете у наручју. Пожелела сам да му га родим.

— Тата, где ме водиш?

Заблистао је од поноса и среће. Једном руком је држао њу, а другом загрлио мене.

— Идемо да кажеш оним људима оно што си нама рекла.

— Не дај да ме одведу! Не спуштај ме, одвешће ме!

— Не брини, ништа се неће десити.

Пољубио јој је мали носић. Она му је поклонила пољубац и помиловала ми руку. Ушли смо у канцеларију и ја сам им саопштила одлуку.

— Ви сте је наговорили да остане.

— Машо, реци овој тети шта си нам рекла.

— Тето, немојте да грдите моју маму. Не идем са Вама јер ја имам родитеље. Маму Веронику и тату Филипа.

Муж и жена су разменили тужне погледе.

— Жао ми је, она је тако одлучила.

Није прошло много времена од кад су муж и жена отишли, у канцеларију је упао Никола. На лицу му се јасно видела паника. Његови покрети су га одавали, хтео је да проговори. Речи су га издале и нису му допустиле да их изговори.

Филип га је потапшао по рамену.

— Друже, смири се мало. Биће све у реду. Покушај да нам објасниш о чему се ради.

Показао је руком да кренемо за њим. Затекли смо Нађу на поду како покушава да се подигне. Филип јој је пришао и подигао је. Сместили смо је у кревет и позвали доктора. Хвала Богу, све је у реду. Нису повређени ни Нађа ни беба.

Ух! Данашњи дан је био тежак. Какав ли ће да буде сутрашњи? Сутра је прво вече фестивала.

Кад се све стишало, Филип и ја смо отишли да видимо Викторију.

— Како је наша победница?

— Лоше, не осећам се добро.

— Погледај ме.

Стварно је изгледала лоше. Покушала је да сакрије подочњаке, али није успела. Нагнула сам се над њу и пипнула јој чело. Има температуру.

— Филипе, остани са њом док се не вратим. Идем по топломер и послаћу га по оцу. Скуваћу нам свима чај.

— Веро, не љутиш се да загрлим твог дечка?

— Вики, наравно да не.

Вратила сам се са чајем за нас троје. Чим сам ушла, било ми је јасно да ћемо само нас двоје пити чај. Викторија је спавала. Помиловала сам је по образу, спустила шоље на сточић и села Филипу у крило.

— Сигурно јој је тата дао седатив.

— Јесте, имала је баш високу температуру. Дао јој је и бруфен.

— Ма сјајно! Не знам шта се ово данас дешава. Треба преживети до сутра. Само јуримо негде. Иако постоје овакви дани, волим ово што радим.

— Драга моја, није лако одгајати децу. Тешко је и једно дете васпитати да буде човек. Ти успеваш сву ову децу да изведеш на прави пут. Дивим ти се. Ја сам ту да ти помогнем и подржим те у свему што радиш.

— Хвала ти. Знај да сам увек уз тебе једини. Пођи са мном, желим да ти покажем нешто.

Док смо шетали ка маминој и татиној кући држећи се за руке, слушали смо птичице како слабашним цвркутањем распевавају грла. Застао је на трафици да купи новине. На брзину их је прелистао и изнервирано бацио.

— Па да ли је могуће? Нећу више да купујем ове новине.

Стегла сам га за мишицу и ставила му руку на груди. Мало се примирио па смо наставили да корачамо до клупе.

— Мамини превртљиви и лажљиви синови! Забранио бих им ја да обмањују народ!

Мој прст на његовим уснама. Додирује ми га и љуби. Стеже ми шаке па их милује. Суза му се слива низ образ, а моја рука жури да је обрише. Грлим га чврсто док ми шапуће да ме воли.

— Извини. Много сам се изнервирао и растужио.

— Немаш за шта да се извињаваш.

— Имам. Повредио сам те. Моја суза те је заболела.

— Молим те, не размишљај тако. Колико пута сам ја плакала на твом рамену. Ја треба да се извињавам. Сад ми реци шта те је толико изнервирало.

— Још прошле недеље је требало да објаве моју песму посвећену теби. Обећали су да ће је данас објавити и нису.

— Нема везе. Ти ћеш ми је прочитати. Више волим да слушам како ми је ти читаш. Лепше је кад се та песма уврсти у збирку наших интимних и дивних тренутака.

— У праву си душо. Ти знаш да се понекад понашам као мало, незрело дете.

— Знам, и волим то дете у теби.

Већ је почело да се смркава. Стигли смо до капије и оклевали који тренутак. Оклевање сам пресекла одлучним отварањем капије.

Одмах смо се попели на спрат и ушли у мој стари и напуштени атеље. Мирис боја и осећај удобности су ме натерали да поново приђем штафелају и латим се четкице. Одустала сам од те идеје и прешла на сређивање атељеа. Филип ми је помогао да изнесем непотребне столице и поставим штафелај на боље место. Пољубила сам га па му рекла да седне.

— Слушај, пошто су ми се све боје осушиле и закореле, мораћу да одложим сликање твог портрета за следећу недељу. Сада ћу ти показати слике које сам насликала.

— Голубице моја, ја знам да ти мене можеш и жмурећи да насликаш.

— Јеси ли спреман да видиш слику која је била мој дипломски рад?

Климнуо је главом па сам скинула прекривач са слике. Његово лице је заблистало. Док је гледао и као омађијан додиривао слику, открила сам све остале. Одушевљење му није нестајало са лица. Чула сам сопствено срце како дивље лупа. Ово ми је знак. Треба поново да почнем да сликам.

Оставила сам га на пар сати да ужива у сликама. Вратила сам се на имање да узмем фотоапарат и отишла до радње да оставим слике да ми ураде. Међу њима се нашла и она на којој смо Филип, Маша и ја.

Вратила сам се у атеље после три сата. Било је време за вечеру, али ми нисмо били гладни. Жељни једно другог и бескрајно романтични, пустили смо музику и заплесали уз најлепше љубавне песме. Обоје смо осетили како ишчезавамо из овог света. Обузела нас је она заљубљеничка изгубљеност, кад не чујеш и не видиш никога осим вољене особе. Гледали смо се тако продорно да смо додиривали душу једно другом.

Касније смо легли у мој кревет. Ове ноћи је, на моје задовољство, постао наш. Филип је први заспао, а ја сам га посматрала. Месец је бацао зраке светлости на његово лепо и спокојно лице. Белина његовог лица под месечевом светлошћу греје моје срце. Тихо сам устала и узела лист блока који је стајао заборављен у фиоци. Упалила сам лампицу за књигу, узела оловку и села поред њега. Посматрала сам га још који тренутак задивљено и питала се: Је ли могуће да је он од свих изабрао баш мене? Могуће је, реално је. Почела сам да верујем да се сродне душе нађу кад најмање очекујеш. Мислиш да је крај, а оно почетак.

Са пуно љубави сам почела да скицирам његово лице. Желела сам да ухватим тај магични тренутак и претворим га у уметност.

Морам да признам, прихватила сам велики изазов. Срећна сам што се моја сликарска пауза завршила баш данас. Гледала сам га како мирно спава. Осетила сам да је тако миран јер га чува жена коју воли. Уметник увек чува уметника.

Кад сам завршила скицу, прешла сам у атеље. Истог момента ме је опила лепота месечеве светлости која се бојажљиво пробијала кроз прозоре. На тренутак сам поново била Јулија. Овог пута сам Филипова Јулија. Пожелела сам да поново снимим исти филм са другачијим крајем и мојим Ромеом.

Вратила сам се слици. Са осмехом на лицу, певушила сам нашу омиљену песму. Слика је била готова и пре него што сам мислила да ћу је завршити. Радовала сам се као дете погледавши слику. Тихо сам се вратила у собу. Он је и даље спавао, а ја сам била одушевљена што сам успела да на слици дочарам ефекат месечевих зрака, његову мирноћу и лепоту. Увукла сам се под покривач и убрзо заспала.

Успела сам да се пробудим пре њега и урамим слику. Ставила сам је поред његовог јастука, насмешила се па кренула да нам скувам кафу. Имала сам времена и да испржим јаја. Нашла сам и чинију јагода у фрижидеру. На другом тањиру сам јагоде поређала да формирају поруку: Волим те.

Оставила сам доручак на столу и попела се на спрат. Мој успавани Ромео се пробудио. Грлио је слику и питао се где сам.

— Ево ме!

— Ко је тебе тражио?

— Твоје мисли.

Пришла сам му и поклонила први јутарњи пољубац.

— Свиђа ти се?

— Предивна је. Него, одакле ти инспирација за ове ефекте?

— Тако си изгледао синоћ док си спавао. Нисам могла да заспим док је нисам завршила. Хајде, обуци се. Охладиће ти се кафа и доручак.

Погледао ме је „прекорно”, а у ствари се смешио. Скупио је очи и погледао ме. Шашавко је опет смислио неку лудост.

— Обуци ми кошуљу.

— Коју?

— Ону коју највише волиш на мени.

Пришла сам и изабрала белу кошуљу.

— Знао сам.

Пустила сам га да се рве са дугмићима и сишла доле. Довикнуо ми је да сам мала безобразница па сишао не закопчавши кошуљу.

— Шта је? Шта си се озарила? Сјај је прекрио цело твоје лице.

Пришла сам и боцнула га прстом у стомак. Глаткоћа његове коже је навела моје прсте да започну игру која још увек није за њих. Попут несташне деце која трче око стола, моји прсти су клизали по његовом стомаку.

— Љубави, доста је било. Ти се играш, а стомак јауче од глади.

— Јао, извини. Не знам шта ми би.

— Теби ништа. Твоји лепи прстићи су се заиграли. Дај да их изгрдим.

— Не умеш ти то. Дођи да ти закопчам кошуљу смотанко. Гледај и учи.

— Радије бих да добијем казну због ометања наставе.

Док је јео јаја, правио је грозне гримасе. Глумио је јадничка који живи са очајном домаћицом.

Поподне је кренула јурњава на све стране. У шминкерници је владао општи хаос, деца су била узбуђена због представе, а ја сам ишла од једног до другог такмичара и покушавала да им разбијем трему. Као по позиву, на вратима се појавио менаџер Немања. Његова појава је имала снажан утисак на све.

— Добро људи. Хајде да се мало смиримо. Оволико тензије није добро. На проби је све добро функционисало. Хајде да сада будемо још бољи.

Прелетела сам погледом преко такмичара покушавајући да пронађем Нађу. Неко ме је лупио по рамену.

— Мене тражиш?

— Јао бре Филипе! Уплашио си ме. Тражим Нађу.

— Нисам је видео овде. Изгледа да још нису стигли.

— Осећам да нешто није у реду.

Изашла сам напоље и позвала је. Сад сам сигурна да нешто не ваља. Не јавља се на мобилни.

Претурам по глави разлоге због којих би се наљутила, али не налазим ниједан. У размишљању ме прекида Филип. Носи корпу са ружама и спушта ми је пред ноге.

— Ово је од Нађе.

Каже то тако хладним гласом да сам се заледила.

— Лепо од ње.

— Она ти је забила нож у леђа. Прочитај ово.

Немогуће. Како да поверујем у ово што је написала? Читам поново, плачем, бесним. Узимам корпу и почињем да чупам руже. Филип ме зауставља. Хвата ме за руку, а другом ми узима корпу. Пажљиво слуша шта говорим и слаже се са мном. Окреће ме ка себи и ставља руке око мог струка. Љуби ме. Окрећем главу, сад ми не пријају пољупци. Сад ми је потребно да осетим сигурност. Хоћу да осетим да ме неће напустити. Заривам му главу у кошуљу. Није ме брига за шминку и фризуру. Срце ми се кида и тражим утеху у његовом загрљају.

Чујем кораке који иду ка нама. Сигурно је Немања.

— Хеј, ви заљубљени! Хоћете да почнемо без вас?

Мук. Гледамо се. Даје ми знак очима. Стеже ми руку и клима главом. Крећемо несигурним кораком. Радије бисмо остали овде и поправљали покварено, али ми смо професионалци. Овде смо због поезије и успеха омладине и деце. На корак смо до циља. Смешимо се и храбро корачамо ка бекстејџу.

Чим нас је угледала, Маша нам је потрчала у загрљај. Поново сам осетила понос и радост. Дечји загрљај је потиснуо тугу због Нађе и подсетио ме да постоји нешто важније од жаљења за изгубљеним пријатељством. Не могу да кажем: лако је. Није лако. Постоји једна опција за коју сам се ухватила као дављеник за сламку. Кажем: лакше је уз Филипа и Машу. То и мислим и осећам. Ако ми је део срца и света поломљен, други делови не морају да трпе. Не заслужују да буду ћушнути у ћорсокак. Причам глупости. Признајем себи да одавно слутим ово што сада знам. Све време сам убеђивала себе да нисам у праву, да моје слутње нису оправдане. Негде се десио пропуст. Нисам мислила да је наше пријатељство постало танак лед. Бар знам истину, не давим се у виру лажи.

Прво вече фестивала почиње. Маша седи између Филипа и мене. Врпољи се од узбуђења. Њена другарица Ирина отвара ово вече.

Завршило се. Седим у колима поред Филипа и питам се којом бојом да обојим своје мисли и ка чему да их усмерим. Осећам његов поглед на себи. Тако је нежан и топао. Снажна рука ме привлачи себи, топле усне ми љубе косу. Скупљам се од милине и шапућем му да ме сву обгрли. Ставља јастуче на своја колена да би ми било удобније. Милује ми лице, а глас, тако драг, звучан, утешан и занесен, рецитује ми стихове. Смешим се, песма је тако лепа. Још боље је и лепше кад знаш да ниједна друга неће да је чује, кад знаш да је теби посвећена свака мисао, стих, сваки делић њега. Задовољство је кад си спреман да узвратиш на исти начин.

Сад мој глас, помало дрхтав, рецитује њему. Међу нама не постоји конкуренција. Подржавамо једно друго, заједно славимо победе и преживљавамо поразе.

— Мили, могу ли да ти предложим нешто?

— Наравно душо.

— Шта мислиш да напишемо заједничку књигу песама и прича? Два аутора у једној књизи.

— Сјајна идеја. Искрено, више ми се свиђа та идеја од креативне школе. Ми свакако можемо да организујемо радионице. Чујеш ли и ти дечји плач?

— Да, заустави возача.

Зауставили смо се. Ноћ је била топла. Ходали смо у правцу плача и угледали бебу. Потрчала сам ка њој и узела је у наручје.

— Имамо ли неко ћебенце или неки покривач?

— Мислим да возач има нешто.

Филип му је куцнуо о стакло.

— Шта се дешава?

— Нашли смо бебу на путу, имате ли неко ћебенце?

Дао му је и Филип се вратио унутра. Отишли смо на имање како бих средила бебу.

Осетивши топлоту и љубав, бебица се смешкала и весело махала ручицама. Деца су се окупила око ње, а она је радосно испуштала звуке, нешто налик смеху.

Филип има друга у полицији па га је позвао да пријави проналазак девојчице. Неколико минута касније, отишли смо да вратимо бебу мајци. Сазнали смо да отац не жели бебу па ју је оставио на улици рекавши жени да је дете код пријатеља.

— Много Вам хвала. Како да се одужим?

— Само водите рачуна о њој. Много је слатка. Како се зове?

— Лена.

Заголицала сам је по стомачићу да бих још једном видела и чула њен смех. Лениној мами није сметало што се играм са њом. Изненадила сам се кад сам чула ове речи:

— Ви ћете једног дана бити дивна мајка. Причаћу Лени о Вама кад порасте.

— Хвала Вам. Не знам да ли имам право да Вас саветујем, старији сте од мене, али ипак ћу рећи. Мислим да заслужујете више него што Вам супруг даје. Учините све да држите Лену што даље од њега јер би могао да понови ово или учини нешто горе.

— Позвала бих Вас на кафу. Дођите са дечком ако желите.

Договорили смо се за сутра. Ова жена се нечега плаши чим не сме да нас угости у свом дому. На памет ми пада да јој он не дозвољава да има пријатеље. Најмање што могу је да јој пружим пријатељство. Приметила сам да је спустила поглед кад је говорила о мужу. Очигледно је да он ради са њом шта жели. Усадио јој је страх од слободе. Натерао је да се понаша као да је он Бог и да само он има право на њу. Ни реч нисам проговорила са њим, нисам га ни видела, а знала сам доста о њему. Знам да је не заслужује. Знам да је не воли, већ је држи заробљену у кавезу који нема решетке, а опет је кавез. Жели да буде један једини владар. Изабрао је да влада њом, кад већ не може собом. Почео је да ме хвата бес. Њени снови су претворени у ситне комадиће стакла, али она од њих прави мозаик. Њена снага лежи у неизмерној љубави коју осећа према животу и људима око себе.

— О чему размишљаш?

— О малој Лени и њеној мами.

Подигао је обрву и увређено прекрстио руке. Хтела сам да га помилујем, али једва сам помакла руку. Осетила сам малаксалост. Уследио је талас бола у стомаку. Вриснула сам и села на тротоар. Филип није одмах схватио о чему се ради. У том тренутку ми је био окренут леђима. Чуо је врисак, али је мислио да неко други вришти. Пришао ми је и загрлио ме онако згрчену.

— Шта се дешава?

— Много ме боли! Учини нешто!

Узео ме је у наручје и кренуо. Нигде никог. Срећом, приметили смо ауто у даљини.

У путу до болнице, Филип ми је масирао стомак нежним покретима и брисао ми зној са чела и сузе. Нисам се уплашила за свој живот јер знам да он не би дозволио да ми се нешто деси.

— Пољуби ме. Причај ми нешто.

Љубио ме је и плакао. Брисала сам му сузе, а моје нису престајале да лију. Плакали смо обоје. Савила сам ноге и наслонила главу на његово раме. Загрлио ме је као да неко хоће да ме отме од њега. Приметила сам да ми се бол смањи кад ме загрли. Нема сумње да то наша љубав на свој начин исказује своју снагу и величину. Ово је доказ да је загрљај најлепше место на којем се човек може наћи. Лековитија од свих лекова, јача од свих пораза, лакша и вреднија од свих трофеја. Победа над победама. Све је то љубав. Истинитија од свих истина, дубља од највећих дубина. Потребнија од хране, величанственија од сваке круне. Љубав! Да, љубав!

Будим се и видим Филипово забринуто лице.

— Шта се дешава?

— Не знам.

— Је ли све у реду?

— Не знам љубави. Нико ништа не говори.

— Боли ме стомак.

Тада је ушао доктор смркнутог лица. Следила сам се и зграбила Филипа за руку.

— Како се осећате, госпођице?

— Још увек ме боли стомак, али мање него пре.

— Нормално је да Вас боли. Имали сте спонтани побачај. Чекајте, јесам ли ја то добро чула?

— Мора да сте ме помешали са неком другом девојком.

— Нисам, били сте трудни. Не знамо зашто је дошло до побачаја.

Позвали смо такси. Вожња је протекла у тужном разговору. Јецала сам, суздржавала се и на крају бризнула у ненормалан плач. Осетила сам да се Филип унервозио, али нисам могла да се суздржим. Цео свет нам се срушио вечерас.

Стигли смо на имање, а још се нисмо сабрали. Покуцали смо на врата избезумљени и погледа прикованог за под. Отац је отворио и испустио уздах олакшања.

— Где сте до сад? Знате ли колико је сати?

Нисмо проговарали. Кад би само знао шта се десило не би нас грдио. Ушли смо унутра као роботи.

Спустио ме је на кревет, покрио и сео поред мене. Ноћас смо, по ко зна који пут, обећали једно другом да се нећемо раздвајати. Наше неме, само за нас и Бога приметне молитве, нам дају снагу.

— О, Филипе! Изгубили смо нешто највредније. Ја сам крива. Крива сам за све. Како можеш да ме волиш? Ја сам лоша, много лоша.

— Шшшш! Ниси ти крива. Ти си моје небо. Види, сад пада киша. Пада зато што се најлепши осмех угасио. Небо је бесно на живот јер је најлепшем бићу учињена неправда. Ниједну као тебе не могу да волим. Дођи. Немој да плачеш, молим те.

Љуљао ме је. Брисао ми је сузе све док нису стале. Рецитовао ми је омиљену песму и миловао моју косу.

— Децо, шта се дешава?

— Мама, тата! Ово је ужасно!

Опет су ми сузе навирале.

— Филипе, к-кажи им. Ја не могу.

Зарила сам главу у његову мајицу. Његова снажна рука је нежно масирала моја укочена леђа.

— Вероника је имала спонтани побачај.

Лица су им се заледила. Мајка се згрчила, а отац намрштио.

— Нисте нам рекли за трудноћу.

— Ни ми нисмо знали. Не бисмо тако нешто крили од вас.

Ћутали смо. Ниједна реч није могла да опише бол који смо осећали. Наша љубав је тако дирљива и романтична. Не знам за друге, али ја сам срећна девојка. Имам човека из снова поред себе. Воли ме ћутањем, мази погледом, лечи додиром. Поред њега заборављам сваку бол, поред њега имам крила, али му се увек враћам јер знам да му требам као и он мени.

Ове мисли ми измамљују осмех. Гледам у најлепше, најблаже и најмилије очи. Осмехујем се и љубим му усне које су слађе од меда, а опијају брже него вино. Од овог опијања нема трежњења. Кад волиш, пијан си докле год љубав траје. Дугме за укључивање разума је у квару. Можете звати хиљаду електричара, ниједан неће успети да поправи дугме. Не, док се љубав не прекине, а љубав се не прекида тако лако.

Топлина његовог пољупца и дубина мог погледа су учинили да заборавимо на све. Једина ствар коју никад нећемо заборавити је да се волимо. И кад се будемо љутили, знаћемо да се волимо. Не знам колико различитих светова да створимо, у сваком ћемо се наћи. Да нам вежу очи, препознаћемо се. Могу да нас баце са висине, летећемо. Крила љубави ће се раширити и винути нас у још већу висину. Анђели ће нам помиловати лица и спустићемо се на земљу. Нећемо престати да верујемо у бајке јер смо се нашли у најлепшој.

Утонули смо у сан, а да нисмо ни осетили.

Не знам колико дуго смо спавали, али знам да смо се пробудили загрљени. Гледали смо се дуго, а онда је уследио гласан смех. Голицали смо једно друго да бисмо уживали у смеху и заборавили на тугу. Гађали смо се јастуцима и намерно машили. Наша несташна игра се завршила једним зрелим пољупцем. Кад деца пробуде своју радозналост, немогуће постаје могуће, нестварно постаје стварно. Филип и ја смо створили свој Рај љубави. Наш Рај не подразумева море, песак, плаже, палме, сунцобране и коктеле. Ми смо једно другом Рај. Не требају нам куле и градови, круне и дијаманти. Довољно нам је наше мало царство. Никога не примамо у њега. Само ми умемо да смиримо буре и таласе кад се узјогуне у нама. И звезде нас воле. Осмехују нам се кад смо срећни. Гасе се кад се наше очи замуте и гласови утихну.

Лежали смо на кревету, држали се за руке и смејали се на сав глас. Ни сами не знамо због чега. Тај смех је најлепши. Погледали смо се и праснули у још јачи смех. Он воли кад почнем да машем рукама као да летим.

— Хеј, мени се пије кафа.

— Ја сам гладан.

— Предлажем да се обуздамо, обучемо и сиђемо доле.

— Добар предлог.

Сишли смо у кухињу и љубавна чаролија је почела. Јели смо и понели кафу у двориште. Уживање тек предстоји јер ћемо се посветити поезији. Кад се два писца удруже, не може доћи до грешке. Њихова љубав им неће дозволити да погреше. Зашто? Зато што је љубав непогрешива. Бира оне који је желе. Бира оне који умеју да воле, али истински, дубоко, да воле. Љубав дели два човека на четири дела. Један део за себе, други за вољеног. Ово уопште не мора да буде тако. Чаролија која се догађа само пред очима заљубљених може да учини давање без накнаде. Размена душа и срца се осећа на километар. Филипу и мени је довољан и милиметар даљине да недостајемо једно другом.

Одлутала сам у мислима. Те мисли су ми нацртале осмех на усне. Загледана у даљину, нисам осетила да ми је Филип узео шољу из руке. Окренула сам се и загрлила га. Водили смо много различитих разговора у исто време. Разговарали, а ћутали. Очи су причале једну причу, осмеси су чаврљали за себе, а прсти су мешали те разговоре у једну нејасну целину. Суштина свих разговора, ма колико нејасни били, јасно је исијавала између нас. Ми се волимо. Он воли мене. Ја волим њега. Не треба нам ништа више. Не треба нам нико.

Знала сам да ће да прекине најлепшу мисао. Можда, не можда, сигурно је лепше да је заједно изговоримо.

— О чему размишљаш?

— О овој блеси поред мене.

Решила сам да се нашалим.

— Јесам ли ти недостајао?

— Не.

— Колико?

— Највише.

Ипак, морам да запишем ове неме разговоре. Поред њега, његове доброте и лепоте душе, човек све заборавља. Не кажу узалуд да је први дан љубави последњи дан разума. Нисам желела да верујем у то, али ме је он, на срећу, натерао. Кажем натерао, а разум ме је напустио после првог пољупца. Још једна лекција коју сам сама себи предавала: Не криви вољеног за оно што је љубав урадила.

Кад смо одлучили да се сконцентришемо на рад, угледала сам љубичицу у трави. Преврнуо је очима кад сам устала и као дете одскакутала да је уберем. Знала сам да ће ми рећи да се понашам као клинка, али дубоко у себи знам да је та детиња радост одржала нашу љубав. Та радост је одувек била, и остаће, зачин у чорби наше љубави чинећи је укуснијом. Знам да је љубав према деци у нама обострана. Он воли несташно дете у мени, ја волим несташлуке детета у њему. Кад се та деца удруже, зрели људи остваре оно што су деца замислила.

Помисао на дете ме је пецнула. Ипак сам ја та која је изгубила бебу. Ипак сам ја та која је изгубила најбољу другарицу. Ипак сам ја та која се бори са тим губицима. Опет, имам због кога да будем срећна и да издржим све што ми живот забоде у леђа.

Погледала сам тужно Филипа и ставила руку на стомак. Поглед ми је остао прикован за земљу. Кад ме је додирнуо, први пут сам осетила да није сигуран шта да каже или уради. Та несигурност ме је уплашила више него страх од туге. У овом тренутку смо обоје слаби. Једино што је чврсто и што са сигурношћу можемо да урадимо је пољубац и загрљај. Мисао нам је била иста: Боли ме, не знам шта да радим. Могу само да те пољубим и загрлим.

Прислонили смо чело уз чело и гледали како сузе капљу у траву. Немоћни и слаби, препустили смо осећањима да владају, а ми смо им робовали.

Оставили смо све и кренули ка нашем малом храму љубави. Удобно смо се сместили на баштенску љуљашку и дуго се молили Богу да нам подари дете. Молећи се, олакшали смо душу и заспали.

Кад сам отворила очи, осетила сам блаженство. Држао ме је у наручју и љубио ми косу, а онда сам осетила нешто мокро испод образа. Подигла сам поглед и угледала сузе како се сливају низ његово лице.

— Никако немој да плачеш љубави. Знаш да не могу поднети твоје сузе.

— Знам животе мој, знам. Ни ја не могу да поднесем то што се изнутра ломиш и сакриваш бол. Ја га осећам и желео бих некако да га ублажим, али не знам како.

— Тренутно можеш много. Сети се неког смешног, а опет лепог тренутка који смо провели заједно.

— То је бар лако. Борба са јастуцима.

Насмејао се, а ја сам ставила прст у рупицу на његовом образу. Смеје се и грли ме. Грли онако мушки, мужевно, господског изгледа, а људског понашања.

— Хеј, хвала за осмех!

— Није то ништа. Нека те не растужује више овај губитак. Покушаћемо поново.

— У праву си.

Његови прсти немају мира. Играју се мојом косом, а ја им допуштам. У том тренутку сам постала свесна једне ствари. Кад се двоје љубе, не љубе они усне једно другом ради реда и само зато што тако морају. Заљубљени преко усана љубе душу једно другом, а загрљаји потврђују да су је поклонили својевољно. Доказују да су је поклонили из љубави и да безусловно воле једно друго.

Смирили смо се. Утишали хук ветрова у нама. Одлучили смо да се не предајемо. Имамо ми важнијег посла од предаје. Држећи се за руке кренули смо да наставимо прекинут посао.

Не знам колико дуго смо радили, али прекинуо нас је дечји врисак. Допирао је из једне од соба. Потрчали смо и видели групицу деце како се безбрижно играју. Успорили смо да их не уплашимо јер ни сами нисмо знали шта се дешава. Вриштање је постајало све гласније.

— Ово је Машин глас.

Призор који смо затекли у соби је био тужан. Моја мајка је покушавала да смири Машу, али је она млатила рукама и ногама. Као да се бранила од некога.

Пришли смо кревету и преузели ствар у своје руке. Филип је сео поред ње и привио је уз себе. Опирала се, али кад је осетила да је безбедна, само се још више привила уз њега. Плакала је све време.

— Машо, у реду је, љубави. Тата и мама су ту.

Ставила је главу на његово раме, а мале ручице испружила напред. Убрзо је загрлила тату и још неко време плакала. Шетао је горе-доле по соби све док се није смирила. Обрисала сам јој сузе, рекла да је волим и пољубила јој прћаст носић.

— Шта те је толико узнемирило?

— Сањала сам оног бату. Болело ме је.

— Прошло је душо, не плаши се. Шта ти је радио бата кад си се уплашила?

— Не знам како се то зове.

— Покажи нам.

Почела је да нас удара. Тад нам је било јасно да је сањала Срђана и оно што им је радио. Заштитнички сам је загрлила, а њене мале ручице су узвратиле загрљај. Јасно се осећала безгранична љубав и поверење. Коврџице су се раштркале на све стране. Племенитост и топлина су исијавале из тог малог бића. Изненада ме је упитала:

— Мама, зашто такви људи постоје? Зашто нису сви као ти и тата?

— Не знам одговор на то питање, мила. Одувек га тражим и нисам га још увек нашла. Можда се ти људи на тај начин боре да превазиђу оно што су и сами доживели.

— Знаш, мама, недостаје ми сека Нађа.

— И мени недостаје, много ми недостаје.

Нисам ни била свесна суза које су саме потекле. Маша ме је погледала и обрисала сузе малим, топлим ручицама.

— Извини мама. Немој да плачеш.

— Драга моја, увек веруј својим осећањима. Не игнориши осећај да нешто није у реду, јер понекад може да те доведе до губитка другарице.

Загрлила ме је и љубила усницама преко којих ми је преносила сву љубав коју има у себи.

— Тата, да ли је тачно да се мушкарци стиде да плачу?

— Тачно је, мада ја нисам присталица суздржавања емоција. Кад имаш потребу да плачеш, слободно плачи, биће ти лакше. Сузе су сасвим нормалне и могу изразити осећања.

Након неколико минута сви смо били напољу. Сва деца, мама, тата, Филип и ја. Поређали смо се у круг и добацивали лоптом. Кад су изгустирали ову игру, брали су цвеће, а Маша се наслонила на стабло јабуке и нешто писала. Иако још увек није пошла у школу, зна да пише и чита.

Филип и ја смо се поносно гледали и прислушкивали разговор наших тела. Њихова топлина нам је прећутно говорила да смо постали нераздвојни. Чаролију коју стварамо ништа не може прекинути.

Док је Филип занесено посматрао Машу како трчкара покушавајући да ухвати лептира, искрала сам се из његовог загрљаја и ушла у библиотеку.

Мешавина мириса нових и старих књига ме је натерала да дубоко удахнем, склопим очи и раширим руке. Једина жеља у том тренутку ми је била да загрлим све полице и никад их не пустим. Обузела ме је срећа зачињена повећом дозом задовољства. Сопствени ход ме је подсетио на клизање кад сам угледала књигу коју сам одавно желела да прочитам. За трен ока сам била испред полице са љубавним романима. Извукла сам жељену књигу, привила је уз груди, а потом руком прешла преко осталих књига. Само ја сам знала за тајни излаз из библиотеке до нашег љубавног гнезда. Нисам га открила ни Филипу.

Испружила сам се на љуљашци и читала. Уживала сам у овим тренуцима кад могу да се осамим и уђем у тотално други свет. Читала сам, читала и читала. У једном тренутку сам осетила како ми се нешто мокро слива низ образ. Зграбила сам оловку коју сам понела са собом и подвукла цитат. Скренула сам поглед са књиге и угледала кишу. Гледала сам је како пада удобно смештена на љуљашци и размишљала о нама.

Сврха љубави је у давању. Дај срце и душу вољеном, пружи му руке на које може да рачуна сваког тренутка. Пружи свом изабранику море разлога да остане уз тебе, да заједно доживите и преживите све што је по вољи Божјој. Негујте љубав јер вам је можда једини спас кад наступе тешки дани.

Осетила сам да ми се очи пуне сузама радосницама. Још под утиском који је оставила књига, нисам била сигурна да ли ми Филип стварно прилази или ја то замишљам. Како бих убедила себе да је младић у жутој кабаници стварно Филип, трепнула сам и уштинула се за образ.

Устала сам са љуљашке, направила круг око замишљене осе па раширених руку потрчала ка њему.

— Успори мало! Оборићеш ме.

То сам и желела. Истргла сам му кишобран из руке, склопила га и бацила што сам даље могла. Онако збуњеног, лако сам га савладала. Пре него што је добио прилику да ишта каже, нашао се на земљи.

— Ајде човече, не буди тако дрвен! Ово је пролећна кишица, нећеш добити запаљење плућа.

— Чекај само да те дохватим! И, да, ти ћеш да переш ове ствари. Ти си ме увалила у овај свињац.

— Искључи мозак и уживај!

Тај дан се завршио онако како смо желели.

Ни не сећам се кад смо заспали. Оно што сам сигурно знала је да сам се пробудила срећнија него икад. Нема веће среће него да чим отвориш очи угледаш особу због које ти срце поскочи, осмех добије посебну лепоту, а очи краси неописив блесак љубави. Ништа лепше од његових усана које ти желе добро јутро. Чак и да сањам боље јутро, сан би био бледуњав у односу на стварну боју јутра са Филипом.

Најпријатнија масажа на планети је кад његови дугачки прсти праве кружне покрете по мојим рукама.

— Чему та блага забринутост у најлепшим очима?

— Не знам. Осећам да ће се данас нешто догодити. Обећај ми да нећеш отићи од мене.

— Обећавам.

Мислила сам да је тај немир пролазан, али он ме је пратио цео дан. Чиме ће Господ сада искусити моју снагу? Које искушење ће ми послати? Какав и који испит треба да положим?

Тог поподнева сам отишла у цркву да се помолим и смирим срце и ум. Након охрабрујућег разговора са свештеником, осећала сам се боље. Међутим, и даље сам имала осећај да неко жели да растави мене и Филипа. Нешто ми је говорило да он треба да положи испит и да ће он бити у искушењу. На њега ће бити вршен притисак. Биће на мукама, биће му тешко, а ја нећу моћи да му помогнем. Знам шта ћу. Рећи ћу му оно што је мени рекао свештеник. Осећам да ће нешто променити његова осећања према мени. Како то да спречим? Шта да предузмем да се не деси оно што слутим?

У путу до куће срећем два друга са факултета. Обрадовани што смо се срели, похрлили смо да се загрлимо.

— Где си Веро, нема те нигде?

— Ево ме Зане, кућо стара.

— Још му ниси заборавила надимак. Пуцам од смеха кад се сетим како га је добио.

— Ћути, замлато једна. Знам и твој надимак који није ништа бољи. Зар није тако, Скакавац?

— Јао, јао! Хоћемо ли да окупирамо неки кафић?

— Идемо!

Сместили смо се у први кафић на који смо наишли. Још нас држе старе навике. Свако по еспресо и спремни смо за евоцирање успомена.

— Скакавац, шта је са Гицом?

— Ех, Гица! Удала се за неког бизнисмена.

— Жао ми је другар. Били сте баш леп пар некад давно.

Кад се само сетим како су добили надимке! Црни Зане! Помешао професорку и девојку. Иначе, волео је да хвата девојку за груди и да је шљепне по задњици. Професорка је заиста личила на његову девојку и била је исте висине, тако да је он једног дана омашио. Чекао је изабраницу и толико се занео да је прву која му је заличила на њу шљепнуо по задњици. Настала је права збрка кад је схватио да испред њега стоји професорка. Од тада га зовемо Зане. Ни данас није ништа бољи. Малопре је мене шљепнуо по задњици. Скакавац! То је жива ватра од човека. Ни минут не може да стоји мирно. Или скакуће с ноге на ногу , или скацка док хода. Јадничак је код једног професора предмете увек полагао из другог пута. Десило се да је положио из прве. Да сте видели како је скакао од среће, било би вам јасно зашто смо га прозвали Скакавац.

— Веро?

— Да, Зане?

— Шта има ново?

— Свашта. Не знам одакле да почнем.

Седели смо и причали. Прошло је три сата од кад сам изашла из куће. Договорили смо се да се поново видимо сутра.

Мало сам се разонодила, па допустила немиру да влада. Сузе су ми капале при помисли да ћу изгубити Филипа. Ноге су ми клецале, а ја сам наставила ка цркви. Ушла сам и стала пред икону Богородице. Молила сам је кроз сузе да заштити нашу љубав. Од бола сам пала на колена. Није прошло много времена, дошао је свештеник и помогао ми да устанем. Саслушао је све моје стрепње.

— Осећам да неко хоће да ми се освети. Не знам ни ко ни зашто.

— Мила, Бог све види и чува добре људе. Пут доброте је пут ка Њему. Прати Његове знаке и биће све у реду. Ти верујеш и вера те штити. Увек кад ти је тешко дођи да разговарамо. Сад иди, мој благослов је уз тебе.

Филип и ја смо се удобно сместили на кревету и у том тренутку ми је изгледало да се страх није ни догодио. Заборавила сам на своје слутње и уживала у љубави. Заспала сам на његовом крилу спремна на најгоре.

Отварам очи и осећам мирис невоље у ваздуху. Филипа нигде, а мене хвата несвестица. Морам да га нађем! Очи су ми пуне суза, не видим ништа, а трчим као бесна. Најзад га проналазим, грлим, али не узвраћа. Шта се десило?

— Волим те!

Говорим очајавајући. Не желим да останем без њега. Свет ће ме прогутати без њега. Срушиће се све. Срце ми лупа прејако.

— Како можеш да ме гледаш у очи и да лажеш?

Као да ме је неко пљуснуо кофом ледене воде. Вилица ми је утрнула. Само сам гледала у њега. Кад сам се мало прибрала, рекла сам:

— Не, никад те нисам слагала.

— Шта је онда ово?

Пружио ми је новине. Угледала сам фотографије са Занетом и Скакавцем. Неко ме је пратио. Ко би желео да патим? Моје лице је измењало све боје док сам читала.

— Ово је делимично истина.

— Аха, ту смо! Признај да си ме преварила.

— Ово су ми другови.

— Другови? Погледај мало боље.

— Хоћеш ли ми дозволити да ти објасним?

— Нећу!

— То довољно говори о твојој љубави према мени. Зар је твоја љубав постала толико слаба да више верујеш новинама него мени? Од умора сам синоћ заборавила да ти кажем да сам их срела. И сам знаш како ми је било јуче. Мислиш да су синоћ сви спавали као заклани? Е, па нису! Будила сам се на сваких петнаест минута у зноју и сузама. Бојала сам се овога што се управо дешава. Осећај ме није варао. Знала сам да ће се нешто десити. Проклети текст!

Нисам могла да зауставим ни речи ни сузе. Бес и туга су куљали из мене без намере да се зауставе.

— Да, моја мајка је све то преживела. Само она зна кроз шта је све прошла! Ово је написала нека издајица. Само једна особа зна све о мојој прошлости.

— Крила си то од мене!

— Зар је битно за нас шта је моја мајка доживела у младости?

— Нема више нас. Сад смо само ти и ја!

— Одлазим!

— Иди!

— Повредио си ме!

— Брига ме! Само иди.

Пре него што сам отишла, исцепала сам новине и бацила му их пред ноге. Кренула сам, а он ме је ухватио за руку. Нисам се опирала. Уживала сам у његовом додиру.

— Или ме пусти или ме загрли и не пуштај.

Стрепела сам. Надала сам се и молила да изабере другу опцију. Видим му у очима да ме воли. Понос му је надјачао љубав. Све би било другачије да ме је саслушао.

Изабрао је прву опцију. Ни извини, ни задње: Волим те. Ништа. Као да никада није био ту. Као да смо се упознали пре два дана. И небо је против нашег растанка. На нас се сручио пљусак. Као и увек, искористио је кишу да побегне и оставио ме да посматрам како ми се цео свет руши пред очима, а ја ништа не могу да урадим како бих ублажила последице торнада који је изазвао одласком. Пријала ми је киша. Моје сузе су се стопиле са њом. Филипов одлазак ме је смрвио брже него кад су ми саопштили да Давид више није жив.

Ваљда је то због тога што сам овом одласку присуствовала, била његов сведок. Истина је да ни у један нисам желела да поверујем. Истина је да су се оба одласка догодила. Најболнија истина је што не знам који ме одлазак више боли у овом тренутку. Оба ми разарају срце и мрве већ смрвљену душу.

Сад сам поверовала да нова рана отвара стару. Једна стварност која постаје сећање буди низ давно проживљених стварности које су постале сећања.

Неко ново време је преда мном. Сиво и лоше. Не, нисам песимиста. Само разарајући бол говори из мене. Киша је пљуштала, његове речи су ми светлеле пред очима као ноћна реклама, сузе су лиле, ноге трчале. Изненада сам се нашла на земљи. Скупила сам се и наслонила главу на руку. Шта је све пропало! Наша будућност. Летовање. Прослава мог рођендана у Верони. Заједнички живот, беба коју смо желели. За неколико месеци бисмо славили годину дана везе. Све што смо градили месецима, срушено је у делићу секунде.

Зачула сам лавеж пса. Клекнула сам на колена и пас ми је пришао. Утеху сам нашла у том длакавом, четвороножном бићу. Осетио је моју тугу, попео се на задње ноге, а предње ми спустио на рамена. Загрлила сам га и одмах се осетила боље. Док смо пас и ја још били у загрљају, севнуо је блиц. Погледала сам у страну, а онда зачула познат глас.

— Вероника, шта радиш ту по овом пљуску?

— Играм се са овом душом. Је ли твој пас?

— Да, мој је. Тражимо те сатима. Где је Филип?

— Немој о њему.

— Није ваљда поверовао у ове бљувотине?

— Нажалост, да. Оставио ме је, мислим да се сада пакује. Истина је да смо се загрлили пријатељски, Зане ме је шљепнуо по старом обичају и ништа друго. Синоћ сам заборавила да му испричам.

— Што му данас ниси рекла?

— Није хтео да слуша. Ова киша није случајна. Почела је да пада кад ми је пустио руку.

Отргао ми се јецај који сам упорно гушила. Викторија ме је грлила као ја њу кад је била остављена. Нисмо ни биле свесне да смо постале добре другарице. Радовало ме је сазнање да имам на кога да се ослоним.

— Имам идеју. Пошто се сви брину, а ти ниси у стању да им изађеш пред очи, имаћемо кратко професионално фотографисање.

— Нисам ти ја сад за то.

— Итекако јеси. Пријавила сам се на конкурс за фотографску школу. Прва тема за пријемни нам је заљубљена, а остављена жена. Помоћи ћеш ми?

— Наравно.

Није ми тешко пало. Овог пута није одглумљено. Јасно се видела искреност и дубока бол. Брзо смо завршиле и отишле кући.

У дневној соби смо затекле моје родитеље како убеђују Филипа да остане.

— Немојте га наговарати. Нека ради шта мисли да треба кад није хтео да ме саслуша.

— Види шта си јој урадио! Дете, брзо пресвуци ту хаљину.

— Мама, не брини. Добро сам. Ко ми верује, верује ми.

Погледао ме је. Јасно су се виделе муње које севају у његовим очима. Пресекао ме је погледом. Заболело ме је и сузе су опет навирале. Трчећи сам отишла до собе под изговором да ћу се вратити кад се пресвучем.

Решила сам да сачувам успомене на Давида кад већ не могу да задржим Филипа поред себе. Умирила сам се, обукла тренерку и везала реп.

— Идем да прошетам. Не знам кад ћу се вратити.

— Не можеш сама. Поћи ћу са тобом.

— Само пожури.

Пут до куће смо провеле трчећи. Пријало нам је да се мало рекреирамо. Нисам имала времена да размишљам о свему што се догодило све док нисмо стигле до капије. Кућа гори у пламену и споља и унутра. Ухватила сам се за главу и вриснула. Све моје успомене су изгореле.

Пришле смо ближе и угледале парчиће стакла расуте по трави. Шеткала сам горе-доле са рукама на глави. Бол је био толико јак да сам пожелела да ускочим у ону ватру. По обичају, на срећу, нисам скупила храбрости за тако нешто. Док је Викторија звала ватрогасце, ја сам урлала као разјарена лавица.

Потрчала сам ка кући на имању. Плакала сам, сузе су капале, али ја сам настављала. Ушла сам у двориште и сручила се на земљу. Видела сам звезде пред очима, а онда је уследио мрак.

Будим се. Видим забринута лица. Погледом тражим Филипа. Нема га. Није ту, а највише ми треба.

— Викторија, јесу ли успели да сачувају било шта?

— Нису мила, нажалост.

Изгубљено сам климнула главом. Оба моја света су се срушила у истом дану. Зачуло се звоно на вратима и пробудило наду у мени. Желела сам да верујем да је то Филип. Скочила сам из кревета, па се стропоштала. Нисам знала где се налазим колико ми се вртело у глави. Отац ми је донео чашу воде. Окрепила сам се, дошла себи и поново шокирала кад сам видела ко је на вратима. Нађа!

— Дођи да те загрлим! Толико си ми недостајала.

Почела је да се смеје из свег гласа.

— Не буди смешна. Јадна си.

Све ми је кристално јасно. Она ме је пратила, она је запалила кућу.

— Вероника, ти ниси ништа постигла у животу. Мислиш да је објављивање књиге неки успех? Грдно се вараш. Ти си једна патетична лажљивица. Хвала Богу да је мученик схватио ко си заправо. Сви су поверовали у моје лажи, али нико више не верује у твоје говоре о љубави. Пропала си! Про-па-ла!

— То ћемо још да видимо! Немаш права тако да говориш о мом детету. Љубоморна си, па не знаш шта причаш. Кладим се, и уверена сам, да желиш бити као Вероника. Не можеш да будеш као она па јој рушиш све што је с муком изградила. Не знам шта се десило са тобом, само једно те молим, не прилази мом детету. Крива си за муке које је тек чекају. Прошла сам у животу много тога и најтеже се подноси губитак вољене особе, боле уништене успомене. Но, са тобом не вреди причати. Изађи напоље, и да те више нисам видела, незахвалнице!

Загрлила сам мајку. Додир њених топлих руку је стишао лавину и спречио ерупцију вулкана у мени.

Време је да напустим овај град на неко време. Осећам потребу да се удаљим од свега. Треба ми мир који овде нећу наћи. Потребно ми је да будем насамо са собом. Неке ствари човек може да расправи једино са самим собом. Грешка или не, ја сам од оних што се боре до краја, док последњи атом наде не нестане, док се последња честица снаге не претвори у прашину. Послала сам поруку извињења Занету и Скакавцу. Соба ме је чекала, орман ме је звао. Одазвала сам се на позив и кренула у собу.

Лагано, али одлучно сам паковала ствари у кофер. Извадила сам Филипову белу кошуљу. Помирисала сам је. Задржала је његов мирис. Да је остао крај мене сад бисмо уживали у романтичној вожњи возом, срећа би се осећала на километар. Принела сам кошуљу лицу, а суза је капнула на белу тканину.

Паковање гардеробе и осталих потрепштина је готово. У једну торбу сам ставила љубавне романе, а у другу остале примерке моје књиге. Решила сам да се посветим каријери кад већ не могу Филипу.

Звала сам и резервисала место у возу за сутра. У пет сати ћу бити у возу, слушати музику и читати. Можда поразговарати са неким, ако буде расположених за разговор. Понећу сву своју уштеђевину. Много је, али нека ми се нађе. Не заборавља се велика љубав тако лако.

Свануо је сунчан дан. Каква иронија! Јуче је и небо плакало са мном. Данас сам сама, данас тугујем без подршке. Данас, и сутра, ко зна докле ћу овако. Да ме питате како, боље немојте. Не знам, и не желим да знам. Не док ми се не врати, док ми не опрости кривицу без кривице.

Утонула сам у удобно седиште воза. Очи су ме пекле од суза којима нисам дозволила да потекну. Смех људи око мене ми пара уши. Стављам слушалице, пуштам омиљену песму и препуштам се емоцијама. Управо сам извршила незаконито крунисање таме, а смех је још жив.

Гледам кроз прозор изгубљеног погледа и одлуталих мисли. Пљусак суза не престаје. Навалио је са таквом жестином да ми је зауставио дах. Тежак јецај. Гласан јецај. Очајнички јецај. Срцепарајући јецај. Распорила сам срце самој себи по не знам који пут.

Можда је ова одлука исхитрена. Човек никад и нигде не може да побегне од успомена, сећања, љубави. Где год да оде, овај, понекад горак, трио га увек прати. Али шта је ту је. Сад нема повратка. Кренула сам, па шта буде. Лепе ствари су и даље могуће. Покушавам да надјачам глас у себи који на све има одговор са великим АЛИ. Добила сам одговор: АЛИ тренутно не! са иритирајуће црвеним узвичником. Разговор између моје беле и црне личности се помешао. Толико је био гласан да је надјачао музику. Дошло ми је да вриснем. Угасила сам музику и осетила олакшање. И даље су сузе куљале мојим образима. И даље ме је бол пресецао. Ништа се није променило. Било је само још горе.

Посматрала сам дивне пределе, плакала, посматрала, замишљала шта бисмо Филип и ја сада радили, оживљавала заједничке тренутке, па опет плакала. Тако је то ишло у недоглед.

— Госпођице. Госпођице.

Окренула сам се и угледала црнокосог и црнооког младића.

— Да ли сте добро? Од када сте ушли у воз плачете.

— Нисам добро. Хоћете ли да седнете?

— Ако Вам не смета.

Тако је брижан и пун саосећајности. Разговарали смо неко време. Одушевио се кад сам му рекла своје име.

— Не могу да верујем! Коначно! Част ми је упознати овако добру, ма најбољу песникињу. Ви сте моја омиљена песникиња од кад сте почели да објављујете поезију и прозу на интернету.

— Хвала Вам Дарко. Потписаћу Вам књигу, само да је узмем из кофера.

— Нема потребе, имам је. Пријатељ ми је послао. Потписаћете ми је кад дођете код мене.

— Тешко, ја сам кренула у Суботицу.

— Још боље, водим Вас код мене. Наравно, ако се слажете.

— Мало ми је непријатно, али немам другог избора.

— Много Вам хвала.

Сликали смо се и загрлили. Отишао је до свог седишта. Тамо га је чекала нека девојка. Посматрала сам их. Чула сам сваку реч коју су изговорили, пропратила сваки покрет и почела да пишем причу о њиховом првом сусрету и љубави на први поглед.

Касније ми је пришао сав узбуђен и замолио ме да напишем причу о њима.

— Прича је већ написана. Кад стигнемо у Суботицу и одемо код тебе, желим да прочитам твоја дела.

— Ви сте први кога занима.

— Драги Дарко, лепота је у уметности и треба је неговати. Запамти, никад немој да се стидиш суза. Оне су створене за све нас.

— Имате оштро око. Желео сам то да сакријем.

— Пређимо на ти, молим те.

Узео је причу и читао је са пажњом. Осмех му се ширио са сваким прочитаним редом. Љубав је исијавала из њега. Осетила се ватра која букти његовим венама.

Спустио је причу на крило, па се изненада снуждио.

— Не свиђа ти се?

— Предивна је, него размишљам како је теби док нас гледаш како гугучемо.

— Веруј ми, срећна сам због вас двоје. Само немој да поновиш Филипову грешку. Хвала ти што си ми улепшао ово путовање.

— Ова прича ће се наћи у сутрашњем броју мог књижевног часописа *Борац за уметност* у рубрици *И ја пишем*.

Преписала сам причу у своју свеску и поново је прочитала.

— Прелепа си — изустио је видно очаран.

Она се постидела и поцрвенела. Увек су јој говорили да је ружна.

— Стварно? Ти си први који ми је то рекао.

— Заиста. Имаш лепоту коју до сада нисам видео. Просто исијава из тебе нека чудесна чаролија и неодољива нежност.

— Али, други ми говоре...

— Није ме брига за друге. Мени си прелепа. Има нешто посебно у твом осмеху. Твоји румени образи ме не остављају равнодушним. Смем ли да их додирнем?

Трепнула је својим дугим црним трепавицама. Он се нашао у чуду пред толиком лепотом. Збунио се на тренутак, па јој нежно додирнуо образ једном руком. Кад се уверио да јој не смета, прислонио је и другу руку на други образ. Загледао јој се у очи боје чоколаде, па се насмешио. Узвратила му је осмех са неком сетном срећом у очима.

Подсећала га је на Мона Лизу. Познавао је тај поглед и осмех. Знао је шта значе, јер је на својој кожи искусио суровост и патње. Саосећао је са том крхком душом са најдивнијим очима које је икад видео. Њене очи су прозирне као стакло. Ухватио је тренутак њеног заноса и урезао у срце тај израз благости и тренутне среће на глатком лицу.

— Можда је рано, али значиш ми — проговорила је тихим гласом.

Бојала се да је неко не чује иако су били сами у купеу. Осетио је како се стихови нижу у њеном срцу. Завукао је руку у џеп и извукао папир и оловку.

— Изволи.

Погледала га је збуњено, а то га је још више привукло. Схватио је да не жели ниједну другу. Заљубио се на први поглед.

— Запиши своја осећања. Осећам да ти се стихови рађају. Не дозволи да умру незаписани.

— Откуд знаш да пишем?

— Запиши, па ћу ти рећи.

Посматрао је како јој се груди ритмично дижу и спуштају. Задовољан израз на њеном лицу и тиха бујица осећања док пише, пријали су његовим очима и души.

— Сад ми реци. Како си знао?

— Уметник увек препозна уметника. Види се на први поглед да припадаш неком лепшем свету. Прочитај ми песму, молим те.

— Не могу. Нећеш разумети.

— Разумећу, молим те.

Разумео је. Уживао је. Само пред њом је открио правог себе. Плакао је и дивио јој се. Није знао да ли већи утисак оставља њен глас или речи које изговара.

— Рекла сам ти да је боље да не чујеш песму.

— Не, не. Одушевљен сам.

Стидљиво је спустила поглед и поново поцрвенела.

— Заљубила сам се.

— И ја.

— Надам се да говоримо једно о другом.

Загрлили су се, у почетку бојажљиво, а затим сигурно. Нису оклевали ни трен да предају срце и душу једно другом.

Заиста су диван пар. Није само фраза пристојности моја срећа због њих. Од срца им желим дугу, мирну и романтичну везу. Ако је мени срце сломљено, не мора бити њихово. Понајмање због мене. Поносна сам што могу да учествујем у њиховој срећи, макар издалека, макар само пишући о њима.

Како смо се приближавали Суботици, имала сам утисак да ми је све што сам желела да оставим иза себе близу. Дахће ми за вратом. Сећања су се уморила од јурњаве за мном. Дах им је испрекидан, а мој циљ је да уопште не дишу. Но, да ли је то могуће?

Воз је стао. Није ми се излазило из њега. Седела сам и чекала да сви изађу. Нисам имала снаге ни воље да се гурам са масом која жури и гази све пред собом. Упркос сузама и болу који су ме пратили, ово путовање ми је пријало.

Дарко се вратио по мене.

— Хајде Вероника, стигли смо.

Кренула сам да узмем кофере, али ме је зауставила његова рука.

— То не долази у обзир. Дама никад не носи кофере сама. Позвао сам такси. Ти, моја Љиљана и ја идемо заједно код мене.

Љубав са којом је изговорио њено име, натерала ме је да се насмешим. Видела сам да је срећан због мог осмеха, па сам одбацила ковитлац црних мисли и недоумица. Знамо се тек неколико сати, а као да се знамо годинама.

Возили смо се у тишини непуних двадесет минута. Кад смо ушли у двориште, одмах сам приметила љуљашку. Потрчала сам ка њој, међутим, спотакла сам се о камен и пружила се по свеже покошеној трави. Смејала сам се из свег гласа. Дарко ми је пришао престрављен.

— Да ли си добро? Јеси ли се повредила?

— Сјајно сам. Одувек сам овако трапава.

Љуљала сам се и смејала. Баш волим! Опет је победила моја бела страна личности. Задовољивши ненормално напорно дете у себи, погледала сам у правцу куће. Јао! Кућа од дрвета! Сан снова. Баш овакву сам замишљала за Филипа и мене. Скромна, лепа, мирна.

Одмах сам направила селфи и послала слику Викторији. Позвала сам је.

— Ћао Вики. Стигла сам.

— Хеј! Благо теби. Где си нашла ову слатку кућицу?

— То је тајна.

Зарежала је.

— Хеј, лавице, не режи. Упознала сам дивног младића, код њега сам.

— Биће нешто!

— Не лупетај! Знаш да неће.

— Шаљи сваку слику. Желимо да знамо да си добро.

— Важи. Љуби ми маму и тату. Машу изгњави за мене.

— Окси. Ћао.

Пренела сам Дарку импресије о кући. Сазнала сам да његови ретко долазе овде, само зими.

Мало сам се плашила да будем сама са њим у кући, а у исто време сам знала да сам на безбедном. Потиснула сам лукаве ђавоље гласове и призвала анђеоске. Ушла сам у кућу, ставила себи чај и отишла до собе да нађем нешто за читање. Кажем нешто, а знам шта ћу узети. Нећу одолети. Не могу! Срце ми помахнита кад помислим на њега. Бол ме раздире. Убеђена сам да само његова књига може да смири растрзано и прозебло срце. Од кад га нема, постало је танак лед. Постало је лако ломљиво стакло. Стакло које не рањава оног ко га ломи, већ угрожава живот свом власнику.

Тргао ме је звук лупкања тацнице о сто. Чај! Потпуно сам заборавила на њега. Сва срећа па је Дарко ту.

— Одлутала си.

— Да... овај... хоћеш да ставим чај за тебе?

— Не, хвала. Пијем га само увече.

— Хвала теби. Идем да узмем књигу. Хоћеш ли да читамо заједно?

— Хоћу. Само... све књиге које имам... прочитао сам их.

— Без бриге, напунила сам кофер. Досађиваћу ти дуже време.

Узели смо књиге. Ја сам са собом понела роковник и пенкало. Волим да подвлачим цитате у књигама. Проналазим се у њима, тражим оно што је било, што јесте и што бих волела да буде.

Отварам књигу и читам посвету. Плаче ми се. Смеје ми се. Не могу ни једно ни друго. Настаје мешавина плача и смеха. Окрећем лист, а редови чекају да их по ко зна који пут прогутам.

Брао сам јој руже некада. Давно то беше. Док сам освајао њено устрептало срце, без муке сам подносио грдње. Брао сам најлепше руже из бакине баште. Само за њу. Засијала би неописивом и нестварном нежношћу миришући је и привијајући је уз груди. Знао сам. Била је моја. Само моја. Ничија више.

Зграбила сам пенкало и подвукла. Истина, и мени је брао руже! Још једна истина, свакој их је брао. Ма, битно је да сам ја та. Верујем да јесам.

Поново нож бола ровари по отвореној кутији успомена. Досадан је. И претежак за мене. Не предајем се јер ми Господ и мој Анђео чувар не дозвољавају.

Читам даље, а сузе ми капљу и квасе странице. Он је сада са мном, а далеко од мене. Мисли ли он на мене? Ако мисли, нека ме нађе. Несвесно, јецај ми се отргао. Дарко је подигао поглед, склопио књигу, а затим је мени истргао из руку.

— Зашто ово радиш?

— Зато што га волим. Желим да ми се врати.

— Знам да га волиш. У реду је. Али, зашто повређујеш себе читајући његову књигу?

— Једино тако је поред мене.

Устао је, пришао ми и загрлио ме. Загрлио као што брат грли сестру.

— Мислила сам... да... ћу...

— Смири се, молим те.

Масирао ме је по леђима једном руком, док ми је другом руком склањао косу са очију.

— Мислила сам да ћу се смирити ако је прочитам. Извини, овде сам први дан, а већ правим проблеме. Отићи ћу чим нађем смештај.

— Нема шансе! Ни у лудилу те не бих пустио да се сама сналазиш. Не правиш ми никакве проблеме, само исказујеш своја осећања. Нисам ја од оних што се гнушају женских суза.

— Хвала ти!

Загрлила сам га још чвршће. Пожелела сам да га не пустим. Онда сам схватила да сам претерала.

— Где је Љиљана?

— Отишла је да купи неке намирнице.

— Хоћемо ли наставити читање?

— Хајде.

Смиреније душе и сређених мисли сам наставила читање. Стихови у мојој глави су ницали. Личили су на цветове који се отварају ноћу. Позивали су на тренутно исцељење душе. Прихватила сам позив и нисам погрешила. Сва своја осећања и тугу сам исказала онако како најбоље знам. Док сам писала, смешак се измигољио. Била сам га свесна. Не знам чиме привучен, Дарко је подигао поглед и угледао мој смешак.

— Дуго ти је требало.

— Не надај се превише. Ово је само тренутно олакшање.

Исцепала сам лист папира и преписала песму.

— Можеш ли ме одвести до Палићког језера?

— Наравно. Оставићу Љиљани поруку.

Возили смо се у тишини. Сетила сам се како смо Филип и ја провели ноћ крај воде.

— Дођи по мене за два сата. Морам да раскрстим са својим мислима. Бар да покушам.

Села сам на топао бетон, пустила поглед да лута. Годило ми је што сам сама на језеру. Нисам се стидела да наглас прочитам песму. Читала сам је мирној води окупаној сунцем.

Све на мене чека.
Можда је требало да
поклоним неком ово
пропало срце, затровано
болом и љубавним отровима.
Можда, али коме?

Требала сам бити себична
бар овај пут. Моја уста
нису требала да ћуте.
Касно је сад за речи, песникињо,
касно је.

Ни гласа да испустим,
ни сузе да исплачем,
ни тебе да те кунем.

*Нема ни мене. И ја сам нестала
иза маске.*

*Зашто сам ставила лажну
срећу на лице? Зашто, кад не умем
да се претварам?*

*Скована од гвожђа, хладнија
од леда на Антарктику. Таква је
туга у мени.*

*Танане нити осећања
обавијају моје јако и измучено
срце. Танане жице ограђују
делове душе сломљене
ветровима, ограђују да не останем без ње.*

*Топла постеља и немиран сан.
Далеки, недостижни светови
вечне љубави.
Све на мене чека, а ја као
да уживам у поразима.*

*Вероника Митић
Ко нађе ову флашу нека је пошаље на адресу на другој страни
папира. Хвала унапред.*

Савила сам папир, угурала га у флашу и затворила је. Брзо сам је бацила у воду. Брзо, да се не предомислим. Олакшање ми је преплавило душу. Нисам му се превише радовала јер сам знала да је тренутно. Ипак сам се радовала. Сунце је почело да залази, а вода прошарана очаравајућом комбинацијом боја. Гледала сам мирну површину воде коју тек понеки талас узнемири.

Поново сам уочила супротност. Мирну површину узнемири понеки талас, а мене смири понека ситница. Босим ногама сам додиривала бетон који ми је пријатно хладио стопала. Могу рећи да уживам.

Нисам рекла Дарку шта сам урадила. Признајем, направила сам глупост. Али љубав не зна за разум. Логично. Љубав се ствара у срцу, па се ми, љубавни фанатици, руководимо његовим заповестима. Не можемо другачије. Или волимо, или калкулишемо. Нема комбинација, нема златне средине.

— Опет си са својим мислима. Немој да се љутиш, али нервира ме тај Филип. Колико мора да је глуп кад те је оставио због новинске неистине?

Само сам слегла раменима и насмешила се.

— Дарко, то је мушки понос. Нажалост, Филип није успео да га сузбије и поверује оној коју воли. Поверовао је поносу и убио сам себе. Осећам да пати.

— Пустимо сад њега. Како си се провела на језеру?

— Божанствено.

Укапирао је да сам направила неку лудорију. Ништа није рекао, нити ме критиковао. Мој осмех му је био важнији од критиковања.

Месеци су пролазили, годишња доба се смењивала. Двадесет четврти рођендан сам прославила са Дарком и Љиљаном. Туга за Филипом је нестала. На њено место је дошла нада да ће он доћи. Молила сам се свако вече да флаша стигне до њега. Сваки дан сам се све више смешкала и са тајном надом одлазила у шетње.

Једног поподнева сам коначно добила жељену поруку. Њен садржај ме је засмејао и уверио да ме Филип још увек воли.

Дарко је био поред мене кад сам вриснула и скочила од среће. Први се нашао на мети, па сам почела да га цмачем. Инсистирао је да прочита поруку. Како му нисам дала, успео је да ми отме мобилни.

— Ово је најлуђа ствар коју је неко урадио због мене. Волим те, мрвице.

Прочитао је наглас поруку и подигао обрву.

— Шта је? Зар ниси срећан?

— Јесам, него, шта си то урадила?

— Нешто блесаво.

— То сам схватио. Сад ми реци.

Испричала сам му све у једном даху. Имао је хиљаду питања на која сам одговарала са: не знам и терала даље.

— Ћурко једна!

— Повуци реч! Имам јаку десницу.

— Да те видим, песникињо!

Зарила сам му песницу у стомак.

— Ау! То стварно боли.

Сутрадан сам сама изашла у поподневну шетњу. Почела је да пада летња киша, а сунце иде на починак. Небо је било обучено у боје заласка сунца. Имало је на себи најлепшу гардеробу, а опет није задовољно.

Корачам пустом улицом. Све што чујем су моје мисли и бат сопствених корака.

— Ех, кад бих имала некога да пољубим! Пољубац на летњој киши и залазак сунца. Како би било романтично.

Нисам била сигурна да ли сам то изговорила наглас или су то нечије речи изговорене мени. Подигла сам главу и погледала у страну. Окачила сам му руке око врата и навалила на његове усне које сам толико желела. Свих ових месеци сам само њих љубила у сну.

— Тај неко сам ја, зар не?

— Апсолутно и једино ти! Како си ме нашао?

— Драга моја, онај ко воли претражиће читаву планету како би нашао своју другу половину душе. Ја волим, кајем се, жудим, чезнем, венем и сад поново цветам. За љубав није битно којим путем идеш. Битно је да пронађеш ону другу страну себе, поново је привучеш у свој загрљај и не пушташ је. Не даш је ником.

Уместо одговора, наслонила сам главу на његове груди. Чула сам како му срце куца и дивила се тишини око нас. Једна рука му је лежала на мом струку, а друга је стајала као штит на мојој глави. Тихи, радосни јецај ми је продрмао тело које је задрхтало.

— Ти то плачеш?

— Од среће. Знаш, у овим предугим и празним месецима, ноћу ме је држала у нормалном стању твоја књига и инспирација. Немаш представу колико муке си ми задао.

— Нећемо сад о томе.

— У праву си.

Мокри, од главе до пете, гледали смо се као два мачета којима је потребна помоћ. Знамо обоје. Знамо да смо једно другом лек. Ухватили смо се за руке. Неугашене варнице су севнуле и натерале нас да се насмејемо. Натерале нас да се поново заљубимо у осмех оног другог. У ствари, натерале су нас да се поново заљубимо.

У исто време смо узели телефоне и отворили белешке. Стихови су се низали.

Поново сам прочитала песму. У заносу, прочитала сам је наглас и посветила је њему. Песма се зове *Лек*. То је он мени. То сам ја њему.

Пусти ме да ћутим док
су нам руке спојене.

*Више ће ти рећи додир него
небројене речи. Већи значај
има оно што изговори и најблажи
додир, него оно што изађе из грла.*

*Не дај ми да одем. Не дај,
чак и кад пожелиш да будеш
сам. Дозволи ми да ћутим
поред тебе и болујем твоју
бол са тобом. Олакшај нам
пролазак кроз тунел туге.*

*Буди уверен да те чека
нешто боље, лепше и теби
драже кад изађемо из
тунела. Остави замагљене
путеве иза себе, растргни
маглу и не заборави да ме
повучеш са собом ма колико
хтео сам кроз ово да прођеш.*

*Не дозвољавам ни на тренутак
влагу у твојим очима! Нећу
говорити, стегнућу ти руку.
Нећеш видети тугу у мојим
очима, али ћеш је осетити по
начину на који те додирујем
и гледам.*

*Молим те, загрли ме!
Нежност и љубав су лек!*

Вратићу ти наду шапутањима
која само ти смеш да чујеш.
Нека ти моје речи, изречене
пољупцима, буду мелем!

Тешко ми је да гледам твоје
безвољно лице, љубави. Учинићу
све да оно поново сија. Учинићу
и више ако ми дозволиш. Само
ако ми дозволиш.

— Љубави! Ово је најлепши тренутак у протеклих неколико месеци. Ми смо кроз тунел туге прошли. Повукао сам те са собом иако смо били раздвојени километрима и мојим поносом. За загрљај не мораш да молиш, само рашири руке и полетећемо заједно. Шапући ми, љуби ме. Ради са мном шта хоћеш. Дозвољавам ти све.

— Хоћу да те волим. Само то хоћу.

— Знам. Слушај, ова песме је за тебе.

Не иди док пада киша
Не иди док пада киша.
Врати се, опрости ми срећу
са тобом.

Не иди док пада киша.
Чујеш ли? Безброј дивних
и нежних капљица тако
очаравајуће шуште. Слушај
њихов шум и загрли ме.

Допусти да ти љубав обузме
душу. Не иди. Нека наш
кишобран буде љубав.

Не иди док пада киша.
Не руши ми снове, не
ломи најлепшу фигуру. Њено
стакло ће те посећи, рана
ће болети дуго. Остаће ожиљак.

Не иди док ми је осмех
на уснама. Дођи и угаси
жар. Нека ме запљусне
твоја љубав.

Не иди док пада киша.
Врати се. Опрости ми
срећу са тобом.

— Све ти је одавно опроштено! Не идем ја никуда.

Једна ствар је иста. Топлина наших срца и топлота капљица које падају по нама. У срца се вратила она топлина против које човек не треба да се бори. Топлина љубави се изборила за превласт над хладним тушем раздвојености. Ми смо доказ да права љубав преживљава све.

— Да ли ти фали нешто у свему овоме?

— Да, фали ми твој осмех Вероника. Толико ми недостаје да видим онај осмех детета. Недостаје ми глаткоћа твоје коже и немиран прамен косе да га вртим око прста. Нисам ти рекао у поруци. Оно што си урадила је нешто најлепше и најромантичније што сам доживео. Тај гест испуњен надом, искреношћу, очајем и патњом, открио ми је количину љубави и нежности у теби на коју сам заборавио угошћавајући понос и љубомору. Надокнадићу ти све ове месеце. Кад бих могао одмах, учинио бих то.

— Знам. Не треба мени много. Само једна ружа из бакине баште, да је привијем уз груди.

Осмехнуо се. Чежње су нам се спојиле истовремено са замућеним и замагљеним погледима. Писци су се поново пронашли, спојили заједничке страсти, закључили да су прерасли дечје дурење и реновирали оронули дворац љубави.

Сузе су ми кренуле. Сва осећања у мени су се помешала и довела до експлозије. Загрлио ме је, а ја сам још више зарила главу у његову мајицу. Док су ми се рамена тресла, љубио ми је косу и привлачио ме себи. Погледала сам га и даље не успевајући да контролишем сузе. Обрисао их је са толико љубави да ми је срце задрхтало у грудима. Први пут сам видела да му је рука задрхтала. И он се борио са жељом да се исплаче као дете.

— Ти си све што имам!

— Чврсто ме држи и никуда не идем. И да хоћу, не могу! Ма колико ово срце било закопано под земљу, за тебе ћу га ископати. Само да останеш заувек мој, само мој, Аполон.

— А ти моја Афродита!

— Мој Ромео!

— Моја Јулија!

Стали смо једно наспрам другог. Прислонили смо чело уз чело и препустили се љубави која се крије у трепавицама. Затим смо голицали једно другом румене образе играјући се као деца.

— Вероника, слушај ово па настави ако имаш идеју. Снимаћу нас.

— Слушам.

*Киша је стала,
а ми се и даље вртимо!
Рингишпил у нама никад не
стаје.*

— Сад ти.

*Мокри до коже, љубимо
се трепавицама.
Верујемо у чуда. Чудо
нас је спојило. Водило нас
до испуњења снова,
до куће страсти, до
љубавног крова.*

— Опет ти.

*Киша је стала,
а ми се и даље вртимо.*

Убедила сам га да пођемо кући. Иако је лето, ноћ је постала прохладна, а ми смо скроз мокри. У путу до Даркове куће, певушили смо снимљену песмицу.

Чим смо ушли у дневну собу, Дарко нас је отерао у купатило.

— Нећете овде да се сушите. Ти изабери одећу, а теби ћу позајмити кошуљу.

— Океј Барни!

— Ма! Видећеш ти ко је Барни!

Суви и никад срећнији, сели смо да вечерамо са Љиљаном и Дарком. Нико од нас није скидао осмех с лица.

— Вас двоје нисте нормални! Ваша љубав је хаотична гомила за коју се вреди борити. Вероника, чим ниси дошла на време, знао сам да су се голупчићи срели. Иначе, та хаљина ти је предивна.

— Хвала.

— Ти, јуначино, дођи да те средим за ову даму.

На себи сам имала тамноплаву хаљину на једно раме. Љиљана ми је направила предивну пунђу и нашминкала ме.

— Поводом чега је све ово?

— Поводом вашег помирења и наше прве годишњице везе.

— Због нас нисте требали толико да се мучите. Срећна ти прва годишњица.

— Хвала ти.

Спремне, чекале смо наше јаче половине у дневној соби. Пустиле смо музику и први плес одиграле нас две.

Кад су наши мушкарци стигли, честитала сам Дарку годишњицу.

— Да ли је мој господин савршени спреман за плес?

— Да, замолићу моју даму да плеше са мном.

Филипу је Дарково одело одлично стајало. Кошуља коју му је дао се савршено слагала уз моју хаљину. Елеганцији је допринело црно одело и његова испружена рука ка мени. Његови покрети су одувек одисали елеганцијом, али је то сада дошло до изражаја.

Осећај романтичности и атмосферу су употпуњавали полумрак и покоја сијалица у боји. Просторију су испуниле цветне ароме Љиљаниног и мог парфема и тонови мушкости Дарковог и Филиповог парфема. Плесови су се низали, љубав се продубљивала. Плесови су личили на оне из времена Ане Карењине. Ми смо сада плесали са истом страшћу, са пуно, ненормално пуно, љубави, а сваки плес се завршавао тако што смо Љиљана и ја падале уназад, а Дaркова и Филипова рука би нас задржала удобно се смештајући на наша леђа.

Прекинуло нас је звоно на вратима. Отворила сам и угледала малог плавоoкoг дечака.

— Ко ти треба, слаткишу?

— Вероника Митић. Да ли она живи овде?

— Ја сам Вероника. Хоћеш ли да уђеш?

— Не... ја... Дошао сам да Вас замолим да испуните мојој сестри рођенданску жељу.

— Хајде уђи, хладно је.

Увела сам га у кућу и повела у собу. Не могу да опишем колико је сладак. Све време ме је грлио и понављао да сам дивна. Сликали смо се за успомену.

— Договорили смо се. Сутра доведи сестру у било које време.

Испратила сам дечака па се вратила у собу. Светла су била упаљена.

— Шта хоће тај клинац?

— Дошао је да ме замоли да се упознам са његовом сестром. Сутра јој је рођендан, а њена највећа жеља је да ме упозна. Испунићу јој жељу. Ја сам уморна, хајдемо у кревет.

— Чекај! Филип има нешто да каже.

Устао је, закопчао дугме на оделу, прочистио грло па почео.

— Желим да прочитам мојој Јулији шта је Ромео написао за њу.

Завртела ми је мозак. Сваког дана иста мисао ми се врти по глави. Она. Увек иста, увек посебна. Иста мисао, само другачији редослед и крај. Некад је окрзнем у пролазу, погледи се сретну, хемија проради, лептирићи узбуркају мирно море, и ето нас у њему. Понекад, не помаже ни да скидам звезде.

Завртела ми је мозак. Врти моју памет и мој разум око малог прста. Нека је, нека их врти. Постали су мала деца жељна пажње.

Завртела ми је мозак у свом смеру. Сад нека заврти и мене у истом смеру.

Као омаћијана сам гледала у њега отворених уста. Сузе су квасиле дрвени сто. Ставила сам руку на уста, погледала у правцу неба, па у Филипа који ме је узео за руку и повео у лепши свет.

Ни Дарко ни Љиљана нису могли да задрже сузе. Љиља ме је загрлила и шапнула ми:

— Добро си бирала.

Насмешила сам се и узвратила шапутањем.

— И ти си добро бирала, мила моја.

— Не пуштам вас док не одемо сви заједно на Палићко језеро.

Удобно смештени у кревету, голицали смо једно друго. Пружила сам му његову књигу, села му између ногу и сместила главу на мекани предео између његовог рамена и врата. Спустио је пољубац у моју косу па почео да ми чита.

Следеће чега сам била свесна су његове руке, његови дуги прсти на мом стомаку. Његова брада благо ослоњена на моју главу. Сунце нас је грејало. Не могу рећи шта ми је више пријало, сунчеви зраци или он. Кад их спојим добијем блаженство и мир. Пре свега, непресушну љубав.

Још мало смо се мазили, а онда ми је он подигао горњи део пицаме тек толико да открије мој стомак. Кружио је прстом око мог пупка. Кикотала сам се. Љубав се може изразити на безброј начина. Истина је. Мала задовољства чине велику љубав, а велика задовољства су најчешће покриће малој љубави. Могу и велика задовољства чинити велику љубав, али под условом да су сачињена од малих задовољстава. Љубав није затвор, већ слобода двоје људи да постану једно.

— Знаш ли колико си лепа?

— Не знам.

— Лепа си као чисто плаво море, као топао песак, као ружа.

Поцрвенела сам и склупчала му се испод руке.

— Шашаво моје!

Разбарушио ми је косу.

— Хајде да устанемо, бејби.

— Нееееее! Зашто мораш све да поквариш Вероника?

— Не буди блесав. Права си бебица. Моја мала бебица.

Извукла сам га из кревета, загрлила га па му обукла кошуљу. Пољубила сам га и клиснула у купатило. Чула сам како безвољно мрмља. Ускоро ће цичати од среће.

— Хајде пожури! Имам нешто да ти покажем.

— Силазим. Ако је нешто глупо, боље се спреми.

Наравно да је скакао као мало дете кад сам му показала данашњи број часописа *Борац за уметност*. Показала сам му и све бројеве у којима су изашле моје песме.

— Поносан сам на тебе.

Загрлила сам га најјаче што сам могла.

— Хвала теби што водимо љубав сваки дан. Коначно неко зна разлику између вођења љубави и секса.

Изашли смо у двориште, јурили се као мала деца па направили селфи. Ухватила сам тренутак његове непажње и отрчала до љуљашке. Пришао је и љуљао ме. Дарко нас је видео, пришао нам и снимао нас.

— Ово је дивно! У следећој колумни пишем о вама и вашој љубави. Ваша љубав је нешто најдирљивије и најлепше чему је моја маленкост присуствовала.

Док ме је љуљао, затворила сам очи и уживала у слободи коју сам опет имала. Без њега се осећам као птица у кавезу која хоће да полети, а не може да рашири крила. Слажем се са оним што је рекао Курсат Басар у свом роману *Музика мог живота*: *Говорим неколико језика, али ниједан не садржи речи којима бих могла да опишем то осећање.*

Зауставио је љуљашку. Мирис његовог парфема се уплео са мирисом ружиног шампона којим сам тог јутра опрала косу.

— Зашто си стао?

— Сетио сам се једног цитата из књиге Александре Потер.

— Не зезај да си читао њене књиге.

— Прочитао сам све које имаш.

— Из које је тај цитат?

— Из књиге *Да ли смо се некад срели*. Слушај. *Ко је крив што сам се претворио у овако позитивног, здравог, насмејаног идиота?*

— Хоћеш да ти одговорим цитатом из исте књиге? Кладим се да га ниси уочио.

— Баш ме занима.

— *Не можеш тек тако, случајно, да „улетиш” у љубав. Мораш да скочиш.*

Истина је, најлепше је кад скочиш у љубав без улетања. Не знаш шта те чека у базену, али ипак верујеш да је довољно дубоко. Верујеш да ћеш испливати на површину неповређен, срећан и озарен сунчевим зрацима љубави.

Узео ме је за руку и повео до Даркових кола. Љиљана и он су нас чекали да идемо на Палићко језеро. Дарко је понео свој професионални фотоапарат. Било је јасно да ћемо имати сликање из снова. У тајности смо прижељкивали романтичне фотографије, а сада ћемо их добити. Жеље се остварују кад не очекујеш. Дефинитивно.

— Ниси заборавила купаћи?

— Наравно да нисам, Барни!

Стиснуо је усне у знак неодобравања, а Филип, Љиља и ја смо се кикотали. Још коју секунду се дурио, па се и сам смејао.

Чим смо стигли, Филип ми је стргао хаљину и понео у воду. Дарко нам је довикнуо:

— Уквасите се мало па да почнемо.

Исплазили смо му се, па заронили. Срећни што нико не зна за нашу срећу, пољубили смо се под водом. Погледала сам његово згодно тело и нисам одолела пориву да се припијем уз њега. Обгрлио ми је леђа рукама које су попут кашмира. Осетила сам под собом глатко и затегнуто тело, пољубила раван стомак који је био, и остао, уточиште мојим сновима. Баш на њему сам спавала мирно. Мирније него икад.

Крајичком ока сам ухватила севање блица Дарковог фотоапарата. Насмешила сам се. Тај осмех мора да је изгледао изгубљен, као што сам и ја била изгубљена у нашем свету.

— Љубави, хајде пливај као сирена, молим те.

Као и увек, као свака добра вила, испунила сам му жељу. Из даљине се зачуо Дарков глас.

— Хеј, заљубљене рибице! Дођите мало у плићак. Залазак сунца је најлепши за романтичне фотографије.

Обукла сам хаљину у којој сам дошла, а он кошуљу и шортс. Ушли смо у воду до колена па потрчали једно ка другом смешећи се. Благ летњи ветар је почео да дува. Филип ме је узео у наручје, а ја сам гледала у небо шиећи руке као да су крила. Не, нисмо све ово радили због сликања. Препустили смо се компасима који су нас спојили и играли како они свирају. Та игра никад не престаје. И кад ћутимо, ми се играмо. Слушамо уједначено дисање оног другог, испијамо лек без рецепта из очију, бацамо искре на нашу љубав и чинимо све да сијамо.

Топлота његових очију ми даје неописиву моћ. Моја рука у његовој и спремна сам да вечно останем у том тренутку. Моја рука у његовој, мој поглед у његовом погледу, сусрећу се анђео и вила. Анђео од виле чини богињу. Његово присуство је све што ми треба. Његова рука преко мојих леђа, рука која ме стално гура напред. Његова рука преко мојих леђа, нежни ослонац и заштита од пада. Не да ме. Не дам га. Ако идемо у победе, идемо заједно. Ако идемо на дно, идемо заједно. Не можемо и не желимо једно без другог.

Не знам како, али издржали смо раздвојеност. Ваљда ће нам неко доделити орден за љубав једног дана. Заслужили смо да се ода почаст нашој љубави. Кад нам је било најгоре, иако смо били далеко једно од другог, држали смо се за руке. Веровали смо у нашу љубав, та несаломива вера нас је држала спојене. Веровали смо једно у друго, чекали смо тренутак слабости који ће нас поново спојити. Такмичили смо се ко ће дуже издржати да не сруши зид тишине који се дигао између нас. У овој категорији је он победио.

Нема више такмичења, нема надметања. Само љубав! Љубав и тишина уз држање за руке и гледање мирне површине воде Палићког језера. Схватили смо, али прећутали да је понекад потребно стати на лед који пуца, пробити га и загледати се у дубину како би дошао до суштине. Наше пробијање је дуже трајало. Упркос страху од неуспеха, пробили смо га и сада живимо нашу суштину. Испливали смо из дубине обогаћени спознајом да је суштина сваког човека љубав. Бар би требало да буде.

Црвенило неба се поклапало са бојом наших образа. Нисмо смели да погледамо свој одраз у води. Ипак смо се нагнули напред и импровизовали срце у води.

Кад смо те вечери дошли кући, Филип је одмах заспао, а ја сам обукла кућни мантил и отишла да питам Дарка могу ли да искористим библиотеку накратко. Он је увек закључава ноћу. Дао ми је кључ и сва потребна упутства за закључавање при изласку.

Затворила сам врата, одшкринула прозор па села за сто на коме се налазила уредно сложена топка папира и неколико хемијских оловака.

Неколико секунди сам гледала у белину папира, а затим упалила лампу. Све што је остало заробљено у мени, а хтела сам да кажем Филипу, изашло је из мене. Дуго нисам писала, а сада се родила жеља да напишем срцепарајући роман. Пишем уводне реченице и застајем. Морам прво да задовољим песникињу у себи. Зато узимам нови лист папира и записујем стихове које ћу прочитати Филипу у возу док се будемо враћали кући.

Да, ову песму ћу му прочитати тек кад будемо били удобно смештени у купеу воза. Предосећала сам да ће тај повратак кући донети нешто чаробно. Знала сам да ће се десити нешто велико, али нисам знала шта. Осећала сам укус шампањца на језику.

Протресла сам главом да отерам те мисли, па узела неколико папира и пресавила их напола. Прво поглавље романа је свечано завршено. Феноменално! Открила сам ново умеће. Превазишла сам саму себе.

Сва срећа па сам понела торбу са собом. Окачила сам је о врат и у њу убацила папире, затим сам села поред прозора кроз који је месец бацао зраке светлости. Поново сам прочитала прво поглавље па се штрецнула. Да ли је у реду дати друго име јунаку? Није ли то издаја човека ког волим највише на свету? Дуго сам се мучила тим питањем, а онда схватила да не желим да пишем причу о нама и да је у реду да оно што осећам према Филипу осећа и моја јунакиња према Душану. Поново сам вратила папире у торбу и наслонила главу на прозор.

Стајала сам тако неко време заборављајући на све. У том тренутку постојали смо само месец и ја. Обоје препуштени сами себи, обоје усамљени у несаници. Разлика је у томе што месец свако вече сија, а ја нисам способна за то. Нарочито не ноћас. Не кад ме изједа милион црвића сумње да сам писањем преварила Филипа. Он то не заслужује. Рећи ћу му сутра за роман који сам започела. Сматрам да треба да се посаветујем са њим јер је искуснији од мене у том, за мене новом, жанру.

Устала сам са столице, поново је принела столу и записала идеју за роман у кратким тезама. Знам да их се нећу стриктно придржавати, али сваки почетак захтева детаље који се касније могу одбацити. Кад сам завршила, узела сам кућни мантил који је висио иза врата. Био ми је превелики, али је послужио као замена за ћебе. Иако је лето, ова ноћ је необично хладна.

Вратила сам столицу до прозора, отворила га па села. Удисала сам свеж ваздух и сан ме је ухватио неспремну. Желела сам још да размишљам, а онда ме је пецкање у очима подсетило да сам уморна. Пре него што затворим очи, дозивам мисао о данашњем предивном дану и успевам да се насмешим склапајући очи.

— Буди се, мазо моја. Хајде цвете, покажи своје дивне срцолике латице.

Осећам Филипове руке на мојим. Полако отварам очи, као да се плашим онога што ћу видети. Бацам поглед на торбу и брбљам као навијена. Пажљиво ме слуша и осмехује се. Припремам се на његов бес кад му саопштим да не пишем о нама и да ликови немају наша имена и описе. Наилазим на потпуно неочекивано одобравање.

— Јој, ја будала мислила да ћеш се мало љутнути.

— То је само роман. Имаш ауторску слободу, моју подршку, љубав и увек можеш да рачунаш на мој савет.

Лупнуо ме је прстом по врху носа. Решио је да ме још више размази па ме је узео у наручје и носио ме као младу до доле.

Успут сам бацила кључеве на сто.

Изашли смо у двориште и вртео ме је у круг. Усана раширених у осмех, помазила сам му образ на шта је он почео да ми љуби прсте. За нас није важило оно: Што старији, то зрелији. Напротив, било је у нама нечег лудачког. То лудило нам је пријало и чинило да будемо ово што јесмо. Своји, оригинални, посебни. Без тог лудила, по коме смо препознатљиви, личили бисмо на оне парове који су и даље заједно, а хемија између њих је одавно нестала. Ми то нисмо желели. Свиђали смо нам се овакви какви јесмо. Стално смо обнављали хемију између нас, подстицали једно друго да се још више заволимо. Нисмо желели да будемо као сви. Свиђала нам се та различитост и нисмо никада ушли у фазу да досадимо једно другом. Баш због тога што смо другачији.

Док су поједини парови планирали како ће провести заједничко време, ми смо све радили спонтано. Допуштали смо да нас машта води. Најчешће би нас одвела на најлепше могуће место. Одвела би нас на нашу планету коју смо назвали Марсовац. Тада бисмо замишљали да смо пали с Марса и да не знамо ништа друго осим да се волимо.

— И? Како ћемо сад да сиђемо с Марсовца?

— Рекла бих никако. Немој ми рећи да желиш поново на Земљу.

— У праву си. Не силази ми се с наше планете. Само, немам кога да замолим за шољу кафе.

— Чекај да ставим крила. Одох по хладну кафу.

Волим ове наше разговоре у шифрама. Некако доприносе чаробности и тајновитости наше везе.

Као и увек, помно је пратио мој лет тихим кораком и нежним погледом. Још једна ствар која нас је чинила другачијима. Увек смо се бојали прво за нашу другу половину па тек онда за себе.

Вратила сам се са кафом. Приметила сам сузе у његовим очима. Изгледао је као мало, напуштено маче. Спустила сам кафе на бетон и пришла таман на време да обришем сузу која је клизила низ његов нос. Пољубила сам га док су његове шаке стезале моје. У паузи између пољубаца сам му шапутала.

— Немој. Све је у реду.

— Није. Није све у реду. Кад ти ово кажем, бићеш тужна, а ја не могу да поднесем твоју тугу. Желео бих да смо увек овако срећни.

— Само ми реци.

— Усвојили су Машу. Порасла је. Још годину дана да прође, па ће бити ђаче прваче.

— Радујем се због ње. Знам да нас неће заборавити. Љута сам на моје. Како су могли да одобре усвајање без мене? Како, кад знају колико ми то дете значи?

— Опрости им. Нису имали душе да одбију кад су видели колико су се заволеле Маша и Јована, ћерка тих људи.

— Ако је Маша срећна, опраштам им.

— Није то све. Маша... дођи овамо.

Збуњена и уплашена, пришла са му и допустила да ме загрли. Загрлио ме је као оне ноћи кад сам изгубила бебу.

— Од које истине ме штитиш?

— Она те мрзи.

— Ти то умишљаш?

— Волео бих да си у праву. Викторија ми је рекла шта је чула из Машиних уста.

— Хајдемо одавде. Хоћу да се вратим кући.

Видела сам у Филиповом погледу страх. Тај страх је морао да нестане одмах. Да бих га умирила, ставила сам му руку на срце и прошаптала:

— Сад нисам битна ја, већ људи који ме воле.

Док сам то изговарала, осетила сам да ми се очи пуне сузама. Високо уздигнуте главе сам наставила:

— Имаћемо ми наше дете и пружићемо му све. Ако је срећна без нас, нећемо јој стајати на пут. Ово је морало да се деси једног дана.

Извила сам усне у смешак, а суза је нашла пут до његовог топлог прста. Узвратио ми је осмех, спустио најлепши пољубац на моје усне и допустио мојим рукама да буду несташне. Чак им је помагао у том несташлуку. Уз његову помоћ, моје руке су удобно смештене око његовог врата. Сада су ме његове снажне, нежне и топле руке држале као да сам дијамант. Руком ми је прислонио главу на раме.

— Ти си много храбрија од мене.

— Нисам, само не желим никад више да видим онај страх у твојим очима.

Тек сад сам приметила да су му се створиле локне на крајевима косе. Коса му је дужа.

— Дечаче мој, волим те пуно. Недостаје ми твоја стара фризура.

— Идемо поподне заједно код фризера.

Ушли смо загрљени у дневну собу и затекли Дарка како смирује неку девојку. Она је плакала, а он ју је грлио као да јој је брат.

— Дарко, можемо ли да помогнемо?

— Хвала Вероника, тренутно не. Да вас упознам, ово је моја дивна пријатељица Сара. Саро, ово су моји пријатељи Филип и Вероника.

Уплашено је пружила руку и покушала да се насмеје. Брзо је окренула главу и зарила лице у Даркову мајицу. По лаганом дрхтању њене мајице видела сам да плаче. Дарко ју је поново загрлио и покушао да је смири. Дао нам је знак да одемо.

Поглед ми се стално враћао на ту девојку. Учинило ми се да она има нешто моје у себи. Осетила сам неописиву жељу да јој помогнем. Неки гласић у мени ми је говорио да јој могу пружити утеху и одговоре на питања. Упркос Филиповом противљењу, вратила сам се у собу.

— Ја се извињавам што сметам, али стварно бих волела да ти помогнем. Или бар да те утешим. Имам осећај да ти могу дати неке одговоре.

Погледала ме је збуњено, а ја сам кршила прсте од нервозе. Видела сам благо неповерење у њеним очима. Безуспешно је покушавала да га сакрије. Пришла сам столу и узела је за руку.

— Мени можеш да верујеш.

Устала је, ухватила ме за руку и повела ме некуда.

— Хоћеш ли да прошетамо, Саро?

— Било би лепо. Волела бих да попијем кафу са песникињом као што си ти.

Поцрвенела сам. Нисам навикла на одобравање од људи. Свако увек има неки приговор. У ствари, нико од њих и не гледа поезију, сви они виде само како си се обукао, са ким си био. Најважније је да не успеш. Тад су сви задовољни. Успех са собом носи опасност мржње. Злуради језици само палацају и шире свој отров свуда.

— Хвала ти. Сада знам да постоје и поштоваоци мог рада.

— Ко би уопште могао да не поштује оваквог, пре свега човека, а затим и писца?

— Многи драга моја, многи. Сада ми реци шта мучи ову прелепу уметницу испред мене.

Стварно је прелепа. Очи плаве као море, таласаста коса пуштена да даје разиграност њеном лицу. Њена улога тренутно нема утицај на изглед Сариног лица. Поглед јој је мрачан, а лице, све, само не разиграно.

— Најгоре од свега је што мој вереник неће да прихвати моју сестру која има Церебралну парализу.

— Где је сада твоја сестра?

— Смештена је у дом за децу без родитеља у Крагујевцу. Мислим да се дом зове Маги Митић.

— То је дом моје мајке. Ја јој помажем. Разумем те у потпуности. Мислим да би требало да покушаш да убедиш вереника. Не одустаје се од сестре тако лако.

— Оставићу га. Бацићу му прстен пред нос. Није ми он важнији од сестре.

— Тако је. Не заслужује он тебе ако не може да прихвати једину особу која ти је остала. Ти си веома храбра девојка.

Загрлила ме је. Ја сам јој спустила пољубац на образ и климнула главом. Обрисала сам сузу која се котрљала низ њен образ. Обе смо осетиле сестринску љубав и знале смо да ништа неће моћи да нас раздвоји.

— Узми ово. Моја сестра је писала. Она има осамнаест година и један момак ју је много повредио. Сад сигурно плаче. Сигурно је љута на мене јер мисли да сам је ја послала далеко од себе.

— Знам шта ћемо. Идемо сада по мог дечка па правац у фризерски салон. Сутра идеш са нама за Крагујевац.

— А моја веридба?

— Позови га да дође сада.

Свашта се променило за неколико сати. Сара је раскинула веридбу, ја сам сада имала некога кога ћу звати сестром и сво троје смо имали нове фризуре. Сво троје сутра почињемо нови живот. Заједно.

Након што смо провели вече играјући карте, испијајући кафе и смејући се, свако је отишао на своју страну.

Филип и ја смо се спаковали. Таман сам затварала препуне торбе кад се он појавио иза мене са повеликом кутијом у рукама. Погледала сам предиван поклон и прешла руком преко урезаних слова. Пажљиво сам одложила кутију на кревет па му полетела у загрљај.

Неспретна, каква и јесам, спотакла сам се о сопствено стопало и полетела напред. Пала сам право на његове груди. Спустио је благи пољубац у моју косу, а ја сам пољубила његове чврсте, сигурне и топле груди. Загрлила сам га око струка. Најчвршће што сам могла. Осетила сам како моје тело губи тежину. Осетила сам несигурност. Приметио је да је мој стисак попустио. По убрзаном подизању и спуштању мојих рамена по његовим рукама, закључио је да сам се узнемирила. Ја сам чула лупање срца у ушима.

— Мила, смири се. Молим те.

— Не могу да...

Затворила сам очи и удахнула што сам више могла.

— ...удахнем. Све... ми... се... врти. Не пуштај... ме.

— Ту сам. Не пуштам те. Бићу увек уз тебе.

Спустио ме је на кревет и сео поред мене. Држао ме је за руку и понављао ми да дишем. Како би ме смирио, ставио ми је руку на срце. Знао је да то помаже. Ни овог пута није омануо. Позвао је Дарка и сачекао на вратима.

— Шта се дешава?

— Позови лекара. Вероника није добро. Само пожури.

— Одмах.

Неко време, али врло кратко, сам могла нормално да удахнем. Мало одмора, а онда је уследио нови напад. Све теже сам удисала. Плакала сам и знојила се као никад у животу.

Филип ми је све време стезао руку, док ми је Љиљана пешкиром брисала зној са чела.

— Полако госпођице, дишите. Све ће бити у реду.

Био је то глас младог болничара. Покушала сам да се усправим да бих дошла до ваздуха, али су ме његове снажне руке вратиле у лежећи положај.

— Смирите се. Помажем Вам.

Његове спретне руке су се лако избориле са мојим опирањем. Дао ми је неку инјекцију, али ми се и даље вртело у глави.

— Да ли сам болесна?

— Нисте. Имали сте гушење, али је инјекција помогла. Како се осећате?

— Могу да дишем, али вртоглавица не престаје.

— То је нормално. Нагло Вам је пао притисак. Даћу Вам лекове, али је потребно да дођете на преглед.

— Можете ли да пошаљете све што је потребно мом лекару у Крагујевцу? Нисам одавде, а сутра путујемо.

Док је Филип разговарао са младићем, Љиљана је седела поред мене и покушавала нешто да ми каже.

— Вероника, добро чувај Маргериту, Сарину сестру. Знам све и подржавам Сарину одлуку.

— Наравно. Обе ће бити добро збринуте. Маргерита ће бити у дому док им не пронађемо кућу, а Сара ће бити са мојим родитељима.

— Хвала ти. Нама те девојке веома значе.

Прошло је неких сат времена, а ја сам осетила да могу устати. Устала сам и вртоглавица је још увек била ту. Ишла сам уза зид, али није вредело. Пала сам и ударила главом о ногар столице на којој је стајала огромна кутија. Цела соба ми се вртела пред очима и осетила сам мирис крви. Глава ме је ужасно болела. Чула сам кораке и упитала ко је. С муком подигох главу и не видех ништа. Пред очима ми беше црно. Неко ме је подигао и носио ме, нисам знала куда.

— Ко си ти? Пусти ме!

— Дарко је. Зашто си устајала?

— Извини, осетила сам се боље.

За два минута су сви били око мене. Гурали су се да помогну.

— Људи, пустите мене! Прошао сам обуку прве помоћи.

Изненадила сам се. Није ми помињао то до сада. Пун је изненађења.

Кад сам се пробудила, поред јастука је стајала она кутија. Усправила сам се у седећи положај, протрљала очи и зграбила је. На поклопцу су били урезани моји омиљени стихови. Његова песма.

Мој је живот
Мој је живот Титаник
који не тоне само кад
си близу.

Мој је живот бела застава
која постаје црвена када
је додирнеш уснама.

Мој је живот шкољка
која се затвара када
осети опасност губитка
бисера.

Мој је живот филм
који нема крај кад
ти играш у њему.

Мој је живот мед
кад има ко да се
слади њиме.

Прислонила сам усне на поклопац. Затворила сам очи како бих покушала да замислим шта је унутра. Лагано сам скинула поклопац и погледала. Ту су били бели шешир, прелепа плава хаљина, елегантни роковник и примерак моје омиљене књиге. Поцепала сам целофан којим је књига била увијена па, као неки ретард, љубила књигу. Отворила сам роковник и пронашла малу црвену коверту. На полеђини је писало: *Иди напред, после умри!* [1]

Насмејала сам се. Поново сам осетила благо лелујање у глави, али сам га занемарила. Зар да дозволим да ми та ситница поквари уживање?

Прво писмо које сам отворила није било исписано његовим рукописом. Била је то моја песма. Једина песма за коју нико није знао. Једина песма чије сам постојање крила.

Друго писмо се састојало из једног јединог питања: Зашто си сакрила ову песму?

Сад сам се и сама питала. Заиста, зашто сам је сакрила? Чега сам се плашила? Можда сам у тренутку стварања веровала да не постоји такав мушкарац.

— Није ваљда да си заборавила разлог?

— А ти си све време био ту?

— Да. Питам се само како ниси приметила да су врата овог огромног ормана одшкринута.

— Лисицо једна! Ово је прелепо.

Извукао ме је из кревета мамећи ме загрљајима. За сваки корак сам добијала по загрљај. Двадесет загрљаја ником не шкоди. Мада, ја сам их добила више.

— Хајде, чека нас доручак и јутарња кафа.

Осетила сам мучнину и горчину у желуцу. Није било времена да одем до купатила. Повратила сам.

— Да ли си добро?

— Сад јесам. Још увек ми се помало врти у глави.

— Мораш још да лежиш. Ја ћу почистити ово.

Гледала сам га како чисти и помислила да ће једног дана чистити дечије руке умазане свим и свачим. Вођена том мишљу, проверила сам да ли ми циклус касни. Три недеље! Никад толико није каснио. Три недеље. Довољно да... али ми нисмо... побогу! Сабери се, размишљај, сабери се! То је дивно, дивно, дивно!

— Хеј, идем ја да се прошетам.

— Не можеш сама. Идем са тобом.

Не би требало превише да се радујем. Можда нисам трудна. Морам прво ја да сазнам. Без ичијег узбуђења око мене. И сама сам довољно узбуђена.

— Не, стварно могу сама. Нећу далеко.

— Добро. Немој даље од апотеке.

Уплашио би се кад би знао да баш тамо идем. Урадићу тест трудноће.

— Добар дан. Изволите.

— Добар дан. Треба ми тест за утврђивање трудноће.

— Изволите.

— Могу ли овде да га урадим?

— Наравно.

Чекала сам. Након десет минута се пред мојим очима указаше две плаве линије. Две!

— Молим Вас, реците ми да је ово истина.

Пружила сам тест апотекарки. Она га погледа, а смешак јој заблиста. Значи, нисам умислила. Истина је.

— Честитам! Имаћете бебу.

Сад је и моје лице преплавила срећа. Сузе радоснице су ми се скупљале у очима. Постаћу мајка! Ово је мој најсрећнији дан.

— Хвала Вам!

Изашла сам из апотеке и упутила се ка кући. Сузе су ми лиле низ образе док су се уста смејала. Филип ће бити ван среће од себе. О! И моје мисли су полуделе заједно са мном. Од среће, наравно. Не памтим кад сам се осећала овако лудо, не памтим кад сам се грохотом смејала док идем улицом. Не памтим кад ми је било свеједно што ме други гледају и у мислима ме смештају у лудницу. Дакле, Филип ће бити ван себе од среће кад чује вести.

Све време сам држала тест у руци. Све време су ту биле те две плаве линије. Срећом, нису мењале боју. Истина је! Трудна сам. Небо изнад мене је постало црвено. Не, оно је и даље нормално, плаво. Моје очи су га обојиле у црвено. На десет километара се видело да сам заљубљена и срећна. Невидљива срца су ми сијала у очима. Нисам имала где да се погледам, али осећала сам то. И била сам у праву, осећај ме није преварио.

Чим ме је видео, Филип се широко насмејао и лице му је добило привлачан изглед који толико волим. Очи су му играле док ме је гледао.

— Шта се теби десило па сијаш јаче од свих звезда на небу?

Погледала сам тест да се уверим да су плаве линије још увек ту, па му га пружила. Стајао је збуњен гледајући ме забринуто.

— Шта је ово?

— Како не капираш? Навешћу те на одговор. Вртоглавица, мучнина, повраћање, малаксалост, главобоља, циклус ми касни.

— И даље не капирам!

Насмејао се, а онда је осмех нестао кад сам почела да се смејем и рекла:

— Сад ћеш бити ван среће од себе.

Пипнуо ми је чело. Проверавао је да немам температуру не схватајући колико је смешан.

— Сигурно си добро?

— Јесам блесане! Ово је тест за трудноћу, а ја сам трудна!

Цичали смо заједно на сав глас. Бацили смо се једно другом у бучан загрљај честитајући једно другом. Па ми ћемо бити тата и мама!

Отишли смо да обавестимо Дарка и Љиљану који су се поспано мазили и шапутали нежне речи.

— Колико вам треба времена да се разбудите голупчићи?

Усташе исте секунде.

— Мислим да су већ потпуно будни љубави. Распали!

— Трудна сам!

Уследило је урлање, а затим и честитање.

— Жао нам је што поподне одлазите. Желимо да присуствујемо венчању.

— Побогу Дарко, бићете кум и кума.

Како је дивно ући у воз. Како је дивно знати да ће то бити романтично путовање. Осећај да припадаш некоме, увереност да је вољени уз тебе. Коначно, неко је одвио славину мојих жеља и снова, неко их је пустио да се разлију и остваре. Хвала Му!

Данас имам свог стилисту. Натерао ме је да обучем плаву хаљину и ставим бели шешир. Истини за вољу, уживала сам у томе да му удовољим на све могуће начине. Ипак ће он бити тај који ће трпети подивљале хормоне и промене расположења наредних девет месеци.

— Знаш, ја познајем сваки покрет који направиш. Знам по положају твојих усана како се осећаш. Толико те волим да сам запамтио како ти се углови усана оклембесе кад си тужна. Глас ти тада постаје хладан и одсечан. Кад се трудиш да не заплачеш, он подрхтава, а лице добија израз који је толико болан мојим очима да га не могу описати. Кад си срећна, кожа ти постаје свиленкаста.

Уместо одговора сам га погледала и изгубила се у његовим очима. Сели смо на седишта, а наше руке нису мировале. Истопила сам се од милине кад се његова рука спојила са мојом. Осећали смо се као да нам је први пут. Нисмо скривали оно што осећамо. Образи су нам се зацрвенели, али не од стида већ од љубави.

Простор између два реда седишта је био довољно велики да се могло плесати. Филип је ставио ћебе иза леђа и пребацио ноге преко мог седишта. Затим ме је повукао за руку и помогао ми да увучем ноге између његових. Он је у полуседећем положају, а моја глава је на његовом стомаку. Рукама ми је обгрлио рамена.

— Филипе, чујеш ли слободу?

— Не чујем је, ја је осећам.

— Али мораш да је чујеш да би осетио да ли је права. Како знаш да си зграбио праву?

Чула сам тихи кикот на седишту иза нас. Сара! На њу сам потпуно заборавила. Још јој нисмо рекли да сам трудна. Трудна! Најлепша реч на свету. Тако звучна и некада тако далека. Али сада је близу и учинићу све да ово дивно биће порасте у мени, да ме не напусти пре времена. Које је право време? За одлазак ниједно време није право. То време никада неће доћи.

— Сад већ филозофираш, али да ти одговорим. Знам, јер си
поред мене. Знам, јер нам не смета да ћутимо. Повезани смо
тишином као што су две стране реке повезане истим током.
Стапају се и теку у истом правцу. Знам, јер бих се винуо у ваздух
да имам крила. Отишао бих до звезде да јој украдем светлост
и поспем те одозго њеним сјајем. Што би рекао Мика Антић у
својој песми *Романса*:

Никад са звезда није тежи пад
него на бетон са кафанског стола.

Знам да ће ме твоја крила дочекати раширена и привити у
загрљај. Ти си ту, а у кафани ме нико неће задржати. Само ће
навијати да се разбијем и терати ме да пијем још више. Они ће
се смејати, а ти ћеш ме волети. У томе је суштина. Ти си моја
слобода.

Он је тај! Баш он, један једини. Непоновљив. Филип
Станковић. Некако сам успела да извијем врат и погледам га.
Гризао је усне. То је знак да покушава да сакрије нешто.

— Знаш, и ја тебе одлично познајем. Шта није у реду? Ти
кријеш нешто од мене. Мислим, покушаваш да сакријеш.

Зацрвенео се. Ниједна промена на његовом лицу не може
да ми промакне. Наша љубав не дозвољава непознавање ситних
знакова. Тачно знам нијансу црвенила која му облије лице кад
ме љуби. То је видљива, али нежна нијанса, као да је ставио
руменило, праћена осмехом. Ова нијанса црвене боје без осмеха
ми говори нешто друго.

Натерала сам га да седнемо, ухватила га за руку и наслонила
се на његово раме. Знала сам да није уплашен због бебе. То би ми
рекао или показао још кад сам му саопштила.

Воз је изненада стао. Саопштено нам је да ћемо направити паузу од сат времена. Устала сам и отишла до тоалета. Кад сам се вратила, сви путници су били у возу и гледали у мене.

— Љубави, јеси ли добро? Лице ти је помало бледо.

— Јесам, добро сам.

Пришла сам и и шапнула:

— Повраћала сам, али сад сам боље.

Ставио је руке иза леђа, а затим клекнуо. Пали ми се лампица. Да ли он то мене проси?

— Љубави, хоћеш ли заувек да будеш моја слобода?

— Хоћу.

— Не само моја, већ и овог дивног створења које расте у твом предивном стомаку.

Постајем нестрпљива, а људи око нас су држали марамице у рукама.

— Питај ме већ једном.

— Хоћеш ли да се удаш за мене?

— Да! Да! Да! Хиљаду пута да!

Кад је отворио кутијицу, забезекнуто сам стајала. Очи су ми се исколачиле, а уста остала отворена од одушевљења. Ово није био обичан веренички прстен. Моје очи засенио је сјај правог, оригиналног, драгог камена. Пружила сам руку да га додирнем и уверим се да не сањам. Нисам сањала. На мом прсту ми се налази прелепи плави топаз. Слаже ми се уз хаљину! Тек сад су се поклопиле све коцкице. Због овога је инсистирао да обучем нову хаљину. Непоновљив, диван, само мој. Прави мушкарац. Понаша се као да сам принцеза. Ни у сну, чак ни у оном најлуђем, нисам добила овакав прстен.

Док смо се грлили и љубили у позадини се зачула музика. Све се смешило на нама. Чак су и стопала заборавила да буду тврдоглава. Плесали смо осећајући да смо сами. Плесали смо и гледали се као да су сви заспали и не виде нас. Заборавили смо да не умемо добро да плешемо. Заборавили смо где смо, која је ово планета. Музика нас је понела и упали смо у занос из ког се не испада тако лако. Захваљивали смо игром вечности што је нашу љубав примила код себе. Захваљивали смо једно другом што смо се нашли. Музика је стала и зачуо се аплауз.

— Једини, ја сам пронашла своје небо. Твоје руке су моја крила. Док год ме оне милују, ја летим. Док год ме твоје груди примају на себе, док год ме твоје очи прате, а усне поливају соковима, ја постојим. Схватила сам, ја сам свој сан почела да живим са тобом. Хвала ти што ми ниси дозволио да одустанем. Јер, да сам одустала, не бих осетила праву љубав. Не бих доживела данашњи дан. Учинио си ме вољеном, учинио си ме јаком, поносном и најсрећнијом, сад већ женом, на свету. Обећавам ти да ћу те усрећити као ти мене.

Ставио је руку преко мог стомака и пољубио ме. Људи су нам прилазили и честитали. Након честитања, сви су сели на своја места.

— Саро, извини што ти нисмо рекли за бебу. Од силног узбуђења смо заборавили.

— Вероника, без бриге. Вас двоје сте најлепши пар који сам видела и упознала.

— Хвала ти.

Филип и ја смо заузели исти положај у ком смо били пре паузе. Кад сам га питала како је дошао до прстена, испричао ми је да му је стриц из Америке обећао драго камење чим отвори своју продавницу.

— Љубави, покушај да спаваш. Треба ти одмор.

Осетила сам како полако тонем у сан. Заспати на стомаку вољеног је неописив осећај. Осећам се као да лебдим. Додирујем облаке, ходам по њима без страха да ћу пропасти кроз њих.

Пољубила сам му шаке савијене у песнице и затворила очи знајући да је спреман да ме брани ако ме нападну.

Пробудила сам се и запитала где ми је коса.

— Не брини, ту је. Везао сам ти реп док си спавала.

Колико сам ја срећна. Друге девојке нису те среће да им момци праве фризуре. Помогао ми је да устанем и седнем. Тада сам приметила медаљон. На њему су била угравирана наша имена. Отворила сам га и замало нисам вриснула од среће. Још један драги камен. Црвени рубин у облику срца! Нисам могла да скинем поглед са њега. Била сам опчињена и осећала се као краљица.

— Ово... ово... ово је предивно. Не заслужујем оволико.

— Заслужујеш и много више.

— Али мени не треба ништа више, све већ имам.

Остатак путовања је протекао у тишини. Нама није било потребно да стално разговарамо. Наши погледи и осмеси су говорили и рекли много више него што би то урадиле речи.

Ни он ни ја нисмо били у стању да поверујемо да ћемо постати најбогатији људи и да ћемо имати главне улоге у нечијем животу.

Ушуњали смо се у кућу мојих родитеља. Ствари смо оставили у дворишту, па кренули у реализацију договора. Филип је отишао у дом међу децу, као и сваки дан, а ја сам се испружила на кауч у дневној соби и зграбила књигу. Недуго затим, чули су се чврсти и одлучни кораци мог оца. Насмешила сам се. Недостајали су ми његови изливи нежности који су били чести. Недостајао ми је његов поглед пун љубави на мени. Свака ситница ми је недостајала.

Одложила сам књигу и устала да га дочекам. Брзо сам легла и отворила књигу. Желела сам да ме види онакву какву ме је гледао све ове године. Желела сам да осетим да се ништа није променило. Желела сам да ме види онакву каква одувек јесам. Заљубљена у књиге и заљубљена у Филипа.

— Дете моје! Вратила си се! Тек си стигла, а мени се чини да ниси ни одлазила. Видим те ту на каучу са књигом у рукама и све се чини исто као пре годину дана.

— Тата, сада ће све и бити исто!

— Не, неће. Дошла си сама.

Сео је поред мене и дуго ме грлио као да сам и даље она мала, несташна девојчица. Пустила сам га да верује да сам дошла сама. Вест о помирењу и детету ће бити право изненађење.

Помиловао ми је врат, а ја сам се благо трзнула од бола. Тек сад постајем свесна да је укочен.

— Тата, измасирај ми врат, укочен је.

Руке су му и даље биле снажне. Мешавина снаге и нежности је деловала благотворно на свакога. Мора да су сви његови пацијенти осећали бескрајну сигурност поред њега. Ниједном није дошао кући лоше расположен, увек је са смешком причао о послу.

— Хвала!

Пољубила сам руке које сам толико волела.

— Где је мама?

— Требало би сад да се врати из шетње. Устани да те видим.

Прибојавала сам се да не примети да сам се мало угојила. Несигурно сам се дигла и завртела у круг, а онда стала као кип. Налет мучнине ме је ухватио у погрешном тренутку. На силу сам се насмешила док ми је прилазио.

— Нешто си ми чудна. Као да си се убуцила.

— Ма нисам.

Одвукла сам га у двориште. Сусрели смо се са мајком. Плакале смо и грлиле се. Ипак је годину дана превише. Никад нисмо биле раздвојене овако дуго. У том тренутку се појавио Филип. Пришао нам је и питао моју мајку:

— Могу ли Вам украсти ову лепотицу на минут?

Није му био потребан одговор. Знао је да може. Ухватио ме је за руку па ме пољубио. Видела сам му у очима да му је све стало. Сат, време, мисли. Није могао да размишља. Нисам могла ни ја. Исти смо, оно што могу ја, може и он. Оно што може он, могу и ја. Зато смо и били раздвојени читаве године. Зато смо издржали чежње да се спојимо. Не кривимо за то једно друго, нисмо ми криви. Крив је тај понос који обоје имамо и који се избори за власт у најгорем тренутку. Искористи тренутак умора од свега и дворац претвори у шљунак.

Окупљени, срећни, насмејани. Заборављени од сенки и ветрова, поштеђени мрака. За који минут у мраку нећемо видети мрак. Све око нас ће бити светло. Ко мари за природу и њен редослед? Нико, нарочито кад је у питању срећа. У срећи чак и мрак постаје нежан и румен.

— Магдалена, не чини ли ти се да је наша ћерка помало чудна?

— Хммм... па... помало. Чини ми се да си се мало попунила. И, да, нисам раније видела тај прстен и медаљон. Просто су предивни. О чему се овде ради?

— Мама, ниси видела све.

Отворила сам медаљон, а мама је покрила уста од одушевљења.

— Прва добра вест је да сам верена.

Погледали су нас упитно. Нису нам веровали, мислили су да се шалимо.

— Да, ово је веренички прстен.

Заплакали су. У очима им мешавина суза и смеха, а усне им раширене у осмех. Пружају руке и ја улећем у њихов загрљај као ветар у косу.

Брзо се извлачим из загрљаја. Бол у стомаку ме је пресекао, повраћало ми се. Потрчала сам ка тоалету остављајући их у чуду. Касно. На пола пута до купатила, моја мембрана је попустила. Филип је дотрчао и загрлио ме. Приметио је моју нервозу. Пољубио ми је руку и повео у купатило.

— Како можеш да стојиш поред мене кад смрдљам?

— Могу. Ја осећам само парфем љубави. Ти не можеш да смрдиш. Љубав у теби ти то не дозвољава.

Пожурила сам да оперем зубе како бих пољубила свог драгог. Загрлила сам га и бујица суза је преплавила моје образе. Кад је сада овако, како ће бити касније?

Осетио је дрхтање мојих рамена. Прелазио је шакама преко њих и миловао их док нису престала да дрхте. Љубила сам му раме мокрим уснама. Нисам могла да престанем.

Одмакао ме је од себе тек толико да може да ми ухвати руке. Натерао ме је да га погледам и обујмио лице шакама. Моја глава је утонула у постељу сачињену од његове коже. Утонула је у његов длан.

— Боли. Превише и пречесто боли!

— Шшш! Ја сам ту. Мазићу и љубићу твој стомачић кад год боли. Не плачи љубави. Твоје име значи — доносилац победе. Не плаши се да нам донесеш ту победу. Ово је најтежа и најлепша победа по коју треба кренути. Идемо заједно да је донесемо.

Насмешила сам се док ми је брисао сузе. Пар секунди након мог осмеха, појавио се и његов. Насмејани и охрабрени, срећни и збуњени. Помешани са аромом љубави и мирисом бебине коже, појавили смо се у дневној соби. Забринута лица мојих родитеља су нам изгледала тако смешна. Нисмо успели да савладамо смех. Кикотали смо се неко време, па сам ја коначно дошла себи и проговорила.

— Мама, слободно можеш да почнеш да плетеш мале, малецке вунене џемперчиће. Ти тата почни да правиш колевку коју ја никад нисам имала.

Мама и тата су се у чуду погледали. Ништа им није било јасно.

— Дете моје, шта ће ти мали џемперчићи? Немамо пса.

Додирнула сам стомак. Ништа.

— Прати Филипову руку погледом.

И он је додирнуо мој стомак. Моји и даље нису схватали.

— Трудна сам!

Касније сам отишла до дома да нађем Сару. Седела је са својом сестром. Смешиле су се и причале као да се ништа није догодило. Знам довољно о њиховом животу и могу да потврдим оно што је Сара доказала својим храбрим избором. Доказала је да су обе храбре, доказала је да се и без најважније подршке у животу може постати добар човек. Да се може успети на поштен начин не оправдавајући неуспехе болом који тај недостатак ствара.

Сарина сестра Маргерита је доказ да прави борци постоје. Суочити се са проблемима које је живот бацио баш њој, корачати уздигнуте главе, бити непоправљиви романтик, веровати у бајке иако их је живот безброј пута демантовао, држати се свог пута иако нико не иде за тобом, не рушити свој свет иако му се други ругају. И на крају, остати свој и грабити све што се у лету зграбити може.

Маргерита је борац. Маргерита је херој. Маргерита је као ја, страствени љубитељ књига.

[1] Селимовић Меша, *Дервиш и смрт*

ТРЕЋИ ДЕО

Љубав са посебним потребама

— Колико имаш година?— упитао ју је Алексеј.

Сетила се цитата Моме Капора који почиње његовим питањем. Одлучила је да га збуни.

— Имам све.

Постигла је жељени ефекат. Збунила га је и купила мало времена да смисли одговор на његово следеће питање.

— Не... не разумем. Како то?

— Видиш, то зависи од тога какво ти је расположење и какве су ти мисли. Тачније, које су боје те мисли. Осећам се као немоћна бакица којој није остало још много дана, а заправо имам осамнаест година, тек сам на почетку.

— Онда сам и ја старац. Тренутно имам деведесет, а не двадесет година.

— Што се тога тиче, исти смо.

— Да, није лоше за почетак.

У том тренутку нису ни слутили да ће спојити пре свега своје таленте, а касније и срца. Њихова прича се казује полако, па ћу је тако и писати.

Маргерита Илић. Девојка златног срца и чисте, према свима отворене душе. У људима увек види оно најбоље па се опече кад упозна оно најгоре. Може се рећи да ју је сестра одгајила. Чим су јој дијагностификовали Церебралну парализу, мајка је се одрекла. Та жена не зна ни како јој дете изгледа. Верујем да се ни имена не сећа. Име јој је дала сестра. Није могла да изабере лепше. Оца не желим да помињем. Годинама је у затвору и не жели да чује за своје две ћерке, два црвена цвета.

Маргерита и Алексеј су се одмах уклопили. Деловали су, а тако и разговарали, као да се знају годинама.

— Хоћеш ли да прошетамо?

— Али, зашто ме то питаш? Зашто кад знаш све?

Снажан и упоран. Згодан, мужеван, тамнобраон очију. Устао је и пружио јој руку коју је она несигурно стиснула. Стидела се свог проблема, а није имала разлога за то. Поред свих њених квалитета, то је било нешто што је истински и стварно добар човек могао да занемари. Наравно, она је свесна да тиме плаши многе који би можда желели да буду са њом. Међутим, онај заиста прави, њен и ничији више, мушкарац ће бити са њом без обзира на све. Права и дубока љубав отвара све затворене границе. Она прелази преко њих као птица кроз врата. Лако, без муке.

Алексеј Давидов. Као што рекох, идеал мушког рода. Све што би свака девојка пожелела за себе. Не могу да не споменем доброту која зрачи, која је као магнет који има моћ да споји и супротне полове. Само име говори о његовом пореклу, и не, није у питању никаква мрачна прича. У Србију је дошао зато што му се допала наша земља и зато што је желео промену.

— Знаш, ви мушкарци сте понекад тако несхватљиви и неразумни. Не могу да схватим где грешим. Ваљда их увек лоше проценим или их идеализујем. Стварно не схватам шта је вама логично у томе да заведете, лажно нас љубите, дигнете до неба и без објашњења, онако из чиста мира, престанете да се јављате, па онда пребацујете кривицу на нас.

— Ех, чудни смо ми. Иако сам мушкарац, веруј ми, не могу ти дати то објашњење. Ни ја то не разумем.

— Бар нисам сама у тој дилеми.

Желео је да јој се приближи. Бојао се да је не уплаши и да не протумачи погрешно овај његов поступак.

— Пишеш ли?

Изненадило ју је ово питање. На тренутак се збунила, а онда је схватила истинитост тврдње да уметник проналази уметника.

Алексеј је у њеним црним очима препознао уметност, видео је њену душу која се оцртава у очима. Наслутио је све муке које је издржала, у њеним речима је налазио трагове патње. Дивио јој се, иако тек има да чује бројне гадости.

— Пишем. Претпостављам да ти пишеш драме.

— Тако је. Како си погодила?

— Осетила сам драму у теби. Осетила сам повређеност и борбу са собом. Наслутила сам то слушајући твоје речи и глас.

— Коначно. Неко ко ме разуме, ко ме осећа. Неко ко није равнодушан према мени. Хвала ти што си ми ово рекла.

Нешто у његовом гласу ју је дубоко дирнуло. Натерало јој је сузе на очи. Драма његовог срца преточена у диван глас.

— Извини. Имаш тако диван глас. Дирнуо си ме право у срце. И то на начин који не умем да опишем.

Узео јој је руку и принео уснама. Насмешила се кроз сузе. Нису ни примећивали мрак који их је окружио. Светлост која исијава из њихових душа им је била довољна да забораве на све.

Обоје су очарани у истом тренутку. Знали су то, али су мислили да је то само пријатељство. Међутим, при првом сусрету су посејали семе љубави које ће временом да израсте у несаломиви Храст.

— Хладно ми је. Желела бих унутра, извини.

— Немаш за шта да се извињаваш. Хоћеш ли сутра да одемо на кафу или чај?

— Може кафица. Да ли ти одговара два сата?

— Одговара ми. Одвешћу те до куће.

— Хвала ти што ми не окрећеш леђа иако знаш за...

Ставио јој је прст на уста. Није желео да она то помиње и подсећа себе на проблем. Схватио је, други су то довољно радили и успевали да је поколебају. Он ће је учинити јачом.

— Не спомињи то. Тотално је неважно, ја те посматрам душом. Уопште ми не смета што ниси као остале. Чак ми је и драго што си то што јеси. Довољно је на свету копија, треба нам оригинал. Ти си посебна баш таква каква јеси.

Суза јој се скотрљала низ образ. Загрлила га је, а он је узвратио. Он је био тај пред којим није морала да задржава сузе. Својим топлим рукама је грејао њено тело које је подрхтавало. Обрисао јој је сузе и прстима извио усне у осмех.

— Ослони се на мене и идемо. Увек ћу бити ту за тебе.

— Ти си први који ми је то рекао.

Стиснуо јој је руку уместо одговора. Кренули су ка вратима дома у тишини која је била гласнија од ијене речи.

Да су могли видети себе, било би им јасно да им је суђено да буду заједно. Видели би лепоту својих испреплетаних прстију, чаробан свет погледа би их охрабрио да кажу и више него што су рекли.

Те ноћи је заспала испуњена срећом. Мир и спокој су се настанили на њеном прелепом белом лицу. Сара је никад није видела срећнију. Нестрпљиво је чекала јутро које ће најавити нови дан. На прогнози времена кажу да ће бити кише, а она није веровала тој прогнози. Веровала је у сунце на сестрином лицу. Веровала је свом инстинкту који прогнозира блистав дан.

Легла је поред уснуле сестре, пољубила јој румени образ и склопила очи у уверењу да ће дан бити блистав, да блештавији не може да буде.

Свануло је јутро. Небо је будило људе кишом. Још увек сањива, Маргерита је активирала сунце у себи. Тачније, киша је била та која јој је измамила први осмех. Прва мисао ју је натерала да се зацрвени и да почне са сањарењем. Имала је о чему да сањари. Звезда њених мисли је имала своје име и лик.

Сара је ушла у собу уносећи мирис кафе која је мамила пушећи се. Маргерити је прорадило чуло мириса и окренула се ка сестри.

— Добро јутро треба започети добрим укусом. Хоћемо ли и овде наставити јутарњу традицију?

— Наравно, зар мораш да питаш? Седај овамо, блесаво моје!

Изгрлиле су се и изљубиле. Две сестре, две нежне латице руже. Две нежне латице које је ветар раставио, а сада их поново спојио. Једна без друге нису целе, целина је створена првим додиром и првим сударом неизречених речи. Маргерита јој је све испричала. Изгледале су као деца кад крију несташлук.

Чекао ју је пред вратима. Ружа у његовим рукама одавала је каваљерство и оданост. Ружа је требала да наговести семе љубави које ће се из дана у дан претварати у неки прелепи цвет. Ни он сам не зна да је то семе посејано и у његовом срцу. Један једини трн који ће израсти ће га убости онда када буде одлазила. Тада ће љубав надјачати смрт.

Поклонио јој се као дами кад је отворила врата. Несвесно, остваривао је сваки њен сан. Још увек му није причала о сновима, а он их већ остварује. На тренутак се запитала да он није читач снова, али је брзо одагнала ту мисао. Демантовао ју је питањем о чему размишља. Читач снова никад не би поставио то питање.

— Како си прелеп! Твоја енергија је већ прешла на мене.

— Хвала мила. Ти си нестварна. Хајде, идемо.

— Извини, мала реплика. Да сам нестварна, не бих била овде.

Узео ју је за руку и полако су кренули. Правили су прве кораке ка љубави и срећи. Немогуће је не осетити хемију међу њима. Можда је и њима нешто било чудно, али нису знали шта је то. Нису умели да именују то осећање.

Сели су у кафић пун људи. Није прошло ни десет минута, а сви погледи и подругљиви осмеси су били уперени ка њима.

— Хеј, хајдемо одавде. Непријатно ми је, сви гледају у нас.

— Нека их, нека се ругају. Ругају се сами себи. Поносан сам што седим овде са тобом. Ти ми тако пријаш и уносиш у мене топлину. Као нико до сад. Ти си прва са којом се не плашим да говорим о осећањима и уметности. Знам да ћеш разумети.

Поцрвенела је и насмешила му се са сузама у очима. Алексеј је знао да су те сузе последица неизмерне среће. Разлога за тугу није било.

Зачуо се нечији глас. Мушкарац од приближно тридесет година, застрашујућег изгледа и продорног гласа је устао и развикао се.

— Хеј ти гегава! Како те није срамота да излазиш из куће? Ти, фрајеру, зар си на ово спао?

Алексеј је поцрвенео од беса. Устао је и узео Маргериту за руку.

— Она је мој понос. Ако још нешто кажеш, имаћеш посла са мном. Најлакше је осудити и исмевати. Покушај мало да се образујеш господине Углаћени.

Чврсто ју је загрлио, а она је спустила главу на његово раме. Мислила је да је немоћна, бескорисна и недостојна љубави. Живот ће је врло брзо демантовати. Зато јој је и послао Алексеја. Он ће бити тај који ће јој својом љубављу прокрчити пут по коме ће газити сигурним кораком.

— Молим те, идемо одавде. Гушим се.

— Нећу дозволити никоме да те повређује. Ово се неће завршити овако, нећу те пустити кући са ружним сећањем на овај излазак.

Стегла му је руку, пољубила га у образ и кроз сузе му се захвалила.

— Знала сам...

— Шшшш! Нећемо дозволити млакоњи да нам својим глупостима поквари дан. Не плачи душо, не због њега.

Обрисао јој је сузе па је заголицао ухвативши је чврсто око струка.

— Немој, пашћу!

— Држим те чврсто. Настави да се смејеш!

Узео ју је у наручје и однео до клупице. Гледали су дечју игру у даљини. Заборав их је обузео, заборавили су на све осим једно на друго.

Затражио јој је влажну марамицу. Био је то изговор да кришом убаци поклон у њену ташну док она занесено посматра облаке и у мислима ствара стихове.

— Чекај само да узмем нешто. Понела сам збирку поезије.

Није могао да наслути да је то њена поезија, нити је могао да буде сигуран да је то поклон за њега. Најважније му је да она има његову књигу. Још првог дана њиховог познанства су му се у срце урезала нежна осећања према њој. Није то љубав, то је братско осећање, у њој је видео сестру коју је изгубио. Није тражио сестру у њој, али су изградили такав однос да би је слободно могао назвати сестром.

— Прочитај ми неку песму из те збирке.

— Врло радо.

Са сјајем у оку, који му није промакао, почела је да чита. Знао је за њену љубав према књигама, али праву страст је тек сад видео и осетио снагу, ону душевну, коју добија кад је у свету поезије. Није могао да јој се не диви. Сваку реч је пажљиво слушао. Слушао је и њен глас. По промени боје гласа је могао тачно да утврди да ли је одлутала у свет маште и да ли јој је до повратка у стварни свет. Овог пута је пожелела да заувек остане тамо.

— Вау! Немам речи. Задивљен сам, прелепа и прејака поезија. Волим поезију која води у имагинарни свет и даје човеку потпуну слободу.

— Слажем се, делимо исто мишљење.

— Ко је написао песму? Ко је аутор збирке?

— Моја маленкост.

Није успео да пронађе речи којима би описао одушевљење. Раширио је руке позивајући његову Маги у загрљај. У тренутку заноса, јавила јој се потреба за нежношћу. Шта је нежније од загрљаја кад је недостајање принца јаче од стварности? Без размишљања је улетела у његов загрљај, као птица која улеће у своје гнездо. Нису јој биле потребне речи да схвати да је његово срце постало њен дом у који увек може да уђе без најаве и куцања. Некад је човеку најпотребнији баш такав дом. Дом у коме тишина говори, а речи ћуте. Дом у коме је загрљај мисао, а звук откуцаја његовог срца решење проблема. Не треба ти психијатар, његова љубав ће отерати сва лудила.

Глава јој је лежала на његовим грудима, дисала је мирно и уједначено. Његова рука јој је обавила рамена и с времена на време би јој пољубио косу.

Право мало гнездо љубави којој ће се у почетку опирати сумњајући да је то љубав. Сумња убија, али њих ће оживети. Навешће их да преиспитају своја осећања и пронађу знаке љубави у сваком тренутку који су провели заједно.

— Алексеј...

— Маги...

— Никада не желим да устанем са ове клупице.

— Ни ја.

— Хоћемо ли сваки дан долазити овамо?

— Хоћемо.

— Можеш ли да ми донесеш онај велики жути лист?

— Драге воље.

Брзо је узела његов ранац и убацила књигу у њега. Несвесно, урадили су исту ствар. Неко би помислио да им је сакривање ствари хоби.

Док јој је прилазио са листом у руци, полако је устала и насмешила се. Сад је она раширила руке за њега. Желела је да запамти сваки детаљ о њему. Његов мирис, додир, поглед, поезију коју воли, глас, романе и драме који му се допадају. Затим, какву кафу пије, која му је омиљена чоколада, које чајеве воли, ма све. Та чудна жеља ју је пратила од првог сусрета са њим. Највише су јој се свиђале рупице на образима кад се насмеје.

— Знаш, ти си право дете.

— Знам, јаче је од мене. Јесен ми је омиљено годишње доба.

— Па, ово је невероватно! Нас двоје смо исти. И мени је јесен омиљена. Хајде да прошетамо по лишћу.

Док су се поздрављали, признала му је да ни са ким није оволико шетала и да се ни са ким није мање уморила. Румена боја на њиховим образима је одавала њихово унутрашње одушевљење и жељу за поновним сусретом.

— Замало да заборавим, ево твог листа.

Пољубила га је у образ, а он ју је подигао и завртео. Било им је тешко да се растану. Како би продужили уживање, разменили су бројеве телефона.

Прво што је урадила кад се нашла између четири зида своје собе, било је нешто сасвим нормално за девојке. Излила је сва узбуђења у дневник. Велики жути лист је ставила између страница на којима је стајао запис који сведочи о почетку њеног новог живота. Први пут је имала да забележи нешто вредно и охрабрујуће. У њеном дневнику су до сада исписивани мрачни дани. Није га водила редовно, писала је само да олакша душу.

Недалеко од дома, Алексеј је записивао своје импресије. Све до сада је сматрао будалама момке који пишу дневник, а сад је он постао та будала. То му се врзмало по глави. У глави му је одзвањала Маргеритина реченица: „Никада не желим да устанем са ове клупице.”

Записао је: Па она мене воли! Није смео ово да изговори јер је сматрао да ако жељу, или оно у шта желиш да верујеш, ако то изговориш постаје истина. Живот ће му доказати супротно на суров начин. Због љубави ће изговорити своју највећу жељу која ће му се и остварити. Кад нечији живот зависи од твоје жеље, спреман си на све.

Поново су у исто време радили исте ствари и мислили једно на друго. Када два тела имају исту душу, осетиће неким необјашњивим силама шта оно друго ради. Размењиваће мисли, а ни сами неће бити свесни тога. У размаку од два минута, иста мисао је записана: Знам да мисли на мене.

Маргерита је отворила ташну и угледала поклон. Црвени украсни папир са плавом машном. Одвила је папир и пред њеним очима је заиграо наслов Алексејеве књиге *Драме са друге планете*. Удобно се сместила, покрила ћебетом и била спремна да оде на неку другу планету. Једва је чекала да открије где ће је одвести његове драме.

Алексеј је отворио ранац у потрази за шалом, али је прво нашао њену књигу. Пољубио је њену слику и прошапутао: „Валцеру мој, плесаћемо ми.”

Да, плесаће они, али ће прво заплесати њихова срца.

— Не сада, Саро! Сачекај да завршим ову драму.

Сара је посматрала сестру и није могла да се начуди промени. Раније није могла да је наговори да изађе из куће, а сад сама тражи.

— Чудо ти читаш драме. Јеси ли добро?

— Савршено добро. Не знам смем ли бити оволико срећна. Да ли је човеку дозвољено да лети високо без падобрана?

— Срећа је свакоме дозвољена, драга моја. Од тебе зависи да ли ћеш заборавити да понесеш падобран или не.

— Данас сам заборавила и нисам погрешила.

Сара је с осмехом саслушала сестру па су се загрлиле.

— Ружо моја, увек буди насмејана и запамти, за љубав ти није потребан падобран све док си срећна.

Кад је остала сама, позвала је Алексеја.

— Блесо, марамице су ти биле само изговор.

— И теби лист. Сутра ћеш да ми га вратиш!

— Нећу моћи, урамила сам га.

— Шалиш се!?

— Наравно да се шалим.

— Немој да ти дођем тамо!

— Баш дођи!

Постало је јасно, чак и њима, да само траже изговор да се виде. Обожавају једно друго и обожаваће се још више кад победе непријатеља који напада с леђа. Ти су најгори, невидљиви, а присутни. Тихи, а брзо делују. На срећу, њихова љубав ће бити бржа и делотворнија.

Легла је на кревет пуна новог усхићења и радости. Коначно, и она је осетила радост живота. Повукла је црту и поново почела да гради свој живот. Овог пута је добила цигле уместо дрвета. Алексеј јој је дао ветар у леђа, подстакао је да се потруди да буде јака. Одлучила је да покуша. Нема шта да изгуби осим себе. Себе није ни имала док се он није појавио. Он је постао део ње и чуваће тај део себе, неће дозволити да он буде повређен.

Сара је отворила врата.

— Добар дан, да ли је Маргерита ту?

— Да, ко је тражи? Ја сам Сара, њена сестра.

— Алексеј, драго ми је.

— Непрестано ми прича о теби. Хвала ти. Никада је нисам видела срећнију.

— Нема на чему. Волим да је усрећим јер је она нешто посебно.

Маргерита је и даље сањарила на кревету. Уопште није видела да су се врата отворила. Алексеј је ускочио у кревет поред ње.

— Будало! Уплашио си ме.

Благо га је ћушнула у раме. Обоје су напућили усне и намрштили се. Глума им није јача страна. Погледали су се и праснули у смех. Престали су само на тренутак. Тренутак је био довољан да се загрле и наставе где су стали. После извесног времена су се прибрали како би почели разговор о књижевности.

— Твоје драме ме подсећају на Шекспирове. У свим, осим у једној, крај је неочекиван и трагичан. Мене је управо Шекспир одржао. Љубав Ромеа и Јулије, ма колико била нереална за данашње време, ме је храбрила да не одустанем од љубави. Увек сам им се враћала и сваки пут су ме изнова очаравали. Постали су моја визија љубави. Наравно, крај не улази у моју визију. Мој крај је бајковит.

— Питам се, постоји ли лепша похвала од ове? Ја не могу замислити живот без књижевности. Шекспир је мој узор, али се трудим да будем оригиналан и да унесем нешто своје. Не знам да ли сам луд, али понекад сам осећао да ме једино Шекспир и његови јунаци разумеју.

— Уопште ниси луд. Често имам осећај да ме само јунаци из књига разумеју у потпуности. Још увек имам осећај да само Јулија разуме мој став о љубави, једино она га разуме. Мислим, оживљавамо непостојеће личности које у нама итекако постоје. Личности чији траг је дубоко у нама, а њихов пут је и наш пут.

— Сад ми је лакше. Да ли ти се дешава да ти савети других само отежавају доношење одлуке, а онда узмеш да читаш и у тој књизи пронађеш решење?

— Редовно.

— Чудно је како у правом тренутку читамо праву књигу. Још чудније је то што баш кад хоћеш да одустанеш и препустиш све тренутку, окренеш страницу и пронађеш потврду за оно што си у неком делићу себе одлучио. Исто тако, пред очима ти искрсне решење.

— То јесте чудно, али је човеку лакше. Онда се не каје што је изабрао тежи пут. Тежи путеви су непредвидиви, али воде ка циљу.

— Највише волим ту твоју дечју невиност. Немој је никада изгубити. Чини ме срећним да те штитим од свих и од свега. Сама помисао на тебе ми даје снагу да успем и знам да ћу успети.

Загрлила га је нежније него иједна до сада. Пријала им је ова блискост. Нису морали да кажу — хвала — подразумевало се. У њој су се ковитлале емоције које су прелазиле у мешавину среће и страха. Наслонила је главу на његове груди и дуго плакала. Пустио ју је јер је знао да је тешко поверовати у срећу. Тешко, после свега што је пропатила. Пољубио јој је косу, а њен мирис му је освежио дах. Мирисала је на пролеће, на љубичице.

— Погледај ме...

Несигурно је подигла главу. Обрисао јој је сузе и ухватио њене дрхтаве прсте. Тихо је проговорила, као да открива тајну од које јој зависи живот.

— Смем ли да будем оволико срећна?

— Особе као ти смеју бити срећније од најсрећнијих.

— Стидим се да будем срећна јер чим изађем међу људе налетим на оне који ме натерају да сагнем главу и постидим се. Натерају ме да се стидим свог осмеха.

— Зато сам ја ту. Ту сам да те подсетим колико вредиш.

— Заборавила сам да будем срећна.

— Научићу те.

Успео је да јој измами осмех. Сваки пут кад се насмеје, Алексеј је стварао нови свет и отварао врата само за њих. Маргерита је за сваку искру сјаја у његовим очима додавала по једну боју дуги која ће се појавити само за њих. Појавиће се када њихове наде потону. Баш та дуга ће их вратити у живот, јер без наде је скоро немогуће живети. Још теже је преживети. Њихова спасоносна предност ће бити то што су заједно у томе и држе се заједно!

Убрзо је смех заменио сузе. Поново је она оптимистична Маги, и поново је то онај духовити Алексеј. Они су живи доказ да сродне душе ипак постоје. Доказ да се снови остварују ако чврсто верујемо у њих и ако не пристајемо на нешто или некога испод наше вредности. Неки ту вредност спознају у сну, а на јави је само потврђују.

Ово потврђује Маргеритино мишљење да иза сваке јаке жене коју неправедно ломе, стоји сан у коме се суочила са својим вредностима.

— Једног дана ћеш морати да ми испричаш како си добила име.

— Зашто?

— Зато што...

Поставши свестан шта је хтео да изговори, нагло је заћутао.

— Реци!

Преплавило ју је узбуђење. Осетила је да је нешто важно и дуго ишчекивано. Узбудила се као дете кад први пут види цвет у трави.

Овако узбуђена, учинила му се још лепша. Сада је знао. Коначно је смогао снаге да превали преко усана ту најсветлију и најмоћнију истину, кад у собу улете Сара бледа као крпа. Уплакана, избезумљена, крваве мишице. Једва се држала на ногама. Маргерита је брзо зграбила мобилни и позвала Филипа.

Филип је уносио Сару у кола, а Алексеј је држао Маргериту да не покуша да потрчи. Опирала се, али је он чврсто држао. Обујмио јој је рамена рукама и привукао је себи. Наслањала је лице на његове груди док јој је он једном руком и даље држао рамена, а другом миловао косу. И даље је дозивала сестру, он је наставио да је љуби. Својим рукама је правио штит око ње.

— Маги! Маги! Слушај ме! Биће све у реду. Ништа јој се неће десити.

— Моја сестра!...

— Смири се. Филип ју је одвезао...

— Хоћу код ње. Ником ништа не верујем док је не видим.

Спустио ју је да седне. Поново је покушала да устане. Његове руке, додир и поглед су је убедили. Поново је села, обавила му руке око врата и шапнула:

— Извини. Полудела сам од бриге кад сам је видела онакву. Тај гад... сигурно је он!

Масирао јој је леђа, а то је на њу деловало умирујуће. Обоје су осетили да се смирила. Замолила га је да јој измасира ноге.

— Покушаћу, али нисам сигуран треба ли, смем ли ја то да радим.

— Молим те. Нећеш ме повредити, не брини. Много ме боле.

Легла је и затворила очи покушавајући да одагна вртоглавицу. Уплашио се кад је подигао поглед.

— Маги, јеси ли добро?

— Ја... нисам... молим те, престани...

— Шта?

— Да се вртиш у круг.

— Не вртим се.

Ухватила ју је изненадна мучнина. Придигла се и повратила.

— Иди... не желим... да ме видиш овакву.

— Да ли ти је боље сада?

Затетурала се у кревету и пре него што је стигао да реагује, пала на јастук без свести. Отрчао је да позове мог оца. Вратили су се у собу и журно покушали да је освесте.

— Хајде, брзо је узми и идемо. Не желиш да закаснимо, зар не?

На тренутак је пребледео. Узео ју је и пошли су, остављајући ме да се молим за два живота.

У болници су им рекли да јој је пао притисак. Стање јој још увек није стабилно, а Сара је под седативима. Још увек се не зна шта јој се догодило. Чуло се пиштање апарата из Маргеритине собе. Алексеј је погледао у Филипа па потрчао ка соби. На срећу, Филипови рефлекси су брзи, а руке снажне.

— Пусти ме! Хоћу да јој кажем да је волим!

— Рећи ћеш јој. Лекари су сада са њом.

— Знам, знам.

— Буди јак за њу. Због ње се не препуштај страху.

Био је луд од бриге. Чим је лекар дао дозволу за улазак код ње, без размишљања је ушао. Сео је на столицу и неко време је посматрао онако уснулу и учинила му се лепша и невинија него икада. Говорио јој је као да је могла да га чује.

— Уснула лепотице, само кад би знала.

Сагнуо се и пољубио јој чело. Спустио је уво на њене груди да чује откуцаје срца. Њено је куцало уједначено, било јој је свеједно. Свеједно да ли ће живети или не. Његово је убрзано лупало. Схватио је. Сад или никад. Биће луд ако је изгуби. Сад или никад.

— Зар да изгубим светло свог живота?

Ставио је њену руку у своју и поновио реченицу. Померила је прст. То га је охрабрило да настави.

— Пробуди се, желим да те пољубим!

Ето, речено је. Чекао је и надао се да ће отворити очи. Принео је њену руку уснама. Док су му усне љубиле Магину свиленкасту кожу, она је отворила очи.

— Знала сам да нисам сањала.

— Шта? Маги!

— Чула сам те. Пољуби ме.

Пољубио ју је. Дуго ју је љубио, дуго, дуго. У овој немилој ситуацији, на површину је испливала огромна љубав и улепшала безличну болничку собу. Једино њих двоје су видели шљокице које су се разлетеле по соби. Заправо, те шљокице су допирале од сунца које се рађало у њима. Ставили су једно другом невидљиву круну.

— Видиш ли ону дугу тамо?

— Показао јој је плафон.

— Видим.

— Чувао сам је за тебе.

Погледао ју је у очи. У црним очима, препуним радости, угледао је своју дугу. Није морала ништа да каже. Блистала је због љубави коју сада може да му пружи без страха.

— Дивно пристаје твојим очима. Увек нека буде у њима.

Филип и Борис су их зачуђено гледали кроз стакло и питали се о чему они то разговарају. Није било важно. Важно је да је она добро. Важно је да има уз себе некога ко ће је волети без стида, без граница. Онако како заслужује.

Сара ће преболети. Заљубиће се у некога ко ће је волети као што Алексеј воли Маргериту. Сарина храброст је овога пута била попут непресушног извора живота. Кад помислиш да је готово, да ће пресушити, нова вода ће полако дотећи. Дотећи у право време. Тужила је свог бившег вереника за насиље и преживљене трауме. Спремно је погазила реч дату срцу и послушала глас разума. Заклела се да неће ни зуцнути о свему што се догодило, али и сама је увидела да је боље да прекрши заклетву за своје добро. Признала је да се боље и сигурније осећа након пријаве полицији.

Обе су пуштене кући. Цео пут до куће су провеле грлећи се. Нису пуштале једна другу.

Код куће се Маргерита захвалила Филипу. Загрлили су се и од тог дана су постали најбољи пријатељи.

— Филипе...

— Реци, Маги.

— Хвала ти. Твоја брзина је спасила моју сестру. Још нешто, моја веза са Алексејем нека остане тајна. Нека Борис никоме не прича.

— Не брини.

Насмешио јој се и потапшао по рамену.

Алексеј јој је донео топао чај и сео крај ње.

— Па, госпођо Давидов, ево првог чаја који је Ваш драги мужић спремио за Вас.

Дошло јој је да га млатне јастуком, али било јој је жао чаја и његовог труда па се само закикотала. Прихватила је шољу и наставила по његовом.

— О, јесмо ли се ми венчали док сам спавала? Где ми је веренички прстен?

Прстом јој је куцао по челу. Смејала се, није могла да престане.

— Овде је. Само мућни главом и видећеш га.

Попила је чај и он ју је ушушкао. Није се одвајао од ње док није заспала. Онда је и он отишао кући да одмори и увери себе да не сања. Све је личило на сан. Сан који је у почетку био кошмар, а завршио се нестварно лепо. Она је ту, поред њега, и ништа више није важно.

Желела је да осети како је то бити под седативом љубави, да зна како је то бити опијен узвраћеном љубављу. Доста јој је једностраних, испрва чаробних, љубави. Сада зна да су то биле лажне чаролије које никуда нису водиле. Још увек није могла да поверује да је жива. Не само жива, већ и срећна као никада до сада. Спознавши своју немерљиво дугачку срећу и знајући да има на кога да се ослони, заклопила је очи и полетела у сан.

— Још увек спава.

Зачула је сестрин глас. Слушала је њен разговор склопљених очију.

— Ма не, не треба нам ништа, хвала. Још увек не могу да поверујем. Пијана будала, не зна шта ради. Боље да не знаш шта је све рекао. Нема везе за мене, али не дозвољавам да ико вређа Маги.

Чувши ово, суза јој се скотрљала низ лице. Ма колико се суздржавала, отео јој се јецај. Сара се окренула и угледала сестрине очи пуне суза.

— Зваћу те касније. Морам да идем.

Окренула се и села на кревет. Маргерита је посматрала сестру са погледом пуним захвалности. Њена сестра је храбра. Знала је то од кад зна за себе.

— Мила моја Маги, јеси ли добро?

— Јесам. Како ти је раме?

— Ма пусти то. Било па прошло.

— Боли ли те?

— Боли.

Маги је знала да је њену сестру више болела душа.

— Хвала ти.

— За шта?

— Због мене те је повредио. Не знам ко би још допустио да га повреде због неког другог.

— Није то ништа.

Знала је да јесте. Желела га је назад, али морала је да бира. Он или сестра. Поставио јој је ултиматум. Ако се одлучи за њега, нема сестре. Ако се одлучи за сестру, нема њега.

— Саро, врати му се. Могу ја...

— Нисам луда!

Ту је био крај сваке приче на ту тему. Донета је коначна одлука. Уосталом она не заслужује да има кукавицу поред себе.

Након неколико дана, била је као нова. Спремала се за излазак са Алексејем. Још увек нико није знао, осим Филипа и Бориса, да су заједно. Знали су да су заљубљени, али за везу не. Сви су се надали да ће се вечерас догодити. Вечерас ће се само потврдити и још јаче засијати.

Изгледа неодољиво, предивно. Блиста. Дуга црвена хаљина, сребрне минђуше које елегантно падају, пунђа коју сам јој ја направила и њена бела кожа. Подсећа на ружу. На њеном лицу је врло мало шминке. Желела је само мало браон сенке, црну маскару и ајлајнер. Више јој и није требало. Њена шминка је њен осмех.

Дошао је по њу као што је и обећао. На себи има црно одело, белу кошуљу и лаковане црне ципеле. Хвата је за руку и из њих избија ватра.

Маргерита тек сад примећује колико су му шаке мужевне. Ни премале, ни предугачке. Таман толике да улију сигурност.

Тек кад је обукао одело, дошле су до изражаја. У оделу је још згоднији.

Одвео ју је у најелегантнији ресторан у граду.

— Хајде да плешемо.

— Али... не... ја...

— Можеш. Није ми важно што нећемо бити као други. То нам није ни потребно. Ја плешем док те гледам. Лагано њихање тела док стојимо у месту. Твоја глава наслоњена на моје груди. Занос који нас носи док нам се руке клате у ритму музике. Твоја рука око мог струка. Моја рука око твог струка. То је за мене најлепши плес. Онда, пристајеш ли?

— Хајде да плешемо погледом док стојимо! Желим заувек да сањам на твојим грудима.

Желели су да оду до неба неким, само њима видљивим, степеницама. Међутим, небо је дошло до њих наглашавајући своје присуство топлом кишом која као да им је аплаудирала својим добовањем.

Спој поезије и драме је неодољив. Бар у њиховом случају. Надахнути љубављу и охрабрени успехом плеса, спојили су драму и поезију осмесима. Ко зна, можда једног дана њени стихови постану део његових драма. Она је свакако већ постала њихова јунакиња. Не само њихова, већ и његова. Јунакиња његовог срца, краљица његовог света. Разлог за опстанак.

Музика је и даље свирала, они су се изнова заводили, иако су већ завели и освојили једно друго за сва времена. Само што то још увек нису знали. Уживали су у игри завођења и смишљали нове, лепше и заносније нивое. Играли су се мачке и миша иако су знали да су птице које лете високо.

— И? Како је било?

— Као у сну. Не буди ме ако сањам. Не смем ти рећи како је било ако је сан.

— Није сан. Ја сам стваран исто колико и ова ноћ. Исто колико и овај плес.

— Било је чудесно. Ово је најлепши плес који сам икада одиграла.

Плес је завршен, али не и њихова жеља за игром. Напољу је пљуштала киша. Маргерита је жудела за романтиком на киши. Није јој сметало да покисне. Ипак, није му ништа споменула јер није желела да он покисне. Алексеј је на њеном лицу прочитао жељу коју је потврђивао поглед пожуде и превелике жеље.

— Хајдемо!

Збуњено га је погледала и прихватила његову испружену руку. Привлачиле су је чак и линије на његовим длановима. Потајно се бојала да није све умислила, али његов неодољиви глас је избрисао страх. Знала је да је ту, крај ње. Само није знала шта га то привлачи да остане.

— Са тобом сам спреман на све! Чим сам те угледао, знао сам.

— Шта је тако неодољиво? По чему сам посебна?

— Посебна си зато што ниси свесна својих вредности. Твоја душа, срце. Твоје очи, поглед, усне. Ноге, мала стопалца, све. Чак и те твоје очи пуне суза радосница.

— Ти и не знаш колико те волим! Ни не слутиш да те цео живот сањам!

Киша је лила, а они, они су се волели. Мислим да им се и киша дивила, облаци аплаудирали сударајући се. Узео ју је у наручје и завртео у круг.

Људи су излазили из ресторана, али нису могли да не застану да одгледају бар део њихове љубави. Нису ни били свесни да се окупила публика око њих. Стајали су на средини подијума и плесали своју љубав. Нису им били потребни сведоци, али сведоцима је било потребно да виде њихову љубав. Сада нико неће моћи да их убеди да оваквих љубави више нема. Има их, али их мало ко препознаје.

Чудно је то, док се једна сестра топи од среће, друга је на рубу нервног слома. Сара нервозно шетка по соби, сузбија жељу за вриштањем и ломљењем свега што јој падне под руку. Изнова и изнова чита претеће поруке бившег вереника.

— Зашто ме не остави на миру? Шта хоће од мене?

Стално једно исто. Шта да ради? Зна какав је, зато је боље да ћути и помири се са тим да је ускоро неће бити. Не сме дозволити да науди другима због ње, никако. Још једна порука. Позив у смрт. Одредио је дан и време. Сутра у подне. Села је и написала опроштајно писмо сестри. Сузе су лиле, а мисли биле усмерене на сестрину будућност. У свој тој збрци и паници скоро је заборавила да је стигао позив за преглед. Размишљала је о томе како да саопшти ово Маргерити, а да је не узнемири. Познавала је своју сестру довољно да зна како реагује на помен њеног проблема, прегледа и вежби. Желела је, и успела, да њена сестра остане нормална. Видела је да ће свакаквим инсистирањем учинити горе, па је није притискала.

Није могла више. Зидови собе као да су је гушили. Није могла да дише. Истрчала је напоље залупивши врата. Мобилни је бацила на земљу и кренула да трчи око куће.

Филип је туда пролазио, угледао мобилни, узео га и кренуо да је тражи. Нашао ју је како седи на бетону леђима наслоњена на кућу, скупљених ногу и рашчупане косе. Плакала је. Боље рећи, ридала, не могавши ништа.

Схватио је да се проблем налазио у телефону. Пре него што јој је пришао, погледао је поруке. Ишао је против савести и пристојности, али је морао. Није се покајао што је то урадио. Можда ће бити љута на њега, можда неће желети да га види. Било му је небитно. Морао је да је заштити, а знао је и како. Ставио је мобилни у џеп од тренерке, па сео поред ње. Не дижући поглед, пала му је на груди. Заузео је став брата који штити млађу сестру. Загрлио је, смиривао. Њено дрхтање се таман смирило кад се зачуше нечији кораци. Погледала га је и још јаче га стегла.

— Не дај ме, молим те.

— Не брини, то су Алексеј и Маргерита.

— О не! Иди, спречи их да уђу, није безбедно. Не сме да сазна, не.

— Смири се, све је у реду. Биће све у реду док сам поред тебе.

Отишао је до Алексеја. Сместили су Маргериту на љуљашку и одмакли се да разговарају.

— Слушај, морам да те замолим нешто.

— Кажи, како могу да помогнем?

— Може ли Маги ноћас да преспава код тебе?

— Наравно, шта се десило?

Кад је сазнао, од беса су му образи постали црвени. Заједно су тражили решење. Изгледало је да су га нашли, али нема чорбе без мирођије. Стигла је порука у којој је писало да ни не помишља на полицију, да ће их све побити.

— Сад дефинитивно зовем Милана. Он ће знати шта да ради.

— Ко је он? Филипе, морамо сваки корак да испланирамо.

— Без бриге, полицајац је. Уосталом, животи свих нас су у питању, а ово мора да се пријави иначе ће се лоше завршити.

— Порука...

— Смислићемо нешто. Заједничким снагама ћемо наћи решење. Иди код драге да не посумња. Уживајте, Сара би то желела.

За то време, Сара се мало прибрала. Донела је позив за преглед и дала га Алексеју.

— Ја то нећу дочекати. Убеди је да одете, буди уз њу. Усрећи је, важи?

— Не брини, Филип, његов друг полицајац и ја ћемо наћи решење.

— Знај да ће Маги постати хистерична, нервозна и несносна кад јој ово поменеш.

Решио је да њој буде боље. Убеђиваће је целу ноћ ако треба, али ће отићи. Нервоза се увукла у њега. Како да јој саопшти? Ни у лудилу не би желео да је повреди. Ту нежну, осећајну, крхку и предивну душу. Танке нити од којих је састављена ће се покидати.

Искористио је прилику да се диви уређењу дворишта. Иако је близу поноћи, двориште је осветљено. Могао је човек да изнесе столицу и чита под светлом многобројних сијалица постављених око дома. Љуљашка на којој Маргерита седи постављена је када смо Филип и ја сазнали да сам трудна и вратили се у Крагујевац.

Пришао јој је и спустио нежан пољубац на њен образ. Осетио је како му се топи у рукама. Његова малопређашња нервоза је нестала пред лавином њене љубави.

— Шта ћемо сада?

— Љуљај ме.

Љуљао је и уживао гледајући како јој хаљина лепрша. Њен осмех и сјај у очима, које није видео, али их је јасно осећао, давали су му енергију. На лицу му се појавио широк осмех.

— Але, ти се то смешкаш?

— Не, откуд ти то?

— Осећам те!

Још неко време ју је љуљао, а онда је она устала и ухватила га за руку.

— Идемо!

— Где?

— Код тебе.

Изненађено јy је погледао па привукао ближе себи. Предео између врата и рамена угостио је најлепшу гошћу. Ниједна друга нема право на то место, ниједна друга нема право да га поседује. Сваки дамар постоји због ње. Сваки трептај служи да му разбистри вид како би је боље видео. Није могао да је се нагледа. Та душа, рођена и одрасла у очима, непрестано га је вукла да је упозна до најситнијих детаља. Желео је да примети све, да спречи олују, призове сунце. Знао је да вреди јер и она жели да упозна његову душу.

Обоје су желели, а нису ни свесни да се њихове душе већ одавно познају. Нису знали, нису ни могли знати, да су се спојиле чим су се погледи укрстили.

Алексеј јy је превео преко прага свог дома као младу, држећи је у наручју. Ставила му је руке око врата и загледана у његове очи, извила усне у смешак. Разменили су осмехе и без речи потврдили да ће она једног дана у ову кућу ући као госпођа Давидов.

— Обуци ово, прехладићеш се.

— Не, не желим то. Желим да обучем твоју кошуљу.

Дао јој је па су легли једно поред другог. Окренуо је своју вољену ка себи и пребацио руку око њеног струка. Сада је мирно могао да јој саопшти. Ушушкана поред њега, мање ће се узнемирити.

Сутрадан је она њега морала да умирује. Желео је да пође са њом. Иако је чезнула за тим, није желела да је види узнемирену. Знала је да ће се узнемирити.

— Љубави, ми смо у свему исти, али не морамо обоје бити узнемирени.

Загрлила га је, а њен глас је стишао буру у њему. Осећао је потребу да буде са њом кад јој је најтеже.

— Више ми значи да знам да сам део нечије молитве, веруј ми.

Први пут је видела његове сузе. Клизиле су низ његово лице не мутећи им срећу. Обоје су знали да су те сузе изазване лепотом, дубином и дирљивошћу њених речи. Његове сузе су потврда да и даље постоји и важи Стендалов синдром плакања над лепотом. Не само над физичким обличјем лепоте, већ над душевним лепотама које леже скривене у срцу. Дивио се њеној храбрости и издржљивости. Њена лепота заслужује да остане упамћена, а његово срце већ одавно гради храм у коме ће се настанити та светиња. Власник овакве лепоте себе може назвати правим мушкарцем. Овакве душе, као што је Маргерита, не одустају од свог идеала, а Алексеј је тај идеал достигао.

Грлећи га, скупљала је енергију. Тај осећај као да лебди уносио јој је мир и бојио њен свет црвеним нијансама.

— Колико човек мора да буде луд да те не воли!?

— Немам појма.

— Ја знам. Мора да буде луђи од детета које избегава добру особу која га воли.

Прешла му је руком кроз косу. Волела је његову косу, волела његове прсте у својој. Осећала се његовом кад јој је мрсио косу. Имало је посебну драж кад би се она насмејала, а он би јој показао да је блесава тако што би је заголицао. Извила би тело, благо га одгурнула. То би га засмејало и поново би је голицао. Уживао је у сваком њеном покрету.

Маргерита воли кад му се усне шире у осмех. Увек прелази прстом преко тих усана које бацају чаролију. Он је разлог за опстанак, неко ко је увек ту.

Сара је дошла по њу и кренуле су. Узалудни беху Сарини покушаји да је наговори да прича. Ћутала је све време, а та ћутња као да је слутила пораз. Обе су осећале да ће погнуте главе изаћи из ординације.

Пре него што су је прозвали, стигла јој је порука од Алексеја: Шта год да буде, само достојанствено!

Покушаће. Не због себе, већ због њега и његове вере у њу. Најрадије би се окренула и отишла. Троши сестрино, докторево и своје време пристајући да по хиљадити пут чује исту ствар.

Да би је разонодио и орасположио, Алексеј је покренуо њену омиљену тему разговора.

— Душо, Јулијо моја! Твој Ромео ће отићи по отров. Не знаш колико га боле твоје росне очи.

— Знам, боли нас обоје.

И даље не жели да прича. Покајао се што ју је наговорио да оде на тај преглед. Душа му се цепа кад је види овакву. Загрлио ју је, а она је наслонила главу на његове груди. Склупчала се као дете у његовом загрљају.

Након неколико минута је чуо њен глас и одахнуо.

— Сад је боље. Не пуштај ме.

— Никад!

Подигла је главу да би га пољубила. У њиховим очима се видело да су увек ту једно за друго и да су ослонац једно другом.

— Ти си моја Аријадна, а твоја љубав је Аријаднин конац. Баш у тренутку кад сам био на корак од одустајања, појавила си се ти да ми покажеш како се бори.

— Заиста?

— Да. Од тебе сам научио да не треба посрнути пред препреком и поразом. Сад те поново учим оно што си ти мене научила. Заборавила си то знање, а ово је важна лекција на којој многи падају на испиту. Подсетила си ме да постоји десетка, а ти си на њу заборавила.

— Није ми жао што сам заборавила. Волим да ме твој глас подсети.

— Знаш, Достојевски каже да ће лепота спасити свет. Овај свет је спашен.

— Како?

— Постојиш ти.

Кад се вратила кући, нико није могао да је препозна. Никад је нису видели овако срећну и расположену.

Те вечери, Алексеј је довршио започету драму и послао је на конкурс. Драму је назвао *Љубав са посебним потребама*. Инспирацију је пронашао у Маргерити. Њен борбени дух, несаломива вера у Бога и љубав и њена крхка, у исто време и снажна душа су га навеле да на овај начин искаже дивљење и љубав коју осећа.

Био је поносан на њу и њену храброст. Знао је да је срце поклонио анђелу који ће га штитити од бола. Ова ноћ му је донела на крилима пакет енергије и самопоуздања. Сањао је 12 белих голубова који срећно лепршају и шију венчаницу. Звук лепетања крила се појачавао, а голубови су узлетали све више.

Пробудио се, али је и даље чуо звук лепетања голубијих крила. Одмах јој је послао поруку да је воли и да жели да сазна како је добила име.

Њу је пробудио звук телефона. Чим је видела ко јој шаље поруку, насмешила се. Коначно се буди са сазнањем да неко мисли на њу. Лебдела је у облацима захваљујући Богу што има Алексеја и што је доживела да је буди порука вољеног. Порука за лаку ноћ јој улепша сан, а порука која је дочека ујутру, улије наду да ће све бити како треба. Његова љубав је за њу извор живота.

Мисао која ју је обузела, ставила јој је руменило на образе. Њена жртва се исплатила. Жртвовала је страх, уверена да ће бити узалуд. Овога пута, њена храброст је награђена љубављу.

Позвала га је.

— О, Ромео! Аморова стрела лети ка мени!

— Сагни се! Очигледно лоше гађам!

— Хвала ти.

— За шта?

— Знаш.

— Знам.

— Дођи ми слатки отрове. Дођи, ти што ме држиш у животу. Усне желе твој мед, желе кафу твојих очију, лице жели твоје средство за смирење.

— Ваша реч је за мене заповест. Долазим да Вам дам срце на длану. Ох, Ви! Ви, прелепа госпођице.

У њеној соби је музика трештала. Ово је био први пут да је заборавила на све друге. Препустила се својој срећи. Певала је на сав глас. Није имала појма да су се сви окупили испред њеног прозора и учествовали у њеној срећи. Нико јој није замерио што их је дигла из кревета. По ко зна који пут су осетили понос што је имају у животима.

Алексеј је ушао у двориште збуњен. Збунила га је музика која се чује од раног јутра.

— Људи, шта се дешава?

— Пресрећна је. Мора да си ти заслужан за то.

— Не знам. Обожавам да је видим насмејану.

Схватио је да је његова Маги опијена његовом љубављу. Схватио је поруку сна. Њена срећа је само потврда.

Одлазећи у њену собу, размишљао је о сну. Само да не утихне лепет крила док стигне до свог живота.

Био је у њеном загрљају и пре него што је успео да је поздрави једним: Волим те. Подигао ју је и завртео у круг. Спустио је на кревет и загледао се у оно што је највише волео на њој. Очи. Маргерита се загледала у топлину Алексејевих очију, али су јој пажњу привукле његове шаке. Пратила је погледом сваки покрет његових прстију. Губила се кад год би је додирнуо. Одједном, осетила је како јој суза клизи низ нос. Приметила је да се намрштио. Сагао се и осушио је пољупцем. Нежно је склопила шаке око његове главе и привукла га на своје усне.

— Љубави, мислим да морамо чешће...

— Знам. И ја волим кад разговарамо без речи.

Није рекао ни реч о победи на конкурсу. Пријавило се њих петоро, зато су се резултати брзо сазнали. Победа је у његовим рукама, а вечерас је додела награда. Он је двоструки победник. Прву победу слави сваки дан. Ова победа не пролази, нити ће дозволити да прође. Та победа ће га поносно гледати из публике. Он, њен мушкарац, играће победничку улогу само за њу. Драма коју ће извести, као и његов живот, посвећена је њој. Сваки удисај ваздуха, који по први пут има укус, јесте због ње.

— Мила, вечерас буди најлепша. Не заборави да понесеш сунце са собом.

Није га питала где иду. Рекао би јој да је хтео. Сетила се Бајронових речи: *Љубав је својим најбољим тумачем учинила поглед.*

Погледала га је тако продорно и заљубљено да ни наивац не би могао погрешно да протумачи. Љубав је искрила у оквирима њених зеница и чинило се да хоће да изађе, да баци део себе на сваког ко прође поред ње.

Убрзо су морали да се смире. Били су опијени. Сунцем или љубављу? Сместили су се удобно, узели књигу и наизменично читали једно другом.

— Хеј! Не измотавај се сад! Не квари ми уживање, блесане!

— Видећеш ти вечерас шта је понос, мала моја.

Готово у истој секунди им је кроз главу прошла иста мисао. Насмешили су се и схватили.

Они који воле, верују у немогуће.

ЕПИЛОГ

У рукама држим малог плавооког Слободана. Филип је поред мене и грли нас обоје. Маргерита и Алексеј тренутно разговарају о књизи коју је управо прочитао. Читао је и упознао јунакињу по којој је добила име. Случајно, чула сам реченицу којом бих завршила ову причу. Рекла му је:

— Немој да одеш пре него што пребројим капи које чине море.

Роман „Игра судбине" Софије Ивановић представља хвалу љубави и уметности, које су неодвојиве. У њему су на интересантан начин испреплетани животи младих људи, који на својим плећима носе бреме прошлости те као такви постају марионете судбине. Такође, ауторка се на врло интересантан начин поиграва симболиком бројева и личних имена, што доприноси вредности дела. Но, кренимо редом.

Тема љубави заузима централно место ауторкиног интересовања, али се она не своди само на однос мушкарца и жене, већ се отелотворује у разним другим видовима. Тако се покреће питање односа родитеља и деце, пријатеља, али и склоност према књижевности и сликарству. Што се тиче првог поменутог, ауторка супротставља породичну трагедију у првом делу — идили у другом, тј. оца злостављача — оцу доброчинитељу. Све поменуто чини у функцији доказивања да живот, ма колико се у тренутку чинио црн, на крају уме да награди, те да после лошег периода увек долази добар, што даље упућује на позитиван аспект дела. Приметно је да ауторка пријатељство неретко једначи са топлином породице, те када изостане једно ово друго га надомести на прави начин. Посебно интересантно је то што се сви позитивни односи у роману темеље на љубави према уметности, јер су и они њени творци. Оно што пишу служи им да се „пронађу", а оно што сликају, да изједначе међусобна схватања реалности. Важно је истаћи да су у сва три дела главни јунаци жене, које узрастају до хероина, које успевају да премосте све препреке хватајући се у коштац са суровошћу живота.

Значајно место у роману заузимају симболи, а најчешће употребљаван је број три. Тако је роман подељен на три дела, у центру збивања су три љубавна пара, неретко постоје три пријатеља. Ако се узме симболички аспект поменутог броја, може се закључити да се тежи успостављању темељности, али и реда духовног, интелектуалног и божанског у човеку и космосу. Такође, приметна је и номинална симболика, оличена у именима јунака. Тако у првом делу, јунакиња носи име Магдалена, које се појављује у „Библији" и означава жену, коју је Исус спасио, а која је била мучена од стране седам злих духова. Софијина Магдалена, мучена је од детињства од стране мушкараца, почевши од оца, па до осталих са којима је долазила у контакт, док је њен спасилац био Борис. У другом делу упознајемо Магдаленину ћерку, Веронику, која јој је донела победу над трагедијом живота и улила јој радост и наду. Викторија, девојка из дома, како јој то име каже је победница над свим недаћама које су јој се догодиле. Трећи део, представља највеће ауторкино поигравање, те имамо Маргериту и Алексеја, као илузије на јунаке из Диминог и Толстојевог романа.

На крају, можемо закључити да је ово дело својеврстан тријумф љубави над животом, али и показатељ да ма колико био у немилости судбине, човек може изаћи као победник. Такође, оно потврђује и Хесеову мисао, да је срећа увек била тамо где је неко умео да воли и живи за своја осећања, те да, ако их је неговао, није газио и потискивао, она су му доносила задовољство.

Сања Живковић

Софија Ивановић, рођена је 29. 10. 1996. Писањем се бави од малих ногу, а до сада има четири објављене књиге: *Моћ љубави* и *Валцер срца* (збирке песама), и *Игра судбине* и *Нико и Нико* (романи). Писање трећег романа је у току. Дипломирала је и одбранила мастер на Филолошко-уметничком факултету Универзитета у Крагујевцу. Хонорарно се бави лектуром и коректуром текста.

САДРЖАЈ

Софија Ивановић
НИКО И НИКО
~

ИГРА СУДБИНЕ

Лондон, 2023

Издавач
Globland Books
27 Old Gloucester Street
London, WC1N 3AX
United Kingdom
www.globlandbooks.com
info@globlandbooks.com

Насловна фотографија
Bruno
(https://pixabay.com/photos/rope-clothes-line-clothespins-map-2527447/)